나도향 중·단편소설

벙어리 삼룡이 외

재승출판

우리나라 신문학의 역사는 1906년 이인직의 《혈의 누》가 출간된 때로부터 시작한다고 한다. 이로 미루어보면 이제 한국 근대문학은 100년을 맞이하게 된 셈이다. 이 기간에 수많은 작가의 작품이 탄생하였다. 모든 작품은 작가들의 혼이 담긴 그 시대 문화의 거울이라 할 수 있다. 한 작품이라도 소홀히 다룰 수 없는 것들이지만, 그래도 근대문학 100년간 문학사적 고전으로 남을 만한 명작은 있을 것이다.

당 출판사에서는 미래의 동량이 될 청소년들과 현재의 주역인 일반인들이 새로운 독서체험을 할 수 있도록 한국 근대문학 작품들을 소개하고자 한다. 자타가 인정하는 우리나라 최초 장편소설인 춘원 이광수의 《무정》을 시작으로 한국 문학계와 교육현장에서 두루 인정받은 한국 문학의 정수를 가려 뽑아 시리즈로 엮어 나갈 것이다. 객관성을 기하기 위하여 대학의 국문학 교수와 고등학교 국어과 교사, 숙련된 편집자 등의 추천을 참고로 하여 엄선할 계획이다. 이를 통해 한국 근현대 문학사의 흐름을 살펴볼 수 있을 것이다.

요즘 출판계의 현황은 불황의 터널에서 벗어나지 못하고 있다. 그 원인에는 여러 가지가 있겠지만 무엇보다 양서良書의 부재와 독자들이 책을 외면한다는 것이다. 더군다나 요즘에는 전자책이 나오면서 종이로 된 책은 앞으로 소외될 것이라는 출판계의 우려감과 더불어 인터넷의 발달로 책은 인기가 떨어진 상태다. 이러한 열악한 상황에서 의욕만 가지고 한국대표문학선을 출간한다는 것은 애초부터 무모한 계획일 수도 있다. 모두 부정적인 시각으로 보는 편이다. 출판업도 수익이 수반되어야 유지 존속이 가능하다. 출간되는 책은 거의 판매를 염두에 두고 있는 실정이다. 예를 들면 유명 작가 몇 사람의 작품, 인기 있는 외서 번역물 등등. 로또 뽑듯이 책을 선정하는 것 같다. 현 시점에서는 당연한 결정이다. 그렇지만 출판계의 이 같은 현실로 왜곡된 독서환경이 조성될 수도 있다.

따라서 당 출판사에서는 자라나는 청소년과 한국 문학을 사랑하는 일반인들에게 쉽고 재미있게 다가설 수 있으면서, 청소년들의 취향에도 잘 맞는 국민대중용 한국대표문학선집을 만들어보고자 한 것이다.

시대와 시대를 이어서 모두가 다 같이 공감할 수 있는 문화의 정수가 바로 문학이다. 문학은 우리의 마음 한편에 자리 잡고 있는 시대의 정서와 풍속, 삶의 흔적이 고스란히 밴 작가들의 혼이 담긴 당대 문화의 거울이라고 한다. 우리가 문학작품을 통해서 만나게 되는 감동의 여운은 평생 뇌리에 남고, 특히 청소년 시절에 읽었던 문학작품은 젊은 날의 향수와 추억으로 남는다. 또한 살아가면서 마음의 양식이 됨은 물론이다.

독자들은 문학과의 만남을 통해 우리의 문화가 이룩해온 정체성을 확인하고 상상하는 즐거움을 만끽할 수 있다. 논어 위정편에 나오는 온고이지신溫故而知新은 '옛것을 잘 익혀서 새로운 것을 안다'는 뜻으로 고전의 중요성을 강조한 공자의 가르침이다. 누구나 자신의 뿌리를 인식하고 문화생활을 높이기 위해서는 문학을 알아야 한다.

당 출판사로서는 한국대표문학선 발간이 우리나라 출판계에 일조가 된다면 더 없는 영광으로 생각한다. 아무쪼록 한국대표문학선을 통해 21세기 젊은 독자들이 삶의 풍부한 자양분으로서 이 시리즈를 애호해주기를 바랄 뿐이다.

(주)재승출판

대표이사 이 재 영

• • • • •
행랑자식

1

어떠한 날, 춥고 바람 많이 불던 겨울밤이었다.

박 교장의 집 행랑에서 글 읽는 소리가 나더니 꺼져가는 촛불처럼 차츰차츰 소리가 가늘어간다. 그러다가는 다시 옆에서 어린애 입에 젖꼭지를 물리고서 졸음 섞인 꽥 지르는 소리로,

"어서 읽어!"

하는 어머니 소리에 다시 글 소리는 굵어진다.

나이는 열두 살. 보통학교 사년급에 다니는 진태鎭泰라는 아이니 그 박 교장의 집 행랑아범의 아들이다.

왱왱 외우던 글 소리는 단 이 분이 못 되어 다시 사라졌다. 그러

고는 동리집 시계가 열한 시를 치는 소리가 들리더니 사면은 고요하였다.

2

이튿날 날이 밝은 뒤에 보니까 온 마당, 지붕, 나뭇가지에 눈이 함박같이 쏟아졌다. 그런데 아직까지도 눈이 다 그치지 않고 보슬보슬 싸라기눈이 내려온다.

진태는 문 뒤에 세워놓았던 모지랑비^{끝이 다 닳아서 무디어진 비}를 들고 나섰다. 처음에는 새로 빨아 펼쳐놓은 하얀 요 위에 뒹구는 것처럼 몸 가볍고 마음 상쾌한 기분으로 빗자루를 들었으며 모지랑비와 약한 자기 팔로써 능히 그 많은 눈을 쳐버릴 줄 알았으나 두어 삼태기^{대오리, 짚, 싸리 등으로 엮어 흙, 거름 따위를 담아 나르는 그릇}를 가까스로 퍼버리고 나니까 팔이 떨어지는 것 같고 허리가 부러지는 듯하였다. 그러나 아니 칠 수는 없었다. 날마다 아침에 일어나서 마당을 쓰는 것이 자기의 직분이다.

어머니는 안으로 밥을 지으러 들어가고 아버지는 병문^{골목 어귀의 길가}으로 인력거를 끌러 나갔다.

한두 삼태기를 개천에 부은 후에 다시 세 삼태기를 들고서 낑낑 하면서 개천으로 간다. 두 손끝은 눈에 녹아서 닭 튀해 뜰을 때^{뜨거}

운 물에 잠깐 넣었다가 꺼내어 털을 뽑을 때 발 허물 벗겨내듯 빠지는 듯하고 발 끝은 저려서 토막을 내는 듯하다.

그는 발을 억지로 옮겨놓았다. 눈 든 삼태기가 자기를 끌고 가는 듯하다. 그렇게 그가 길 중턱까지 갔을 때 그의 팔의 힘은 차차 없어지고 다리에 맥이 획 풀렸다. 그래서 그는 손에 들었던 눈 삼태기를 탁 놓쳤다. 그러자 누구인지,

"이걸 좀 봐라."

하는 어른의 호령 소리가 바로 자기 머리 위에서 들리자 고개를 쳐들고 보니까 교장 어른이 아침 일찍이 어디를 다녀오시다가 발등에다가 눈을 하나 잔뜩 덮어쓰시고 역정 나신 얼굴로 자기를 내려다보고 계시다. 진태는 그만 얼굴이 홧홧해졌다. 그리고 아무 말도 못 하고 그대로 멀거니 서 있었다. 그는 무엇으로 그 미안한 것을 풀어야 좋을지 알지 못하였다. 그러다가 하얀 새 버선에 검은 흙이 섞인 눈이 묻어 있는 것을 보고서 자기의 손으로 그것을 털어드리면 얼마간 자기의 죄가 용서되리라 하고서 허리를 구부려 두 손으로 그 버선등을 털어드리려 하였다. 그러나 교장은 한 발을 탁 구르시더니,

"고만두어라. 더 더럽는다."

하시고서,

"엥!"

하시며 안으로 들어가셨다. 진태는 무참하였다. 손에는 어제저녁에 습자 붓글씨를 연습하는 것을 이름 쓰다가 묻은 먹이 꺼멓게 묻어 있다. 털

어드리면 잘못을 용서하실 줄 알았더니 더 더러워진다 핀잔을 주시고 역정을 더 내시는 것 같다. 그래서 그는 어떻게 해야 좋을지 알지 못하여 그대로 멀거니 서 있었다. 무참을 당하여 얼굴도 홧홧하고 두 손에서는 불이 난다.

그래서 그는 안으로 들어가지 못하고 행랑 자기 방으로 들어가다가 안마루 끝에서 주인마님이,

"아 그 애 녀석도, 눈이 없는가? 왜 앞을 보지 못해?"

하는 소리를 듣고서는 쥐구멍으로라도 들어가버리고 싶도록 온몸이 움츠러졌다. 그러고는 자기 뒤로 따라나오며 주먹을 들고서 때리려 덤비는 자기 어머니가,

"이 망할 녀석, 눈깔을 얻다 팔아먹고 다니느냐?"

하고 덤비는 듯하여 질겁을 하여 방 안으로 들어갔다.

아니나 다를까 조금 있더니 보기 싫은 젖퉁이를 털럭털럭하면서 어머니가 쫓아나왔다.

"이 망할 녀석, 눈깔이 없니? 나리마님 새 버선에다가 그것이 무엇이냐? 왜 그렇게 질뚱발이 ^{행동이 느리고 소견이 꼭 막힌 사람을 낮잡아 이르는 말} 냐, 사람의 자식이."

어머니는 그래도 말이 적었다. 그러고는 곧 다시 안으로 들어갔다.

진태는 간이 콩알만 하게 무서운 것은 둘째 처놓고, 웬일인지 분한 생각이 난다. 아무리 생각을 해도 자기 잘못 같지는 않다. 자기가 눈 삼태기를 들고 가는데 교장 어른이 딴생각을 하면서 오시다

가 닥뜨린 것이지 자기가 한눈을 팔다가 그리한 것은 아니다.

그래서 웬일인지 호소할 곳이 없어 그는 그대로 방바닥에 엎드러졌다. 그러고는 고개를 두 팔로 얼싸안고 자꾸자꾸 울었다. 그는 눈물이 방바닥에 떨어지는 것을 알았다. 삿자리 ^{갈대를 엮어서 만든 자리} 깐 그 밑으로 흙내가 올라오는 것을 맡았다. 그러고는 어머니도 걱정을 하고 아버지도 걱정을 할 터요, 더구나 아버지가 이것을 알면 돌짝 같은 손에 얻어맞을 것을 생각하매 몸서리가 난다. 그는 신세 한탄할 문자를 모르고 말도 모른다. 어떻든 억울하고 분하였다. 그렇다고 어디 가서 호소할 데도 없었고 분풀이할 곳도 없었다.

그는 방바닥에 한참 엎드려서 느껴가면서 울고 있을 때 방문이 펄썩 열렸다. 그는 깜짝 놀랐으나 돌아다보지도 않았다. 그의 생각에는 그 문 여는 사람이 어머니려니 하였다. 그래서 약한 마음에 이렇게 우는 것을 보면 어머니는 나를 위로해주려니 하였다. 그래서 어머니가 일어나라고 하기만 기다렸다. 그러나 한참 아무 소리가 없더니,

"애!"

하고 험상스럽게 부르는 사람은 자기 아버지다. 그는 위로를 받기커녕 벼락이 내릴 것을 그 찰나에 예감하였다. 그는 눈물이 쏙 들어가고 온몸이 선뜩하였다.

이번에는 꽥 지르는 소리로,

"애, 일어나거라, 이것아."

하는 아버지의 성난 얼굴이 엎드린 속으로 보인다. 그는 그러나 벌

떡 일어나지는 못하였다. 자기 눈 가장자리에는 눈물이 묻었다. 그 눈물을 보면 반드시 그 우는 곡절을 물을 터이다. 그 대답을 하면 결국은 벼락이 내릴 터이다. 그래서 일어나지도 못하고 그대로 있지도 못하고 그의 가슴은 초조하였다.

두 발이 성큼 방 안으로 들어오는 듯하더니 무쇠 갈고리 같은 손이 자기 저고리 동정을 꿰들어 번쩍 쳐들었다. 그는 쇠관에 매달린 쇠고기 모양으로 반짝 들렸다.

"울기는 왜 우니?"

하는 그의 아버지도 자식 우는 것을 볼 때 어떻든 그 눈물을 동정하는 자정^{부모의 정}이 일어나는지 목소리가 조금 낮아지며 또는 웃음이 섞였으니 그것은 그 눈물 나는 마음을 위로하려는 본능이다.

"왜 울어?"

대답이 없다.

"글쎄, 왜 우니?"

가슴이 타나 대답할 수는 없었다.

"엄마가 때려주든?"

진태는 고개를 내흔들며 느껴 울었다.

"그러면 왜 우니? 꾸지람을 들었니?"

"아—뇨."

진태는 다시 고개도 흔들지 않았다.

"그럼 왜 울어. 말을 해."

아버지는 화가 나는 것을 참았다. 그러고는,

"이 자식아! 말을 해라. 왜 벙어리가 되었니? 말이 없게!"

하고서는 무슨 생각을 하였는지 여러 번 타일러보다가,

"웬일야!"

하고 혼잣말을 하더니 바깥으로 나아간다. 그것은 근자에 볼 수 없는 늘어진 성미였다. 아마 어멈에게 물어볼 작정이었던 것이다.

아범은 문밖으로 나갔다. 그러더니 다시 들어오며,

"삼태기 어쨌니? 응, 삼태기?"

하며 안팎으로 들락날락하는 서슬에 안부엌에서 어멈이 설거지를 하면서,

"왜 아까 진태가 마당을 쓴다고 가지고 나갔는데."

하고,

"걔더러 물어보구려."

한다. 아범은 화가 나는 듯이,

"그런데 쭉쭉 울고 있으니 무엇이라고 그랬나?"

하며 어멈을 본다.

그러자 안마루에서 마님이 무엇을 보다가 운다는 소리를 듣더니 미안한 생각이 났던지,

"아까 눈인가 무엇인가 친다고 나리마님 발등에다가 눈을 쏟아뜨렸다네. 그래서 어멈이 말마디나 한 것인 게지."

아범의 눈은 실룩해졌다. 그러고는 잡아먹을 짐승에게 덤비려는

호랑이 모양으로 고개가 쓱 내밀리더니 어깨가 으쓱 올라간다. 그러고는 아무 말 없이 바깥 행랑으로 나간다.

바깥으로 나온 아범은 다짜고짜로 방문을 열어젖뜨렸다. 그의 생각에는 주인나리의 발등에 눈 얹은 것은 외려 둘째다. 삼태기 하나 잃어버린 것이 자기 자식을 쳐죽이고 싶도록 아깝고 분하고 망할 자식이다.

"이 녀석."

자기 아들을 움켜잡았다.

"이리 나오너라."

진태는 두 손 두 다리를 가슴에다 모으고서 발발 떨면서 자기 아버지만 쳐다본다.

"이 망할 자식, 울기는 애비를 잡아먹었니, 에미를 잡아먹었니? 식전 아침부터 홀짝홀짝 울게."

하더니 돌덩이 같은 주먹이 그의 등줄기를 보기 좋게 울렸다.

"에그 아버지, 에그 아버지."

하며 볶아치는 소리가 줄을 대어 나왔으나 그 뒷말은 없었다. 매를 맞는 진태도 '잘못했습니다'를 조건 없이 할 수는 없었다.

"무어야 아버지! 이 녀석, 이 망할 자식."

하고서는 사정없이 디리^{들입다} 팬다.

울고 호령하는 소리가 야단스럽게 나니까 어멈이 안에서 뛰어나오며,

"인제 고만두, 고만둬요. 요란스럽소."

하고 만류를 하나,

　"이게 왜 이래. 가만있어. 저리 가요."

하고 팔꿈치로 뿌리치고는,

　"이놈아, 그래 눈깔이 없어서 나리마님 버선에다가 눈을 들이부어놓고, 또 무엇에 마음이 팔려서 삼태기를 밖에다가 놓아두어 잃어버리게 했니? 응, 이 집안 망할 자식!"

　아범의 손이 자기 아들의 볼기짝, 등어리, 넓적다리 할 것 없이 사정없이 때릴 때마다 어린 살에는 푸르게 멍이 들고 피가 맺힌다.

　그러할 때마다 아범의 목소리는 더한층 높아지고 떨리고 슬픔과 호소가 엉키었다. 그는 자기 아들을 때릴 때마다 눈앞에서 자기 손에 매달려 애걸하는 자기 아들이 보이지 않고 안방 아랫목에 앉아 있는 주인나리가 보인다. 그러고는 자기 아들을 때리는 것 같지 않고 자기 주인나리를 욕하고 원망하고 주먹질하고 싶었다.

　"인제 고만 좀 두."

하는 어멈은 자식을 가로챘다. 그래가지고는 다시 자기 아들을 껴안았다.

그날 해가 세 시나 넘어 네 시가 되었다. 진태는 학교에 다녀왔다. 앞대문을 들어오려다가 보니까 새로이 삼태기 하나를 사다 놓았다. 싸리나무로 얽은 누렇고 붉은 삼태기를 볼 때 그의 매 맞은 자리가 다시 아프고 얼얼하다.

툇마루에 걸터앉으니까 어머니는 상에다 밥을 차려가지고 방으로 들어오라고 부른다. 방 안에는 모닥불이 재만 남았는데 인두 하나가 꽂혀 있고, 또는 다 삭은 화젓가락 부젓가락. 화로에 꽂아두고 불덩이를 집거나 불을 헤치는 데 쓰는 쇠로 만든 젓가락과 부삽 하나가 꽂혀 있다.

어머니는 누더기 천에다가 작년에 낳은 어린애를 안고서 젖을 먹인다. 어린애는 젖꼭지를 물고서 입을 오물오물하면서 한 손으로 다른 쪽 젖꼭지를 만진다.

진태는 그 동생을 볼 때 말없이 귀여웠다. 그래서 손가락으로 볼 따구니도 건드려보고, 엇구 엇구 혓바닥소리를 내어서 얼러보기도 하였다. 어린애는 벙싯 웃었다. 그러고는 젖꼭지를 쑥 빼고서 진태를 돌아다보았다.

어머니는 침착한 얼굴로 어린애의 손가락만 만지고 있더니,

"옜다."

하고 어린애를 내밀면서,

"좀 업어주어라."

하고서 어린애를 곤두세운다. 그러자 진태는,

"밥도 안 먹고!"

하고 밥을 얼른 먹고서 어린애를 업었다. 그러나 진태의 집에는 아직 밥을 짓지 않았다. 어머니는 안에 들어가 밥을 지으려 하기는 해도 우리 먹을 밥은 지으려 하지 않는다.

진태는 어머니가 안으로 들어간 후 어린애를 업고서 방 안으로 왔다 갔다 하면서 밥을 짓지 않으니 아마 쌀이 없나 보다 하였다. 그러고는 아버지가 얼른 돌아와야 할 것이라 하였다.

진태는 뚫어진 창틈으로 바깥을 내다보면서 아버지가 혼자 인력거를 끌어서 쌀팔 돈을 가지고 오지나 않나 하고서 고대하였다. 그래도 미심하여서 그는 쌀 넣어두는 항아리를 들여다보았다. 들여다보니까 겨 묻은 쌀바가지가 쾅 빈 시꺼먼 항아리 속에 들어 있을 뿐이다. 진태는 힘없이 뚜껑을 덮고서 섭섭한 마음으로 방 안을 왔다 갔다 하였다. 어린애는 등에서 꼼지락꼼지락하고서 두 발을 비빈다.

'오늘도 또 밥을 하지 못하는구나.'

하고서 펄럭펄럭하는 문을 열고 쪽마루로 내려왔다.

내려와서는 냄비가 걸려 있는 아궁지^{아궁이} 밑을 보았다. 거기에는 타다 남은 푼거리 장작이 두어 개 재 속에 남아 있다. 그는 다시 장작 갖다 놓아두는 부엌 구석을 보았다. 부스러기 나무도 없다.

바람이 불어서 쓸쓸스러운 행랑의 씻은 듯한 살림살이를 핥고 지나가고 으슴츠름하게^{으슴푸레하게} 어두워가는 저녁날은 저녁 못 지을 것을 생각하고 섭섭한 감정을 머금은 진태의 어린 마음을 눈물 나게 한다.

조금 있다가 어머니는 허둥지둥 나왔다. 아마 부엌에 불을 지피고 나온 모양이다. 진태의 눈에는 아궁이에서 타 나오는 장작불을 한 발로 툭툭 차넣던 어머니의 짚세기^{짚신} 발이 보인다.

어머니는 나오면서 등에 업힌 어린애를 보더니,

"에그 추워! 저런, 무엇을 좀 씌워주려무나?"

하고서,

"남바위^{추위를 막기 위해 머리에 쓰는 쓰개} 어쨌니? 손이 다 나왔구나."

하더니 방으로 들어가 진태가 돌에 쓰던 것이니까 십 년이나 되는 남바위를 들고 나온다. 털은 다 떨어지고, 비단은 다 삭았다.

그것을 어린애를 씌워주고 어머니는 다시 문밖을 내다보고 오 분이나 서 있었다. 진태는 그 서 있는 의미를 짐작하였다. 아버지 돌아오시기를 기다리는 것이라.

그러다가 어머니는 갑자기 덜미에서 누가 딱 하고 놀래는 것처럼 깜짝 놀라며 다시 안으로 들어가려고 돌아섰다. 그때 진태는,

"저녁 하지 않우."

하고서 어머니 뒤를 따라 들어갔다. 어머니는 화가 나고 초조하던 판에,

"밥도 쌀이 있고 나무가 있어야지."

하고 소리를 꽥 지른다. 진태 잔등에 업혀 있던 어린애가 깜짝 놀라

며 와 운다. 진태는 어린애를 주춤주춤 추슬러 달래면서 아무 말 못
하고 섰었다.

어머니는 다시 안으로 들어갔다. 진태도 따라 들어갔다. 그러고
는 부엌 앞에 앉아서 불을 넣고 앉았었다.

4

날이 어둡고 전깃불이 켜졌으나 밥을 하지 못하였다.

그리고 아버지도 아직 돌아오지를 않는다. 진태 어머니는 상을
차려드리고 바깥으로 나오려고 하니까 마님이,

"어멈."

하고 부르신다.

"네."

하고서 어멈은 문을 열려다가 다시 돌아다보았다.

"오늘 저녁을 하였나?"

어멈은 조금 주저주저하다가,

"먹을 것 있어요."

하고서 부끄러운 웃음을 웃었다.

"아범 들어왔나?"

"아즉 안 들어왔어요."

"그럼 저녁도 짓지 못하였겠네그려."

어멈은 아무 말도 없었다. 마님은 벌써 알아채고서,

"그래서 되겠나? 어린것들이 치워서 견대겠나."

하고서,

"자, 이것이나."

하고서 상 끝에 먹다 남은 밥을 이 그릇에서 저 그릇으로 모두어^{모아}
놓으면서,

"그놈도 들어오라구 그래. 불도 안 땐 모양이지? 추워서들 견디
겠나. 어른은 괜찮겠지마는 어린애들이……."

하고서,

"어서 그놈도 들어오라고 해."

하며 어멈을 쳐다본다. 어멈은 다행히 여겨 바깥으로 나오며,

"얘, 진태야!"

하며 진태를 부른다.

"왜 그러세요?"

진태는 문밖에 섰다가 문 안으로 들어오며 묻는다.

"들어가자!"

"어디로?"

"안으로 말야. 마님이 밥 먹으러 들어오라신다."

진태의 얼굴은 당장에 새빨개지더니,

"왜 아버지 들어오시거든 밥을 지어 먹지."

"어디 들어오시니."

"언제든지 들어오시겠지."

"들어가, 부르시니."

진태는,

"싫어요."

하고서 돌아섰다. 진태의 마음에는 아까 아침에 나리의 버선등을 더럽힌 것을 생각하매 다시 마님의 낯을 뵈옵기도 부끄럽거니와 아무것도 잘못한 것이 없는데 아버지에게 매를 맞게 한 것이 분하기도 하였다. 그런데다가 안방에는 자기와 동갑 되는 교장의 딸이 자기와 같은 학교 여자부에 다니는데 그 계집애 보기에 매 맞은 것이 부끄럽다.

"얘, 나중에는 별소리를 다 듣겠네. 어서 들어가자."

어머니는 재촉을 한다.

"어서 들어가."

진태는 심술궂게,

"싫어요. 나는 밥 얻어먹으러 들어가기는 싫어요."

하고 소리를 질렀다.

"빌어먹을 녀석, 기다리셔, 안에서."

"기다리시거나 말거나 나는 안 들어가요."

어멈 마음에도 자기 아들의 말하는 것이 잘못이 아니었다. 그리고 꾸짖기는 고사하고 동정할 만한 일이었으나 그래도 당장에 배고파할 것과 또는 자기도 밥을 먹어야지만 어린애 젖을 먹일 것이다. 그래서 자기 아들의 굳은 의지를 어머니 된 위력으로 꺾지 않을 수 없었다.

"안 들어갈 터이냐?"

그 말을 하고 부지깽이를 찾는 척할 때 그는 웬일인지 하지 못할 짓을 하는 비애를 깨달았다.

"싫어요."

진태는 우는 소리로 거절하였다.

"싫으면 밥 굶을 터이냐?"

"굶어도 좋아요."

"어디 보자. 어린애나 이리 내라."

어린애를 안고서 어머니는 안으로 밥을 얻어먹으러 들어갔다. 그러나 진태는 방에 들어가 깜깜한 속에 드러누워 있었다.

그날 어째 그렇게도 섧고 분하고 쓸쓸한지 모르겠다. 어째 이런가 하는 생각이 난다. 그리고 아버지나 얼핏 들어왔으면 좋겠다 하였다.

십 분이 못 되어 어머니는 다시 나왔다.

"얘."

하고 문을 열고 고개를 들이밀며,

"마님이 들어오래신다. 어서, 어서."

진태는 그대로 누운 채 다시 돌아누우며,

"싫어요, 안 들어가요."

"나리가 걱정하셔."

"싫어요, 글쎄."

어멈은 다시 들어갔다. 그리고 오 분이 못 되어 또 나오는 소리가 들렸다. 그러더니 이번에는 문을 열고서,

"그럼, 옜다!"

하고 무엇을 내민다.

진태는 방바닥이 차디차고 찬바람이 문틈으로 스쳐 들어오는 것을 막기 위하여 이불을 내리덮고 새우잠을 자다가 어머니 소리를 듣고서,

"무엇예요."

하다가 얼른 속소리^{속말}를 잡아당겼다.

"자, 밥이다. 먹고 드러누워라. 이 치운데 저것이 무슨 청승이냐."

진태는 온 전신을 사를 듯이 부끄러운 감정이 홱 흐르며,

"글쎄 싫다니까. 안 먹어요. 먹기 싫어요."

어머니는 들어왔다. 진태를 밀국수 방망이 밀듯이 흔들흔들 흔들면서 타이르고 간청하듯이,

"일어나거라, 응! 일어나."

진태는 더욱 담벼락으로 가까이 가며,

"싫어요. 나는 배고프지 않아요."

하고서 고개를 이불로 뒤어쓰고 아무 말이 없다.

"고만두어라. 너 배고프지 나 배고프겠니?"

하고서 그대로 안으로 들어가려 할 때,

"에 추워."

하고서 들어오는 사람은 자기 아버지다. 어멈과 아범은 맞닥뜨렸다.

"이건 눈깔이 빠졌나. 엑구 시……."

하며 아범이 소리를 질렀다.

"어두워서 보이지를 않는구려."

하고서 여성답게 미안한 어조로 어멈은 말을 한다. 이 한번 닥뜨린 것이 빈손으로 들어오는 자기 남편을 몰아셀 만한 용기를 꺾어버렸고 주머니 속이 비어 있는 아범은 또한 큰소리를 할 만한 용기를 줄게 하였다.

"어떻게 되었소?"

"무엇이 어떻게 돼? 큰일 났어, 큰일. 벌이가 있어야지. 저녁은 어떻게 했나?"

"여보, 그 정신이 나간 소리는 좀 두었다 하우. 무엇으로 저녁을 해요."

아범은 아무 소리 못 하고 방 안으로 들어갔다. 진태는 일어나 앉았다. 그러고는 속으로 반갑기는 그만두고 한 가닥의 희망까지 끊어져버렸다.

"그럼 어떻게 하나?"

아범은 불 켤 것도 생각지 않고서 한탄을 한다.

"그래 한 푼도 없소?"

"아따, 이 사람! 돈 있으면 막걸리 먹었게."

막걸리라는 소리가 어멈의 성미를 거웠다 ^{집적거려 성나게 했다.}

"막걸리가 무어요? 어린 자식들은 치운 방에서 배들이 고파서 덜덜 떠는데 그래도 막걸리요. 그렇게 막걸리가 좋거든 막걸리장사 마누라나 하나 데불고 ^{데리고} 살거나 막걸리독에 가서 거꾸로 박히구려. 그저 막걸리 막걸리 하니 언제든지 막걸리 신세를 갚고야 말 터이야. 저러다가는."

"글쎄 그만둬요. 또 여호 ^{여우} 모양으로 톡톡거려. 엥, 집에 들어오면 여편네 꼴 보기 싫어서."

하고 입맛을 쩍쩍 다신다.

진태는 옆에서 그 꼴만 보다가 불을 켜고 있었다.

"그럼 저녁을 먹어야지."

하고서 아범은 꽤 시장한 모양으로 없는 궁리를 하려 하나 아무 궁리도 없다.

"이것이나 먹구려."

하고 어멈은 진태를 주려고 국에다 만 밥을 내놓으니까,

"그게 무어야."

하고 숟가락으로 두어 번 떠먹어보더니,

"너 저녁 먹었니?"

하고서 진태를 돌아다본다. 진태는 말을 하려야 할 수도 없거니와

말하기도 전에 어멈이,

　"안 먹었다우."

하고 진태를 책망도 하고 원망도 하는 듯이 흘겨보았다.

　"왜?"

하고 아범은 숟가락을 든 채로 그대로 있다.

　"누가 알우, 먹기 싫다는 것을."

　"그럼 배고프겠구나."

하고서 밥그릇을 내놓으면서,

　"좀 먹으련?"

하니까 진태는,

　"싫어요."

하고서 멀리 피해 앉는다.

　"왜 그러니?"

　"먹을 마음이 없어요."

　삼십 분쯤 지났다. 문밖에서 어멈이,

　"진태야! 진태야!"

하고 부른다. 진태는 그 부르는 어조가 너무 은밀한 듯하므로,

　"네."

　대답 한 번에 바깥으로 나갔다. 어머니는 대문간에 손에다가 무엇인지 가느다란 것을 쥐고 서 있다.

　"저……."

하고 어머니는 헝겊에 싼 그것을 풀더니,

"이것 가지고 전당국에 가서 칠십 전이나 팔십 전만 달래가지고 싸전에 가 쌀 닷곱^{다섯 홉. 반 되}만 팔고, 나무 열 냥어치만 사가지고 오너라."

한다. 진태는 얼른 알아채었다. 옳지, 은비녀로구나. 자기 집안에 값진 것이라고는 어머니 시집올 때 가지고 온 그 비녀 하나하고 굵다란 은가락지뿐이다.

진태는 그것을 받아들었다. 그러고는 전당국을 향해간다. 전당국이 잡화상 옆에 있는 것이 제일 가깝고 조금 내려가면 이발소 윗집이 전당국이다. 그러나 첫째 집은 가지를 못한다. 그것은 그 전당국 주인의 아들이 자기하고 같은 학교를 다니니까 만일 들키면 창피할 것이요, 부끄러울 것이라. 그래서 그 집을 남겨놓고 먼 저 아래 전당국으로 가리라 하였다. 그는 팔짱을 끼고 웅숭그리고서 전당국으로 들어가려 하니까 어째 누가 손가락질을 하는 것 같고 구차함을 비웃는 듯하다. 그리고 그 전당국 주인까지도 자기의 구차한 것을 호령이나 할 듯이 싫을 것 같다.

그러나 눈 딱 감고 들어가려 하니까 문간에다가 '忌中^{기중. 상중(喪中)의 잘못}'이라 써 붙이고 문을 닫아버렸다.

'기중.'

사람이 죽었구나 하고서 생각하니 그 몇 분 동안에 자기 마음이 긴장되었던 것은 풀려진다.

그러면 이번에는 하는 수 없이 그 동무 아버지의 전당국으로 가야 하겠다. 한 발자국이라도 더디게 떼어놓아 그 전당국으로 들어설 때 가슴은 거북하고 머리에는 열이 올라와서 흐리멍덩하다. 기웃이 들여다보니까 아무도 없다. 혹시 동무 학동이나 만나지 않을까 하였더니 사무 보는 어른이 한 분 앉아 있고 아무도 없어 아주 다행이다.

그는 정거장 표 파는 데처럼 철망으로 얽고, 또 비둘기 창구멍처럼 뚫어놓은 곳으로 은비녀를 디밀었다. 신문을 보던 사무 보는 어른이 한번 흘겨보더니,

"무엇이냐?"

하고서 소리를 꽥 지른다.

"이것 잡으세요?"

하는 소리는 떨리고 가늘었다. 사무 보는 이는 아무 말 없이 그것을 받아들더니 저울에다가 달아본다.

진태는 속마음으로 만일 저것을 잡지 않으면 어떻게 하나, 나쁜 것이라고 퇴짜를 하면 어떻게 하나 하고 있을 때,

"얼마나 쓰련?"

하고 돈을 묻는다. 그는 겨우 안심을 하고서 돈 말하려다가 자기가 부르는 돈보다 적게 주면 어떻게 하나 하고서 도리어 그이더러,

"얼마나 나가요?"

하고 물었다. 그는 한참 있더니,

"일 원이다."

한다. 그러면 자기 어머니가 얻어오라는 것보다는 삼사십 전이 더하다. 그는 겨우 안심을 하고서,

"칠십 전 주세요."

하였다.

"네 이름이 무엇이냐?"

전당표에 이름이 쓰이는 것은 좋지 못하나 하는 수 없이 이름을 대었다. 사무 보는 이가 전당표를 쓰는 동안에 진태는 왔다 갔다 하였다. 그리고서 남에게는 전당 잡으러 온 체하지 않으려고 사면을 둘러보며 군소리를 하였다.

진태가 바깥을 내다볼 때 누구인지 덜미에서,

"진태냐?"

하는 어린애 소리가 들렸다. 그는 얼른 돌아다보니까 거기에는 그 집 주인의 아들이 반가이 맞으며,

"어째 왔니?"

하며 나온다. 진태는 달아나고 싶었다. 그리고는 될 수만 있으면 돈도 그만두고 피해가고 싶었다.

"내일 산술 숙제했니?"

어쩌면 그렇게 다정하게 물으랴. 그러나 진태는,

"아니."

하고서 고개를 내저었다. 그의 얼굴은 진홍빛같이 붉어졌다.

"얘, 큰일 났다. 나는 조금두 할 수가 없어!"

그의 말소리는 진태의 귀에 조금도 안 들린다. 내일 숙제는 고만 두고 내일 학교에 가면 반드시 여러 동무들이 흉들을 볼 터이요, 또 는 놀려대임을 당할 것이다. 그리고 그의 앞에는 커다란 수남이가 보이며 장난에 괴수요, 핀잔 잘 주고 못살게 굴기 잘하는 그 불량한 학생이 보인다.

전당표와 돈을 받아들었다. 이제는 싸전으로 갈 차례다. 석 되나 닷 되나 한 말 쌀을 파는 것은 오히려 자랑거리지마는 닷곱은 팔기 가 참으로 부끄럽다. 구차한 것이 죄악은 아니지마는 진태에게는 죄지은 것처럼 부끄럽다. 그는 싸전에 가서 종이 봉지에 쌀 닷곱을 싸들었다. 첫째 싸전쟁이^{싸전을 차려놓고 쌀을 파는 장수}가,

"왜 전대를 가지고 오지 않았어?"

꽥 소리를 한번 지르더니 딴사람의 쌀을 다 퍼주고야 종이 봉지 하나가 아까운 듯이 가까스로 닷곱 한 되를 퍼주었다.

돈을 주고 나왔다. 쌀 든 손은 얼어서 떨어지는 듯하다. 한 손으 로 귀를 녹이고 또 한 손으로는 번갈아가며 쌀 봉지를 들었다.

이번에는 나무가게로 갈 차례다. 나무가게로 갔다. 이십 전어치 를 묶었다. 그것을 새끼에다 질빵^{짐 따위를 질 수 있도록 어떤 물건 따위에 연결 한 줄}을 지어서 둘러메고 쌀은 여전히 옆에다 끼었다. 행길로 고개를 숙이고 가다가는 어깨가 아프고 손, 발, 귀가 시려서 잠깐 쉬다가 저 쪽을 보니까 자기 집 들어가는 골목을 조금 못 미쳐서 학교 선생님

한 분이 오신다.

진태는 얼핏 일어났다. 그리고 선생님이 골목까지 오시기 전에 먼저 그 골목으로 들어가야 하겠다 하였다. 그러고는 줄달음질하였다. 선생님은 아무것도 둘러메시었을 리가 없으므로 걸음이 속하시다. 자기는 힘에 닿지 않는 것을 둘러메었고 또 걸음이 더디다. 거진 선생님과 맞닥뜨리게 되었다. 그래서 앞도 보지 않고 골목으로 뛰어들어가다가 거기서 나오는 사람과 마주쳤다.

"에쿠!"

하면서 손에 들었던 쌀이 모두 흩어지고 나무는 어깨에 멘 채 나가자빠졌다.

"이 망할 집 자식, 눈깔이 없니?"

하고 들여다보는 그이는 자기 아버지다. 진태는 그래도 뒤를 돌아다보았다. 벌써 선생님은 본체만체 지나가버리셨다.

"이 망할 자식아, 쌀을 이렇게 흩트려서 어떻게 해?"

하며 아버지는 두 손으로 껌껌한 데서 그것을 쓸어서 바지 앞에다 담는다.

진태는 멍멍히 서 있다가 아버지에게 끌려서 집으로 들어갔다.

집에 들어가니까 어머니가 얼마나 받았으며 얼마나 썼으며 얼마나 남았느냐고 묻는다. 진태는 그 소리를 듣고서 전당표를 주었다.

그러고는 자세한 이야기를 하였다.

그러나 어머니는 진태의 잘잘못이 없었다. 유일한 보물을 전당을 잡혀서 팔아온 쌀까지 땅에다 모두 엎질러버린 것을 생각하매 그대로 있을 수 없을 만치 아깝고 분하다. 그래서,

"이 망할 녀석, 먹으라는 밥을 먹지 않아서 밥이나 먹고 자라고 하겠더니……."

하고서 주먹을 들고 덤벼들며,

"어디 좀 맞아보아라!"

하고서 또다시 덤벼든다. 진태는 아무것도 변명하지 않았다. 그러나 하루에 두 번씩 매를 맞게 되니까, 무엇이 원망스럽고 또 무엇을 저주하고 싶었으나 그것이 무엇인지 알지 못하였다. 그래서 그는 한참 얻어맞고 혼자 울었다. 그는 위로해주는 사람 하나 없고 쓰다듬어주는 사람 하나 없었다. 그는 방구석에 틀어박혀서 한참 울다가 그대로 잠이 들었다. 꿈에는 억울한 꿈을 꾸었다.

─1923년

· · · ·
여이발사

입던 네마키^{잠옷}를 전당국으로 들고 가서 돈 오십 전을 받아들었다. 깔죽깔죽하고 묵직하며 더구나 만든 지가 얼마 되지 않은 은화 한 개를 손에다 쥐일 때 얼굴에 왕거미줄같이 거북하고 끈끈하게 엉켰던 우울이 갑자기 벗어지는 듯하였다.

오차노미즈 다리를 건너 고등 여학교를 지나 순천당 병원 옆길로 본향을 향하여 걸어가면서 길거리에 있는 집들의 유리창이라는 유리창은 남기지 않고 들여다보았다. 그 유리창을 들여다볼 때마다 햇볕에 누렇게 익은 맥고모자^{밀짚모자} 밑으로 유대의 예언자 요한을 연상시키는 더부룩하게 기른 머리털이 가시덤불처럼 엉클어진데다가 그것이 땀에 젖어서 장마 때 뛰어다니는 개구리처럼 된 것이 그 속에 비칠 때,

'깎기는 깎아야 하겠구나.'

혼잣속으로 중얼거리고서는 다시 모자를 벗고서 코밑으로 거북하게 기어내리는 머리를 두어 번 쓰다듬은 후에 다시 땀내 나는 모자를 썼다.

그러자 그는 어떠한 고등 이발관이라는 간판 붙은 집 앞에 섰다. 그러나 머리를 깎으리라 하고서도 그 고등 이발관에는 들어갈 용기가 없었다. 그곳 이발 요금은 자기가 가진 재산 전부와 상등하다. 몇 시간을 두고 별러서 네마키를 전당국에 넣어서야 겨우 얻어 가진 단돈 오십 전이나마 그렇게 쉽게 손에 들어온 지 한 시간이 못 되어서 송두리째 내주기는 싫었다. 그리고 다만 십 전이라도 남겨서 주머니 귀퉁이에서 쟁그랑거리는 소리를 듣게 하는 것이 얼마간 빈 마음 귀퉁이를 채워주는지 모르는 듯하였다.

전기 풍선이 자랑스럽고 위엄 있게 돌아가며 제 빛에 뻔쩍거리는 소독기 놓인 고등 이발관을 지내놓았다. 그러고는 또다시 얼마큼 걸어갔다. 동경만에서 불어오는 태평양 바람이 훈훈하게 이마를 스쳐가고 땅에서 올라오는 복사열이 마치 짐승 튀겨내는 가마 속에 들어앉은 듯하게 한다. 옆으로 살수차가 지나가기는 하나 물방울이 떨어지기도 전에 흙덩이는 지렁이 똥처럼 말라버린다.

어디 삼등 이발소가 없나 하고 찾아보았다. 삼등 상옥^{이발소}에를 들어가면 이십 전이면 깎는다. 학생 머리 하나 깎는데 이십 전이면 족하다. 그러면 삼십 전이 남는다. 이십 전 지출하고도 잔여가 지출

액보다 많다. 그것을 생각할 때 얼마간 든든한 생각이 났다. 그래도 주머니 속에 삼십 전이 들어 있을 것을 생각하매 앞길에 할 일이 또 있는 듯하였다.

교의^{의자}가 단 둘이 놓이고 함석^{양동이, 대야를 만드는 데 쓰는 철판}으로 세면대를 만들어놓은 삼등 상옥에 왔다. 속을 들여다보았다.

주인이 신문을 든 채로 졸고 앉아 가끔가끔 물 마른 물방아 모양으로 끄덕끄덕 끄덕거리며 부채로 파리를 쫓는다. 용기가 났다. 의기양양하게 썩 들어섰다. 그리고 주인의 잠이 번쩍 깨이도록,

"곤니치와^{안녕하십니까}."

하고 인사를 하였다. 주인은 잠잔 것이 황송한 듯이 벌떡 일어나더니 굽실굽실하면서 방에서 끄는 짚세기를 꺼내놓으면서,

"어서 오십시오."

인사를 하고서 저쪽 교의 뒤에 가 등대^{미리 준비하고 기다림}나 하고 있는 듯이 서 있다. 모자를 벗어 걸었다. 그리고 양복 윗옷을 벗은 후 교의에 나가 앉으면서 그래도 못 미더워서 정가표 써 붙인 것을 곁눈으로 보았다. 생각한 바와 마찬가지로 이십 전이다. 적이 안심이 되었다. 그러나 또 없는 사람은 튼튼한 것이 제일이다. 전차를 타려고 전차표 한 장 넣어둔 것을 전차에 올라서기 전에 미리 손에다 꺼내드는 것이나 마찬가지로 그래도 튼튼히 하리라 하고 번연히 바지 주머니에 아까 전당표하고 얼려 받으면서 그대로 받는 대로 집어넣은 오십 전 은화를 상고해보고 전당표를 보이면 창피하니까 돈만 따로 한

귀퉁이에다 단단히 눌러넣은 후에 머리 깎을 준비로 떡 기대앉았다.

머리 깎는 기계가 머리 표면에서 이리 가고 저리 갈 때 그 머릿속으로 여러 가지 궁리를 한다. 물론 돈 쓸 일은 많다. 그러나 삼십 전이라는 적은 돈을 가지고서 최대한도까지 이익 있게 활용해야 할 것이다. 하숙에서는 밥값을 석 달이나 못 내었으니까 오늘낼로 내쫓는다고 재촉이다. 그러나 집에서는 돈 부쳐줄 만하지는 못하다. 그렇다고 그대로 있을 수는 없다. 어디 가서 거짓말을 해서든 단돈 십 원이라도 만들어야 할 것이다. 시부야에 있는 제일 절친한 친구 하나가 살그럭대그럭 돌아가는 머리 깎는 기계 소리와 함께 눈앞에 보인다. 그러나 그놈에게 가서 우선 저녁을 뺏어먹고 돈 몇십 원 얻어와야겠다. 그놈의 할아버지는 그믐날이면 꼭꼭 전보로 돈을 부쳐주니까 오늘은 꼭 돈이 왔을 터이지! 나는 며칠 있다가 우리 외가에서 돈을 부쳐주마 하였다 하고 우선 거짓말이라도 해서 갖다 쓰고 볼 일이지. 그렇다. 그러면 여기서 거기까지 걸어갈 수는 없으니까 전차 왕복에 십 전이다. 십 전이면 될 것이다. 그리고 또 이십 전이 남지! 그것은 이렇게 더운데 얼음 십 전어치만 먹고 십 전은 내일 아침이나 이따 저녁에 목욕을 갈 터이다.

그래 동전 몇 푼이 남는다 할 때 기계가 머리끝을 따끔하게 씹는다. 화가 났다. 재미있게 예산을 치는데 갑자기 따끔함을 당하니까 그 꿈같이 놓은 예산은 다 달아나고 저는 여전히 교의 위에 앉아 있다. 분풀이가 하고 싶어서 못 견딜 지경이다. 그러나 어떻게 분풀이

를 하랴. 일어나서 때려줄 수도 없고 그렇다고 책망할 수도 없다. 다만,

"이크 아파."

하고 상을 찌푸렸다.

놈은 퍽 미안한 모양이다. 허리를 깝죽깝죽하며,

"안되었습니다. 안되었습니다."

할 뿐이다. 석경 유리로 만든 거울 속으로 들여다보니까 미안한 표정이라고는 허리 깝죽깝죽하는 것뿐이다. 허리는 그만 깝죽거리고 입 끝으로 잘못했습니다, 소리는 하지 않더라도 다만 눈 가장자리에 참 미안해하는 표정을 보고 싶었다. 그래서 나도 웬일인지 그놈이 허리만 깝죽깝죽하는 꼴이 아주 마음에 차지 않아서 당장에 무슨 짓을 해서든지 나의 머리끝을 집어뜯던 보복이 하고 싶어 못 견디었다.

그럴 때 마침 놈이 나의 머리를 조금 바른편으로 틀라는 듯이 두 손으로 지그시 건드렸다. 나도 옳다 하고 일부러 왼편으로 틀었다. 고개를 들라 하면 수그리고 수그리라 하면 들었다. 그리고 일부러 몸짓을 하고 고갯짓을 하였다. 그러면서 석경 속으로 그놈의 얼굴을 보니까 이마에 내 천川 자를 그리고 눈썹과 눈썹 사이는 말라붙은 듯이 쭈글쭈글하다. 화가 나는 것을 약 먹듯 참는 모양이다.

기계를 갖다 놓고 몸을 탁탁 털 적에 긴 한숨 쉬는 소리가 들린다. 그러고는 솔로 머리를 털면서 내 얼굴을 다시 한 번 들여다본다. 어떤 놈인가 자세히 보고 싶은 모양이다. 그럴 때,

"진지 잡수셔요."

하는 은령^{은방울} 같은 소리가 들린다. 그 목소리 하나만 가져도 미인 노릇을 할 듯한 여성의 소리다. 깜깜한 난취한^{술에 잔뜩 취한} 세상에서 가인의 노래를 듣는 듯이 피가 돌고 가슴이 뛰고 마음이 공중에 뜬다.

"밥?"

놈은 기계를 솔로 쓸면서 오만스럽게 대답을 한다. 그것으로써 내외인 것을 짐작하였다.

"이리 와서 이 손님 면도를 좀 해드려."

하는 소리가 분명치 못하게 들렸다. 나는 그 소리를 분명히 이해할 때까지 적어도 이 분은 걸렸다. 왜 그런고 하니 여편네더러 그렇게 손님의 면도를 하라고 할 리가 없는 까닭이다. 그러할 리가 있기는 있다. 동경서 여자가 머리를 깎는 이발관이 한두 군데가 아니지마는 자기의 머리를 여자가 깎아준다는 것까지는 아주 예상 밖인 까닭이다. 놈이 들어가더니 년이 나온다. 석경 속으로 우선 그 여자의 얼굴부터 상고하자. 그 상고하려는 머릿속이야말로 좋은 기대와 또는 불안이 엉켰다 풀렸다 한다. 남의 여편네 어여쁘거나 곰보딱지거나 무슨 관계가 있으랴마는 그래도 잘 못생겼으면 낙담이 되고 잘생겼으면 마음이 기쁘고 부질없는 기대가 있다.

석경 속으로 비추었다. 에구머니, 나이는 스물셋 아니면 넷인데 무엇보다도 그 눈이 좋고 입이 좋고 그 코가 좋고 그 뺨이 좋다. 머리는 숭없다^{흉업다} 좋다 할 수가 없고 허리는 호리호리한데다 잠깐

굽은 듯한데 전신의 윤곽이 기름칠한 것같이 흐른다. 어떻든 놈에게는 분에 과한 미인이요, 만일 날더러 데리고 살겠느냐 하면 한번은 생각해보아야 할 만한 여자다.

·손이 면도칼을 집는다. 손도 그렇게 어여쁜 줄은 몰랐다. 갓 잡아놓은 백어^{뱅어}가 입에다 칼을 물고 꼼지락거리는 듯이 위태하고도 진기하다. 이제는 저 손이 나의 얼굴에 닿으렷다 할 때 나는 눈을 감았다. 사람이 경이를 좋아하는 것은 아마 통성^{여럿이 공통으로 가지고 있는 성질}일 것이다. 나는 그 칼을 든 어여쁜 손이 이 뺨 위에 오는 것을 보는 것보다 눈 딱 감고 있다가 갑자기 와닿는 것이 얼마나 나에게 경이스러운 쾌감을 줄까 하고서 눈을 감았다. 비누질을 할 적에는 어쩐지 불쾌하였다. 그러더니 잔등에 젖내 같은 여성의 냄새와 따뜻한 기운이 돌더니 내가 그 여자의 손이 와서 닿으리라 한 곳에 참으로 그 여자의 따뜻한 손가락이 살며시 지그시 눌린다. 그러고는 나의 얼굴 위에는 감은 눈을 통하여 그 여자의 얼굴이 왔다 갔다 하는 것이 보인다. 뺨을 쓰다듬는다. 비단결 같은 손이 나의 얼굴을 시들도록 문지르고 잘라진 꽁지가 발딱발딱 뛰는 도마뱀 같은 손가락이 나의 얼굴 전면에서 제멋대로 댄스를 한다. 그러고는 몰약^{몰약나무의 껍질에 상처를 내어 흐르는 유액을 건조시켜 만든 약재}을 사르는 듯한 입김이 나의 콧속으로 스쳐 들어오고 가끔가끔 가다가 그의 몽실몽실한 무릎이 나의 무릎을 스치기도 하고 어떤 때 나의 눈썹을 쥘 때에는 거의 나의 무릎 위에 올라앉을 듯이 가까이 왔다. 눈이 뜨고 싶어 못

견디었다. 그의 정성을 다하여 나의 털구멍과 귓구멍을 들여다보는 눈이 얼마나 영롱하여 나의 영혼을 맑은 샘물로 씻는 듯하랴. 그리고 나의 입에서 몇 치가 못 되는 거리에 있는 그의 붉은 입술이 얼마나 나의 시든 피를 끓게 하고 타게 하는 듯하랴. 그러나 나는 눈을 뜨지 못하였다. 칼 든 여성 앞에서 이렇게 쾌감을 느끼고 넘치는 희열을 맛보기는 처음이다. 면도질이 거의 끝나간다. 그것이 말할 수 없이 싫었다. 그리고 놈이 밥을 먹고 나오면 어찌하나 공연히 불안하였다.

면도가 끝나고 세수를 하고 다시 얼굴에 분을 바른다. 검은 얼굴에 하얀 분을 바르는 것이 우습던지 그 여자는 쌩긋 웃다가 그 웃음을 참으려고 입술을 이로 깨무는 것은 가슴을 깨무는 듯이 부끄럽기도 하고 아프게 좋다. 한번 따라서 빙긋 웃어주었다.

그러니까 그 여자는 아주 툭 터져버렸다. 그러고도,

"왜 웃으셔요?"

하고서 은근히 조롱 비슷하게 나의 어깨에서 수건을 벗기면서 묻는다. 나도 일어서면서,

"다 되었소?"

하고서 그 여자를 보니까 또 보고 웃는다.

"왜 웃어요?"

하는 마음은 공연히 허둥지둥해지고 싱숭생숭해진다. 그래도 대답이 없이 웃기만 한다. 나는 속으로 '미친년' 하고서 돈을 내리라 하

였다. 그러나 그대로 나가는 것은 무미하다. 웃는 것이 이상하다. 아무리 해도 수상하다. 그래서 어디 말할 시간이나 늘려보려고 술이 있으면 술이라도 청해보고 싶지마는 물을 한 그릇 청했다. 들어가더니 물을 떠가지고 나왔다. 나는 그것을 마시면서,

"무엇이 그리 우스워요?"

하고 그 여자를 지근거리는 듯이 웃어보았다.

"아냐요, 아무것도 아니야요."

그 여자는 웃음을 참고 얼굴을 새침하면서 그래도 터질 듯 터질 듯한 웃음이 그의 두 눈으로 들락날락한다. 그 꼴을 보고서, 그의 손을 잡고서 손등을 쓰다듬으며 '손이 매우 어여쁘구려' 하고 싶을 만치 시룽시룽하는 생각이 그 여자에게서 감염되는 듯하였으나 그래도 참고서 요다음으로 좋은 기회를 물릴 작정하고,

"얼마요?"

뻔히 아는 요금을 물어보았다. 그 여자는,

"이십 전."

하고 고개를 구부린다. 나는 오십 전 은화를 쑥 내밀었다. 그 고운 손 위에 그것이 떨어지며 나는 모자를 쓰고 나오려 하면서,

"또 봅시다."

하였다. 그 여자는 쫓아나오며,

"거스른 것을 가지고 가십시오."

하고서 나를 부른다. 어떻게 그것을 받을 수가 있으랴. 그때에는 시

부야 친구도 없고 빙수도 없고 목욕도 없고 하숙에서 졸리는 것도 없다. 나는 호기 있게,

"됐소."

하고 그대로 오다가 다시 돌아다보니까 그 여자가 그대로 서서 나를 보고 웃는다. 나는 기막히게 좋다. 나는 활개를 치고 걸어온다. 그러고는 그 여자가 자기와 그 여자 사이에 무슨 낙인이나 쳐놓은 것처럼 다시는 변통할 수 없이 그 무엇이 연결된 듯하였다. 그러고는 말할 수 없는 만족이 어깻짓 나게 하며 활갯짓이 나게 한다. 얼른얼른 가서 같은 하숙에 있는 K군에게 자랑을 하리라 하고서 겅정겅정 걸어온다.

오다가 더워서 모자를 벗었다. 벗고서 뒤통수에서부터 앞이마까지 두어 번 쓰다듬다가,

"응?"

하고서 얼굴을 갑자기 쓴 것을 깨문 것처럼 하고 문득 섰다가,

"이런 제기."

하고서 주먹을 쥐고 들었던 모자를 내던질 듯이 휙 뿌렸다.

"그러면 그렇지, 삼십 전만 내버렸구나."

하고서 다시 한 번 어렸을 적에 간기^{뇌전증}를 앓음으로 쑥으로 뜬 자죽^{자국}만 둘째손가락 끝으로 만져보았다.

−1923년

벙어리 삼룡이

1

내가 열 살이 될락 말락 한 때니까 지금으로부터 십사오 년 전 일이다. 지금은 그곳을 청엽정이라 부르지마는 이때는 연화봉이라고 이름하였다. 즉 남대문에서 바로 내려다보면 오정포^{낮 열두 시를} ^{알리는 대포}가 놓여 있는 산등성이가 있으니 그 산등성이 이쪽이 연화봉이요, 그 새에 있는 동네가 역시 연화봉이다.

지금은 그곳에 빈민굴이라고 할 수밖에 없이 지저분한 촌락이 생기고 노동자들밖에 살지 않는 곳이 되어버렸으나 그때에는 자기네 딴은 행세한다는 사람들이 있었다. 집이라고는 십여 호밖에 있지 않았고 그곳에 사는 사람들은 대개 과목밭^{과수원}을 하고, 또는 채소를 심거나 아니면 콩나물을 길러서 생활을 해갔었다.

여기에 그중 큰 과목밭을 갖고 그중 여유 있는 생활을 해가는 사람이 하나 있었는데, 그의 이름은 잊어버렸으나 동네 사람들이 부르기를 오 생원이라고 불렀다.

얼굴이 동탕하고 토실토실하게 잘생기고 목소리가 마치 여름에 버드나무에 앉아서 길게 목 늘여 우는 매미 소리같이 저르렁저르렁하였다.

그는 몹시 부지런한 중년 늙은이로 아침이면 새벽 일찍이 일어나서 앞뒤로 뒷짐을 지고 돌아다니며 집안일을 보살피는데, 그 동네에는 그가 마치 시계와 같아서 그가 일어나는 때가 동네 사람이 일어나는 때였다. 만일 그가 아침에 돌아다니며 잔소리를 하지 않으면 동네 사람들이 이상하여 그의 집으로 가보면 그는 반드시 몸이 불편하여 누웠었다. 그러나 그와 같은 때는 일 년 삼백육십오 일에 한 번 있기가 어려운 일이요, 이태나 삼 년에 한 번 있거나 말거나 하였다.

그가 이곳으로 이사를 온 지는 얼마 되지 아니하나 언제든지 감투를 쓰고 다니므로 동네 사람들은 양반이라고 불렀고, 또 그 사람도 동네 사람들에게 그리 인심을 잃지 않으려고 섣달 음력 12월 이면 북어쾌 북어 스무 마리, 김톳김 백 장 씩 동네 사람에게 나눠주며 농사 때에 쓰는 연장도 넉넉히 장만한 후 아무 때나 동네 사람들이 쓰게 하므로 그 동네에서는 가장 인심 후하고 존경받는 집인 동시에 세력 있는 집이다.

그 집에는 삼룡三龍이라는 벙어리 하인 하나가 있으니 키가 본시 크지 못하여 땅딸보로 되었고 고개가 빼지 못하여 몸뚱이에 대강이 머리를 속되게 이르는 말를 갖다가 붙인 것 같다. 거기다가 얼굴이 몹시 얽고 우묵우묵한 마맛자국이 있고 입이 몹시 크다. 머리는 전에 새 꼬랑지 같은 것을 주인의 명령으로 깎기는 깎았으나 불밤송이채 익기도 전에 말라 떨어진 밤송이 모양으로 언제든지 푸 하고 일어섰다. 그래서 걸어다니는 것을 보면 마치 옴두꺼비두꺼비의 몸이 옴딱지 붙은 것과 같이 보이는 데서 유래한 말가 서서 다니는 것같이 숨차 보이고 더디어 보인다. 동네 사람들이 부르기를 삼룡이라고 부르는 법이 없고 언제든지 '벙어리, 벙어리'라고 하든지 그렇지 않으면 '앵모, 앵모' 한다. 그렇지만 삼룡이는 그 소리를 알지 못한다.

그도 이 집 주인이 이리로 이사를 올 때에 데리고 왔으니 진실하고 충성스러우며 부지런하고 세차다. 눈치로만 지내가는 벙어리지마는 말하고 듣는 사람보다 슬기로울 적이 있고 평생 조심성이 있어서 결코 실수한 적이 없다. 아침에 일어나면 마당을 쓸고 소와 돼지의 여물을 먹이며 여름이면 밭에 풀을 뽑고 나무를 실어들이고 장작을 패며 겨울이면 눈을 쓸고 잔심부름이며 진일 마른일 할 것 없이 못하는 일이 없다. 그럴수록 이 집 주인은 벙어리를 위해주며 사랑한다. 혹시 몸이 불편한 기색이 있으면 쉬게 하고, 먹고 싶어하는 듯한 것은 먹이고, 입을 때 입히고 잘 때 재운다.

그런데 이 집에는 삼대독자로 내려오는 그 집 아들이 있다. 나이는 열일곱 살이나 아직 열네 살도 되어 보이지 않고 너무 귀엽게 기르기 때문에 누구에게든지 버릇이 없고 어리광을 부리며 사람에게나 짐승에게 잔인 포악한 짓을 많이 한다.

동네 사람들은,

"후레자식 배운 데 없이 막되게 자라 버릇이 없는 사람! 아비 속상하게 할 자식! 저런 자식은 없는 것만 못해."

하고 욕들을 한다. 그래서 그의 어머니는 아들이 잘못할 때마다 그의 영감을 보고,

"그 자식을 좀 때려주구려. 왜 그런 것을 보고 가만두?"

하고 자기가 대신 때려주려고 나서면,

"아뇨. 아직 철이 없어 그렇지. 저도 지각이 나면 그렇지 않을 것이 아뇨."

하고 너그럽게 타이른다.

그러면 마누라는 왜가리처럼 소리를 지르며,

"철이 없긴 지금 나이가 몇이오? 낼모레면 스무 살이 되는데, 또 며칠 지나면 장가를 들어서 자식까지 날 것이 그래가지고 무엇을 한단 말이오."

하고 들이대며,

"자식은 꼭 아버지가 버려놓았습니다. 자식 귀여운 것만 알았지, 버릇 가르칠 줄은 모르니까……."

이렇게 싸움이 시작만 하려 하면 영감은 아무 말도 하지 않고 바

깥으로 나가버린다.

　그 아들은 더구나 이 벙어리를 사람으로 알지도 않는다. 말 못하는 벙어리라고 오고 가며 주먹으로 허구리^{허리 좌우의 갈비뼈 아래 잘록한 부분}를 지르기도 하고 발길로 엉덩이도 찬다. 그러면 그 벙어리는 어린 것이 철없이 그러는 것이 도리어 귀엽기도 하고 또는 그 힘없는 팔과 힘없는 다리로 자기의 무쇠 같은 몸을 건드리는 것이 우습기도 하고 앙증하기도 하여 돌아서서 빙그레 웃으면서 툭툭 털고 다른 곳으로 몸을 피해버린다.

　어떤 때는 낮잠 자는 벙어리 입에다가 똥을 먹인 때도 있었다. 또 어떤 때는 자는 벙어리 두 팔 두 다리를 살며시 동여매고 손가락과 발가락 사이에 화승불을 붙여놓아 질겁을 하고 일어나다가 발버둥질을 하고 죽으려는 사람처럼 괴로워하는 것을 보고 기뻐하였다.

　이러할 때마다 벙어리의 가슴에는 비분한 마음이 꽉 들어찼다. 그러나 그는 주인의 아들을 원망하는 것보다도 자기가 병신인 것을 원망하였으며 주인의 아들을 저주한다는 것보다 이 세상을 저주하였다. 그러나 그는 결코 눈물을 흘리지 않았다. 그의 눈물은 나오려 할 때 아주 말라붙어버린 샘물과 같이 나오려 하나 나오지를 아니하였다. 그는 주인의 집을 버릴 줄 모르는 개 모양으로 자기가 있어야 할 곳은 여기밖에 없고 자기가 믿을 것도 여기 있는 사람들밖에 없는 줄 알았다. 여기서 살다가 여기서 죽는 것이 자기의 운명인 줄밖에 알지 못하였다. 자기의 주인 아들이 때리고 지르고 꼬집어 뜯고 모든 방법으로 학대할지라도 그것이 자기에게 으레 있는 줄밖에 알지 못하였다. 아픈 것도 그 아픈 것이 으레 자기에게 돌아올 것이요, 쓰린 것도 자기가 받지 않아서는 안 될 것으로 알았다. 그는 이마땅히 자기가 받아야 할 것을 어떻게 해야 면할까 하는 생각을 한 번도 해본 일이 없었다.

그가 이 집에서 떠나가려거나 또는 그의 생활환경에서 벗어나려는 생각은 한 번도 해보지 못하였다 할지라도 그는 언제든지 그 주인 아들이 자기를 학대하고 또는 자기를 못살게 굴 때 그는 자기의 주먹과 또는 자기의 힘을 생각해보았다.

주인 아들이 자기를 때릴 때 그는 주인 아들 하나쯤은 넉넉히 제지할 힘이 있는 것을 알았다. 어떠한 때는 아픔과 쓰림이 자기의 몸으로 스며들 때면 그의 주먹은 떨리면서 어린 주인의 몸을 치려 하다가는 그것을 무서운 고통과 함께 꽉 참았다.

그는 속으로,

'아니다. 그는 나의 주인의 아들이다. 그는 나의 어린 주인이다.'
하고 꾹 참았다.

그러고는 그것을 얼핏 잊어버렸다. 그러다가도 동넷집 아이들과 혹시 장난을 하다가 주인 아들이 울고 들어올 때에는 그는 황소같이 날뛰면서 주인을 위하여 싸웠다. 그래서 동네에서도 어린애들이나 장난꾼들이 벙어리를 무서워하여 감히 덤비지를 못하였다. 그리고 주인 아들도 위급한 경우에는 언제든지 벙어리를 찾았다. 벙어리는 얻어맞으면서도 기어드는 충견 모양으로 주인의 아들을 위하여 싫어하지 않고 힘을 다하였다.

2

벙어리가 스물세 살이 될 때까지 그는 물론 이성과 접촉할 기회가 없었다. 동네의 처녀들이 저를 '벙어리, 벙어리' 하며 괴상한 손짓과 몸짓으로 놀려먹음을 받을 적에 분하고 골나는 중에도 느긋한 즐거움을 느껴본 일은 있었으나 그가 결코 사랑으로써 어떠한 여자를 대해본 일은 없었다.

그러나 정욕을 가진 사람인 벙어리도 그의 피가 차디찰 리는 없었다. 혹 그의 피는 더욱 뜨거웠을는지도 알 수 없었다. 뜨겁다 뜨겁다 못하여 엉겨버린 엿과 같을지도 알 수 없었다. 만일 그에게 볕을 주거나 다시 뜨거운 열을 준다면 그의 피는 다시 녹을는지도 알 수 없었다.

그가 깜박깜박하는 기름등잔 아래에서 밤이 깊도록 짚신을 삼을 때면 남모르는 한숨을 아니 쉬는 것도 아니지마는 그는 그것을 곧 억제할 수 있을 만큼 정욕에 대하여 벌써부터 단념을 하고 있었다.

마치 언제 폭발이 되는지 알지 못하는 휴화산 모양으로 그의 가슴속에는 충분한 정열을 깊이 감추어놓았으나 그것이 아직 폭발될

시기가 이르지 못한 것이었다. 비록 폭발이 되려고 무섭게 격동함을 벙어리 자신도 느끼지 않는 바는 아니지마는 그는 그것을 폭발시킬 조건을 얻기 어려웠으며 또는 자기가 여태까지 능동적으로 그것을 나타낼 수가 없을 만큼 외계의 압축을 받았으며 그것으로 인한 이지^{이성과 지혜}가 너무 그에게 자제력을 강대하게 해주는 동시에 또한 너무 그것을 단념만 하게 해주었다.

속으로 '나는 벙어리다', 자기가 생각할 때 그는 몹시 원통함을 느끼는 동시에 말하는 사람들과 똑같은 자유와 똑같은 권리가 없는 줄 알았다. 그는 이와 같은 생각에서 언제든지 단념하지 않으려야 단념하지 않을 수 없는 그 단념이 쌓이고 쌓여 지금에는 다만 한 개의 기계와 같이 이 집에 노예가 되어 있으면서도 그것을 자기의 천직으로 알고 있을 뿐이요, 다시는 자기가 살아갈 세상이 없는 것같이밖에 알지 못하게 된 것이다.

3

그해 가을이다. 주인의 아들이 장가를 들었다. 색시는 신랑보다 두 살 위인 열아홉 살이다. 주인이 본시 자기가 언제든지 문벌^{대대로 내려오는 그 집안의 사회적 신분이나 지위}이 얕은 것을 한탄하여 신부를 구할 때에 첫째 조건이 문벌이 높아야 할 것이었다. 그러나 문벌 있는 집에서는 그리 쉽게 색시를 내놓을 리가 없었다. 그러므로 하는 수 없이 그 어떠한 영락한^{세력이나 살림이 줄어들어 보잘것없이 된} 양반의 딸을 돈을 주고 사오다시피 하였으니 무남독녀 외딸을 둔 남촌 어떤 과부를 꿀을 발라서 약혼을 하고 혹시나 무슨 딴소리가 있을까 하여 부랴부랴 성례^{혼인의 예식을 지냄}를 시켜버렸다.

혼인할 때의 비용도 그때 돈으로 삼만 냥을 썼다. 그리고 아들의 처갓집에 며느리 뒤 보아주는 바느질삯, 빨래삯이라는 명목으로 한 달에 이천오백 냥씩을 대어주었다.

신부는 자기 아버지가 돌아가기 전까지 상당히 견디기도 하고 또는 금지옥엽같이 기른 터이라, 구식 가정에서 배울 것 읽힐 것은 못한 것이 없고 또는 본래 인물이라든지 행동거지에 조금도 구김이 있지 아니하다.

신부가 오자 신랑의 흠절^{부족하거나 잘못된 점}이 생기기 시작하였다.

"신부에게다 대면 두루미와 까마귀지."

"아직도 철딱서니가 없어."

"색시에게 쥐여 지내겠지."

"신랑에겐 과하지."

동넷집 말 좋아하는 여편네들이 모여 앉으면 이렇게 비평들을 한다. 어떠한 남의 걱정 잘하는 마누라님은 간혹 신랑을 보고는 그대로 세워놓고,

"글쎄, 이제는 어른이 되었으니 셈이 좀 나요. 저러구 어떻게 색

시를 거느려 가누. 색시방에 들어가기가 부끄럽지 않담."

하고 들이대다시피 하는 일이 있다.

이럴 적마다 신랑의 마음은 그 말하는 이들이 미웠다. 일부러 자기를 부끄럽게 하려고 하는 것 같아서 그 후에 그를 만나면 말도 안 하고 인사도 하지 아니한다.

또 그의 고모 되는 이가 와서 자기 조카를 보고,

"인제는 어른이야. 너도 그만하면 지각이 날 때가 되지 않았니. 네 처가 부끄럽지 아니하냐?"

하고 타이를 적마다 그의 마음은 그 말하는 사람이 부끄럽다는 것보다도 자기를 이렇게 하게 한 자기 아내가 더욱 밉살머리스러웠다.

"여편네가 다 무엇이냐? 저 빌어먹을 년이 들어오더니 나를 이렇게 못살게 굴지."

혼인한 지 며칠이 못 되어 그는 색시방에 들어가지를 않았다. 집 안에서는 야단이 났다. 마치 돼지나 말 새끼를 흘레^{교미}시키려는 것 같이 신랑을 색시방으로 집어넣으려 하나 막무가내였다. 그럴 때마다 신랑은 손에 닥치는 대로 집어 때려서 자기의 외사촌 누이의 이마를 뚫어서 피까지 나게 한 일이 있었다. 집안 식구들은 하는 수가 없어 맨 나중으로 아버지에게 밀었다. 그러나 그것도 소용이 없을 뿐더러 풍파를 더 일으키게 하였다. 아버지께 꾸중을 듣고 들어와서는 다짜고짜로 신부의 머리채를 쥐어잡아 마루 한복판에 태질^세_{게 메어치거나 내던지는} 짓을 쳤다. 그러고는,

"이년, 네 집으로 가거라. 보기 싫다. 내 눈앞에는 보이지도 마라."
하였다. 밥상을 가져오면 그 밥상이 마당 한복판에서 재주를 넘고 옷을 가져오면 그 옷이 쓰레기통으로 나간다.

이리하여 색시는 시집오던 날부터 팔자 한탄을 하고서 날마다 밤마다 우는 사람이 되었다. 울면 요사스럽다고 때린다. 또 말이 없으면 빙충맞다고 똑똑하지 못하고 어리석으며 수줍음을 탄다고 친다. 이리하여 그 집에는 평화스러운 날이 하루도 없었다.

이것을 날마다 보는 사람 가운데 알 수 없는 의혹을 품게 된 사람이 하나 있으니 그는 곧 벙어리 삼룡이였다.

그렇게 예쁘고 유순하고 그렇게 얌전한, 벙어리의 눈으로 보아서는 감히 손도 대지 못할 만큼 선녀 같은 색시를 때리는 것은 자기의 생각으로는 도저히 풀 수 없는 의심이다. 보기에도 황홀하고 건드리기도 황송할 만치 숭고한 여자를 그렇게 학대한다는 것은 너무나 세상에 있지 못할 일이다. 자기는 주인 새서방에게 개나 돼지같이 얻어맞는 것이 마땅한 이상으로 마땅하지마는 선녀와 짐승의 차가 있는 색시와 자기가 똑같이 얻어맞는 것은 너무 무서운 일이다. 어린 주인이 천벌이나 받지 않을까 두렵기까지 하였다.

어떠한 달밤, 사면은 고요 적막하고 별들은 드문드문 눈들만 깜박이며 반달이 공중에 뚜렷이 달려 있어 수은으로 세상을 깨끗하게 닦아낸 듯이 청명한데 삼룡이는 검둥개 등을 쓰다듬으며 바깥마당 멍석 위에 비슷이 드러누워 하늘을 쳐다보며 생각해보았다.

주인 색시를 생각하면 공중에 있는 달보다도 더 곱고 별들보다도 더 깨끗하였다. 주인 색시를 생각하면 달이 보이고 별이 보였다. 삼라만상^{우주에 있는 온갖 사물과 현상}을 씻어내는 은빛보다도 더 흰 달이나 별의 광채보다도 그의 마음이 아름답고 부드러운 듯하였다. 마치 달이나 별이 땅에 떨어져 주인 새아씨가 된 것도 같고, 주인 새아씨가 하늘에 올라가면 달이 되고 별이 될 것 같았다.

더구나 자기를 어린 주인이 때리고 꼬집을 때 감히 입 벌려 말은 하지 못하나 측은하고 불쌍히 여기는 정이 그의 두 눈에 나타나는 것을 다시 생각할 때 그는 부들부들한 개 등을 어루만지면서 감격을 느꼈다. 개는 꼬리를 치며 자기를 귀여워하는 줄 알고 벙어리의 손을 핥았다.

삼룡이의 마음은 주인아씨를 동정하는 마음으로 가득 찼다. 또는 그를 위해서는 자기의 목숨이라도 아끼지 않겠다는 의분에 넘쳤다. 그것은 마치 살구를 보면 입속에 침이 도는 것같이 본능적으로 느껴지는 감정이었다.

4

새댁이 온 뒤에 다른 사람들은 자유로운 안 출입을 금하였으나 벙어리는 마치 개가 맘대로 안에 출입할 수 있는 것같이 아무 의심

없이 출입할 수가 있었다.

　하루는 어린 주인이 먹지 않던 술이 잔뜩 취하여 무지한 놈에게
맞아서 길에 자빠진 것을 업어다가 안으로 들여다 누인 일이 있었
다. 그때에 아무도 안에 있지 않고 다만 새색시 혼자 방에서 바느질
을 하고 있다가 이 꼴을 보고 벙어리의 충성된 마음이 고마워서 그
후에 쓰던 비단 헝겊 조각으로 부시쌈지 부싯돌 따위를 넣어서 가지고 다니는
작은 주머니 하나를 만들어준 일이 있었다.

　이것이 새서방님의 눈에 띄었다. 그래서 색시는 어떤 날 밤 자던
몸으로 마당 복판에 머리를 푼 채 내동댕이가 쳐졌다. 그리고 온몸
에 피가 맺히도록 얻어맞았다.

　이것을 본 벙어리는 또다시 의분의 마음이 뻗쳐올라왔다. 그래서
미친 사자와 같이 뛰어들어가 새서방님을 밀어던지고 새색시를 둘
러메었다. 그리고 나는 수리와 같이 바깥사랑 주인 영감 있는 곳으
로 뛰어가 그 앞에 내려놓고 손짓과 몸짓을 열 번 스무 번 거푸하며
하소연하였다.

　그 이튿날 아침에 그는 주인 새서방에게 물푸레 물푸레나무로 얼굴
을 몹시 얻어맞아서 한쪽 뺨이 눈을 얼러서 피가 나고 주먹같이 부
었다. 그 때릴 적에 새서방의 입에서 나오는 말은,

　"이 흉측한 벙어리 같으니, 내 여편네를 건드려!"
하고 부시쌈지를 뺏어서 갈가리 찢어 뒷간에 던졌다.

　"그리고 이놈아! 인제는 주인도 몰라보고 막 친다! 이런 것은 죽

여야 해!"

하고 채찍으로 그의 뒷덜미를 갈겨서 그 자리에 쓰러지게 하였다.

벙어리는 다만 두 손으로 빌 뿐이었다. 말도 못하고 고개를 몇백 번 코가 땅에 닿도록 그저 용서해달라고 빌기만 하였다. 그러나 그의 가슴에는 비로소 숨겨 있던 정의감이 머리를 들기 시작하였다. 그는 그 아픈 것을 참아가면서도 북받치는 분노를 억제하였다.

그때부터 벙어리는 안방에 들어가지 못하였다. 이 들어가지 못하는 것이 더욱 벙어리로 하여금 궁금증이 나게 하였다. 그 궁금증이라는 것이 묘하게 빛이 변하여 주인아씨를 뵈옵고 싶은 감정으로 변하였다. 뵈옵지 못하므로 가슴이 타올랐다. 몹시 애상슬픈 생각의 정서가 그의 가슴을 저리게 하였다. 한 번이라도 아씨를 뵈올 수가 있으면 하는 마음이 나더니 그의 마음의 넋은 느끼기를 시작하였다. 센티멘털한 가운데에서 느끼는 그 무슨 정서는 그에게 생명 같은 희열을 주었다. 그것과 자기의 목숨이라도 바꿀 수 있을 것 같았다. 어떤 때는 그대로 대강이로 담을 뚫고 들어가고 싶도록 주인아씨를 뵈옵고 싶은 것을 꾹 참을 때도 있었다.

그 후부터는 밥을 잘 먹을 수가 없었다. 일도 손에 잡히지 않았다. 틈만 있으면 안으로만 들어가고 싶었다.

주인이 전보다 많이 밥과 음식을 주고 더 편하게 해주었으나 그것이 싫었다. 그는 밤에 잠을 자지 않고 집 가장자리를 돌아다녔다.

5

하루는 주인 새서방님이 술이 취하여 들어오더니 집안이 수선수선해지며 계집 하인이 약을 사러 갔다 들어오는 것을 보고 그 계집 하인을 붙잡았다. 그리고 무엇이냐고 물었다.

계집 하인은 한 주먹을 뒤통수에 대고 얼굴을 젊다고 하는 뜻으로 쓰다듬으며 둘째손가락을 내밀었다. 그것은 그 집 주인은 엄지손가락이요, 둘째손가락은 새서방님이라는 뜻이요, 주먹을 뒤통수에 대는 것은 여편네라는 뜻이요, 얼굴을 문지르는 것은 예쁘다는 뜻으로 벙어리에게 쓰는 암호다. 그런 뒤에 다시 혀를 내밀고 눈을 뒤집어쓰는 형상을 하고 두 팔을 싹 벌리고 뒤로 자빠지는 꼴을 보이니 그것은 사람이 죽게 되었거나 앓을 적에 하는 말 대신의 손짓이다.

벙어리는 눈을 크게 뜨고 계집 하인에게 한 발자국 가까이 들어서며 놀라는 듯이 한참이나 있었다.

그의 가슴은 무섭게 격동하였다. 자기의 그리운 주인아씨가 죽었다는 말이나 아닌가. 그는 두 주먹을 마주치며 한숨을 쉬었다. 그러고는 자기 방에 무엇을 생각하는 것처럼 두어 시간이나 두 눈만 껌벅껌벅하고 앉았었다.

그는 밤이 깊어갈수록 궁금증 나는 사람처럼 일어섰다 앉았다 하더니 두 시나 되어서 바깥으로 나가서 뒤로 돌아갔다. 그는 도적놈처럼 조심스럽게 바로 건넌방 뒤 미닫이 앞 담에 서서 주저주저하더니 담을 넘었다. 가까이 창 앞에 서서 문틈으로 안을 살피다가 그는 진저리를 치며 물러섰다.

어두운 밤에 그의 손과 발이 마치 그 뒤에 서 있는 감나무 잎같이 떨리더니 그대로 문을 박차고 뛰어들어갔을 때, 그의 팔에는 주인 아씨가 한 손에 기다란 명주 수건을 들고서 한 팔로 벙어리의 가슴을 밀치며 뻗대었다. 벙어리는 다만 눈이 뚱그레져서 '에헤' 소리만 지르고 그 수건을 뺏으려 애쓸 뿐이다.

집안이 야단났다.

"집안이 망했군!"

"어디 사내가 없어서 벙어리를!"

"어떻든 알 수 없는 일이야!"

하는 소리가 이 구석 저 구석에서 수군댄다.

6

그 이튿날 아침에 벙어리는 온몸이 짓이긴 것이 되어 마당에 거꾸러져 입에서 피를 토하며 신음하고 있었다. 그 곁에서는 새서방이 쇠줄 몽둥이를 들고서 문초를 한다.

"이놈!"

하고는 음란한 흉내는 모조리 하여 건넌방을 가리킨다. 그러나 벙어리는 손을 내저을 뿐이다. 또 몽둥이에는 살점이 묻어나왔다. 그리고 피가 흘렀다.

벙어리는 타들어가는 목으로 소리도 못 내며 고개만 내젓는다. 그는 피를 토하며 고꾸라지며 이마를 땅에 비비며 고개를 내흔든다. 땅에는 피가 스며든다. 새서방은 채찍 끝에 납 뭉치를 달아서 가슴을 훔쳐 갈겼다가 힘껏 잡아 뽑았다. 벙어리는 그대로 고꾸라지며 말이 없었다.

새서방은 그래도 시원치 못하였다. 그는 어제 벙어리가 새로 갈아놓은 낫을 들고 달려왔다. 그는 그 시퍼렇게 날 선 낫을 번쩍 들었다. 그래서 벙어리를 찌르려 할 제 벙어리는 한 팔로 그것을 받았고 집안사람들은 달려들었다. 벙어리는 낫을 뿌리쳐 저리로 던지고 그대로 까무러졌다.

주인은 집안이 망하였다고 사랑에 누워서 모든 일을 들은 체 만체 문을 닫고 나오지를 아니하며, 집안에서는 색시를 쫓는다고 야단이다. 그날 저녁에 벙어리는 다시 끌려나왔다. 그때에는 주인 새서방이 그의 입던 옷과 신을 주며 눈을 부릅뜨고 손을 멀리 가리키며,

"가! 인제는 우리 집에 있지 못한다."

하였다. 이 소리를 듣는 벙어리는 기가 막혔다. 그에게는 이 집 외에 다른 집이 없다. 이 집 외에는 살 곳이 없었다. 자기는 언제든지 이 집에서 살고 이 집에서 죽을 줄밖에 몰랐다. 그는 새서방님의 다리

를 껴안고 애걸하였다. 말도 못하는 것을 몸짓과 표정으로 간곡한 뜻을 표하였다. 그러나 새서방님은 발길로 지르고 사람을 불렀다.

"이놈을 좀 내쫓아라."

벙어리는 죽은 개 모양으로 끌려나갔다. 그리고 대강팽이^{머리를 낮추어 이르는 말}를 개천 구석에 들이박히면서 나가 곤드라졌다가 일어서서 다시 들어오려 할 때에는 벌써 문이 닫혀 있었다.

그는 문을 두드렸다. 그의 마음으로는 주인 영감을 찾았으나 부를 수가 없었다. 그가 날마다 열고 날마다 닫던 문이 자기가 지금은 열려 하나 자기를 내쫓고 열리지를 않는다. 자기가 건사하고 자기가 거두던 모든 것이 오늘에는 자기의 말을 듣지 않는다. 어려서부터 지금까지 모든 정성과 힘과 뜻을 다하여 충성스럽게 일한 값이 오늘에는 이것이다. 그는 비로소 믿고 바라던 모든 것이 자기의 원수란 것을 알았다. 그는 모든 것을 없애버리고 자기도 또한 없어지는 것이 나은 것을 알았다.

7

그날 저녁 밤은 깊었는데 멀리서 닭이 우는 소리와 함께 개 짖는 소리뿐이 들린다. 난데없는 화염이 벙어리 있던 오 생원 집을 에워 쌌다. 그 불을 미리 놓으려고 준비해놓았는지 집 가장자리로 쭉 돌아가며 흩어놓은 풀에 모조리 돌라붙어 공중에서 내려다보면 집의 윤곽이 선명하게 보일 듯이 타오른다.

불은 마치 피 묻은 살을 맛있게 잘라 먹는 요마^{요망하고 간사스러운 마귀}의 혓바닥처럼 날름날름 집 한 채를 삽시간에 먹어버렸다. 이와 같은 화염 속으로 뛰어들어가는 사람이 하나 있으니 그는 다른 사람이 아니라 낮에 이 집을 쫓겨난 삼룡이다.

그는 먼저 사랑에 가서 문을 깨뜨리고 주인을 업어다가 밭 가운데 놓고 다시 들어가려 할 제 얼굴과 등과 다리가 불에 데어 쭈그러져 드는 것을 알지 못하였다.

그는 건넌방으로 뛰어들었다. 그러나 색시는 없었다. 다시 안방으로 뛰어들었다. 그러나 또 없고 새서방이 그의 팔에 매달려 구원하기를 애원하였다. 그러나 그는 그것을 뿌리쳤다. 다시 서까래가 시뻘겋게 타면서 그의 머리에 떨어졌다. 그의 머리는 홀랑 벗어졌다. 그러나 그는 그것을 몰랐다.

그는 부엌으로 가보았다. 거기서 나오다가 문설주가 떨어지며 왼팔이 부러졌다. 그러나 그것도 몰랐다. 그는 다시 광으로 가보았다. 거기도 없었다. 그는 다시 건넌방으로 들어갔다.

그때야 그는 새아씨가 타 죽으려고 이불을 쓰고 누워 있는 것을 보았다. 그는 색시를 안았다. 그러고는 길을 찾았다. 그러나 나갈 곳이 없었다. 그는 하는 수 없이 지붕으로 올라갔다. 그는 비로소 자기의 몸이 자유롭지 못한 것을 알았다. 그러나 그는 자기가 여태까지 맛보지 못한 즐거운 쾌감을 자기의 가슴에 느끼는 것을 알았다.

새아씨를 자기 가슴에 안았을 때 그는 이제 처음으로 살아난 듯하였다. 그가 자기의 목숨이 다한 줄 알았을 때, 그 새아씨를 자기 가슴에 힘껏 껴안았다가 다시 그를 데리고 불 가운데를 헤치고 바깥으로 나온 뒤에 새아씨를 내려놓을 때에 그는 벌써 목숨이 끊어진 뒤였다.

집은 모조리 타고 벙어리는 새아씨 무릎에 뉘어 있었다. 그의 울분은 그 불과 함께 사라졌을는지! 평화롭고 행복스러운 웃음이 그의 입 가장자리에 엷게 나타났을 뿐이다.

−1925년

지형근

1

　지형근池亨根은 자기 집 앞에서 괴나리봇짐^{나그네가 여행에 필}
^{요한 물건들을 싸서 두 어깨에 짊어지도록 만든 짐꾸러미} 질빵을 다시 졸라매고 어
머니와 자기 아내를 보았다. 어머니는 마치 풀 접시에 말라붙은 풀
껍질같이 쭈글쭈글한 얼굴 위에 뜨거운 눈물방울을 떨어뜨리며 아
들 형근을 보고 목메는 소리로,

　"몸이 성했으면 좋겠다마는 섬섬약질^{가냘프고 여리며 약한 체질}이 객지
에 나서면 오죽 고생을 하겠니. 잘 적에 덥게 자고 음식도 가려 먹
고 병날까 조심하여라! 그리고 편지해라!"

하며 느껴 운다.

형근의 젊은 아내는 돌아서서 부대로 만든 행주치마로 눈물을 씻으며 코를 마셔가며 울면서도 남편을 마지막 다시 한 번 보겠다는 듯이 홀쩍 고개를 돌려볼 적에 그의 눈알은 익을 둥 말 둥 한 꽈리같이 붉게 피가 올라갔다.

"네, 네!"

형근은 대답만 하면서 얼굴빛에 섭섭한 정이 가득하고 가슴에서 북받치는 눈물을 참느라고 코와 입과 눈썹이 벌룩벌룩한다.

동리 사람들이 그 집 문간에 모두 모여 섰다. 어렸을 적 친구들은 평생 인사를 못 해본 사람들처럼 어색한 어조로 인사들을 한다.

어떤 사람은 체면치레로 말 한마디 던져버리고 그대로 돌아서 저쪽에 가 서는 사람들도 있지마는, 어떤 늙은이는 머리서부터 쓰다듬어 내려 마치 어린애같이 볼기짝을 두드리면서,

"응, 잘 다녀오게. 돈 많이 벌어가지고 오게. 허어 기막힌 일일세. 자네 같은 귀둥이 노동을 하려고 집을 떠나간다니 자네 어른이 이 꼴을 보시면 가슴이 막히실 일이지."

하는 두 눈에서는 진주 같은 눈물이 괴어오르다가 흰 눈썹이 섬세하고 쌍꺼풀이 진 눈을 감았다 뜰 때 희끗희끗한 눈썹 위에는 눈물이 굴러 맺힌다. 노인이 우는 바람에 어머니와 아내의 울음소리는 더 잦아지며 동리집 노파들도 눈물을 씻고 젊은 장정들은 초상집에 가서 상제 우는 바람에 부질없이 나오는 울음을 참으려는 것같이 코들만 들이마시기도 하고 눈만 습벅습벅하고 있다.

형근도 눈물을 씻으며 어머니께 인사를 하고 다시 동리 사람을 향하여 작별을 하였다. 자기 아내는 도리어 보는 것이 마음을 약하게 해주는 것이며 장부의 할 만한 것이 아니라는 듯이 보지도 않고 돌아서서 동구로 향하였다. 동리 늙은이의 자별한^{친분이 남보다 특별한} 친구들은 뒤를 따라와주며, 어린아이들은 마치 출전하는 장군 앞에 선 군대들같이 앞에도 서고 뒤에도 서서 따라온다.

형근은 가다가 돌아다보고 또 가다가 돌아다보았다. 얼마큼 오니까 아이들도 다 가고 따라오던 사람들도 다 흩어지고 자기 혼잣몸이 고개 마루턱에 올라섰다.

뒤를 돌아다보니 자기가 살던 이십여 호밖에 보이지 않는 촌락이 밤나무 느티나무 사이에 섞여 있다. 자기 집 앞에는 사람들이 흩어지고 어머니와 자기 아내만 여전히 자기 뒤를 바라보고 섰다.

그는 여태까지 나지 않던 눈물이 어디서 나오는지 폭포같이 쏟아진다. 아침 해가 기쁜 듯이 잔디 위 이슬에서 오색 빛을 반사하고 송장메뚜기가 서 있는 감발^{발감개} 위에 반갑게 뛰어오르나 그것도 보이지 않는다.

분홍저고리에 남 조각으로 소매에 볼을 받아 입고 왜반물^{남빛에 검은빛이 섞인 물감} 치마에 부대 쪽 행주치마를 입고 백랍 비녀에 가짜 산호 반지를 낀 자기 아내 생각을 할 제 스물두 살 먹은 이 젊은 사람의 가슴은 터질 것 같았다.

그는 한 발자국에 돌아서고 두 발자국에 돌아섰다.

멀리 보이는 자기 집은 아침 해의 그늘이 비추인 산모퉁이에 가리어 보이지 않았다.

2

그는 오 리쯤 가서 단념하였다.

"내가 계집애에게 끄을려서 이렇게 약한 마음을 먹다니!"

그는 마치 번개같이 주먹을 내흔들었다. 그리고 벌건 진흙이 묻은 발을 땅이 꺼져라 하고 더벅더벅 내놓았다. 그는 고개를 쳐들었다. 가슴을 내놓았다. 하늘은 한없이 높이 개었는데 넓은 벌판 한가운데 신작로로 나서니까 그 가슴속에는 끝없는 희망이 차는 듯하였다.

가면 된다. 이대로 가기만 하면 내 주먹에 지전 뭉텅이를 들고 온다. 그는 열흘 갈 길을 하루에 가고 싶었다.

그때 강원도 철원군에는 팔도 사람이 다 모여들었다.

그 모여드는 종류의 사람인즉 어떠냐 하면 대개는 시골서 소작농들을 하다가 동양척식회사_{일제가 대한제국의 토지와 자원을 수탈할 목적으로 설치한 식민지 착취기관}에서 소작권을 잃어버린 사람이 아니면 일확천금의 꿈을 꾸고 허욕에 덤빈 사람들이었다. 그것은 철원에 수리조합이 생기며 그 개간농사로 노동자를 사용하는 까닭도 있지만 금강산 전기철도가 놓이며 철원은 무서운 속력으로 발전을 하는 데 따라서 다소간의 금융이 윤택해지며 멀리서 듣는 불쌍한 사람들의 마음을 충동이어 '나도 철원, 나도 평강' 하고 덤비게 된 것이다.

노동자가 모여 주막이 늘고 창기가 늘었다.

자본 있는 자들은 노동자가 많이 모여들수록 임금을 낮춰서 얼마든지 그들의 기름을 짜내었다. 그러나 그렇게 기름을 짜낸 돈은 또 주막과 창기가 짜내었다. 남은 것은 언제든지 빈주먹이었다.

평화스러운 철원읍에는 전기철도라는 괴물이 생기더니 풍기와 질서는 문란할 대로 문란해졌다. 그래도 경상도, 경기도 여기저기 할 것 없이 모든 것을 잃어버린 불쌍한 농민들은 그래도 요행을 바라고 철원, 평강으로 모여들었다. 지형근도 지금 그러한 괴물의 도가니, 피와 피를 빨아먹고 짓밟고 물어뜯고 볶는 도가니를 향해가며 가슴에는 이상의 꽃을 피게 하고 있는 것이나, 마치 절벽 위에서 신기루에 홀려서 한 걸음 두 걸음 끝을 향해 나가는 것이다.

그는 오십 리를 못 가서 발이 부르텄다. 그는 한 시간에 십 리를 걸었다 하면 지금은 그것의 절반 오 리도 못 걸었다. 그는 발 부르튼 것을 길가에 서서 지끗지끗 눌러보며 혼잣속으로,

'흥, 올 적에는 기차 타고 온다. 정거장에서 집까지가 오 리밖에 안 되니 그때는 잠깐 걷지…….'

그러나 그는 주머니 속을 생각해보았다. 발병이 나지 않고 그대로 줄창 잘 걸어간다 해도 닷새나 돼야 들어갈 것이다. 그러면 주머니에 있는 행자_{먼 길을 떠나 오가는 데 드는 비용}는 얼마냐. 빠듯하게 쓰고도

남을지 말지 하다.

해는 져간다. 가슴에서는 공연히 무서운 생각이 났다. 만일 발병이 더하여 길을 못 가게 되면 어찌하나. 그는 용기가 줄어들고 희망에 구름이 끼는 것 같았다. 그는 비척비척 맥이 없이 걸어가며 궁리해보았다. 그는 자기가 가는 길가에 아는 사람의 집을 모조리 생각해보았다. 말할 만한 집이 하나도 없었으나 거기서 한 십 리쯤 샛길로 휘어들어가면 거기 큰 촌이 하나 있었다. 그 촌 이름을 여기에 쓸 필요가 없으매 그만두지마는 그 촌에는 자기 아버지가 한참 호기 있게 돈을 쓰고 그 근처 읍에 이름 있는 부자로 있을 때 소작인으로 있던 사람이 생각난다. 그는 그를 자기 집 사랑에서 자기 아버지 앞에 황송한 태도로 앉아 있는 것을 보기는 보았을지라도 그의 집을 찾아간 일은 물론 없었다.

"옳지……."

형근은 무릎을 쳤다.

"김 서방을 찾아가면 얼마간이라도 돌릴 수가 있을 터이지, 거저 달래는 것인가? 돌아올 때 갚을걸!"

그는 김 서방의 상전이란 관념이 있다. 옛날에 자기 아버지의 은덕으로 살아간 사람이니까 은덕을 베푼 자의 아들의 편의를 보아주는 것도 떳떳한 일이라 하였다. 즉 자기 마음이 그러니까 남의 마음도 그러하리라 하였다.

그는 허위단심^{허우적거리며 무척 애를 씀} 김 서방 집을 찾았다. 그 집 앞에는 훤한 논과 밭이 있고 집은 대문이 컸다. 주인을 찾으매 정말 김 서방이 나왔다. 김 서방은 반가워하면서도 놀랐다.

"이게 웬일야?"

김 서방은 존대도 아니요, 어리벙벙하게 말을 해버렸다. 형근은 이것이 의외였다. 아무리 세상이 망해서 내가 제 집을 찾아왔기로 어디를 보든지 말버릇이 그렇게 나오지는 못할 것이었다.

"어서 들어가세."

이번에는 허세가 나왔다. 형근의 얼굴은 노래졌다가 다시 붉어졌다. 그는 대답이 없었다. 마당에 서서 해만 바라보았다. 해는 벌써 서쪽 서산 위에 반쯤 걸리었다.

그러나 그는 단념하였다. 자기가 노동을 하러 괴나리봇짐을 나가는 이 시대에서는 무엇보다도 돈이 있어야 한다. 돈만 있으면 무엇이든지 된다. 양반도 되고 남을 부릴 수도 있으니까 자기도 돈을 벌어서 다시 옛날의 문벌을 회복하고 남도 부려보리라 하였다. 그러니까 지금은 참아야 한다. 숙명적으로 그는 자기가 이렇게 된 것이니까 단념하지 않을 수가 없었다.

옛날에는 문벌만 있으면 무슨 짓—사람을 죽이고도 무사하였던 것이나 마찬가지로 지금은 돈만 있으면 무슨 짓이든지 괜찮다는 관념이 한층 깊어지며 그는 얼핏 목적지에 가서 돈을 벌어가지고 오고 싶었다. 그는 분을 참고 그 집에서 잤다. 김 서방은 옛날의 어린 주인을 잘 대접하였다. 그는 밥상을 내놓으면서도 웃고, 정한 자리를 퍼주면서도 웃었다. 또는 떠날 때도 종종 들르라고 하면서 웃었다.

김 서방은 지금처럼 만족하고 좋은 때가 없었다. 그것은 다른 것이 아니라 여태까지 자기가 깨닫지 못하였던 자랑을 깨달은 까닭이다. 즉 옛날에 자기가 고개를 숙이던 사람의 자식이 자기 집에 와서 숙식을 빌게 될 만큼 자기가 잘된 것에 만족한 것이었다.

형근은 또 주저주저하였다. 어젯밤부터 궁리도 해보고 분한 생각에 단념도 해보고 다시 용기도 내어보던 돈 취할 일, 가장 중대한 일이 그대로 남은 까닭이었다.

그는 눈 딱 감고,

"여봅쇼!"

하였다. 그는 목소리가 떨리며 자기가 얼마나 비열해졌는지 스스로 더러운 생각이 났다.

말을 하였다. 김 서방은 벌써 알아챘다는 듯이 또 웃으며 생색내고 소청한 ^{하소연하여 청한} 돈의 삼분지 이를 주었다. 형근은 그 돈을 들고 나오며 분개도 하고 욕도 하고 또는 홀연한 생각이 나서 정신없이 앞만 보고 갈수록 그는 돈이 얼마나 필요한가를 새삼스러이 느끼는 것 같았다.

형근은 다리로 자기가 걸어온 것이 아니라 팔과 머리로 다리를 끌어온 것 같았다. 그는 예정보다 사흘이 늦어서 철원에 도착하였다. 그는 한 다리를 건너면서 두 팔을 벌릴 듯이 반가워하였다. 그는 자기더러 오라고 편지를 한 동향 친구를 찾아가서 지금까지 지고 온 봇짐을 벗어놓을 때 그는 모든 괴로움과 압박에서 벗어나는 듯하였다.

그러나 그의 짐을 벗어놓은 것은 어깨를 가볍게 함이 아니라 그 위에 더 무거운 짐을 지우기 위함이었다.

그는 자기 친구를 찾았을 때 여간한 환멸을 느끼지 않았다.

우선 그가 있는 집이라는 것은 마치 짐승의 우릿간과 같은데 거기서 여러 십 명 사람들이 도야지^{돼지}들 모양으로 옹기종기 모여 있었다. 땅을 파고 서까래^{지붕 경사에 따라 도리에서 처마 끝까지 건너지른 나무}를 버틴 후 그 위에 흙을 덮고 약간의 지푸라기로 덮어놓은 것이 그들의 집이다. 방 안에는 발에는 감발이며 다 떨어진 진흙 묻은 양말 조각이 흐트러져 있고 그 속은 마치 목욕탕에 들어간 것같이 숨이 막힐 듯한 냄새가 하나 가득 찼었다.

물론 광선이 잘 통할 리가 없었다. 캄캄하여 눈앞을 잘 분간할 수 없는 그 속에는 사람의 눈들만 이리 굴고 저리 굴고 하였다. 그는 손으로 더듬어서 그 속을 들어갔다. 발길에는 사람의 엉덩이도 채어지고 허구리도 건드려졌다. 그럴 적마다 그들은 굶주린 맹수 모양으로 악에 바친 듯이 소리를 질렀다.

그는 친구의 권하는 대로 자리에 앉았다. 그리고 여러 사람들에게 인사를 시켰다.

새로 온 사람이라고 여러 사람들은 절을 하다시피 반가워하였다. 저 구석에서 다섯 직병이 발작하는 주기적인 차례째나 학질을 앓던 사람까지 일어나 인사를 하고 눕는다. 그들에게는 이 새로이 온 친구가 반가운 친구라고 함보다도 다시없는 먹이였다. 그들은 새로 온 사람의 노자냥 남은 것을 노려서 그것으로 다만 한때라도 탁주막걸리 몇 잔, 육회 몇 접시를 토색하기억지로 달라고 하기 위하여 자기네의 가진 아첨과 가진 친절을 다하는 것이다.

어떠한 사람은 동향 사람이라고 가까이하려 하였다. 또 어떤 사람은 동성동본이라고 친절히 하였다. 또 어떠한 사람은 어려서 자기 아버지와 형근의 아버지와 친하였다고 세교대대로 맺어온 친분라고 늦게 만난 것을 한탄하였다.

이래서 형근은 처음 이 움 속에 들어올 적에 느끼는 환멸이 어느덧 신뢰하는 마음과 이상과 기쁨으로 가득 차버렸다. 그날 저녁에 노자푼 남은 것으로 그 근처 선술집에서 두서너 사람과 탁주를 먹으며 편지하던 친구에게 물었다.

"자네는 그동안에 돈 좀 모았나?"

"아직 모으지는 못하였네. 그러나 인제 수 생길 일이 있지."

친구는 당장에 수만금 재산을 한 손에 움켜쥘 듯이 말을 하였다. 그것도 그럴 것이 그는 아직까지도 황금 덩어리가 머지않은 장래에 자기 손목에 아니 들어올 리가 없으리라고 생각하는 까닭이다.

"설마 천 리 타향까지 나왔다가 맨손 들고 들어가겠나? 지금은 좀 고생이 되지마는 그래도 잘 부비대기를 치면 돈 몇백 원쯤이야 조반 전에 해장하기지."

형근은 또 가슴속이 든든해지며 이번에는 걸쭉한 막걸리는 그만두고 입 가볍고 상긋한 약주를 청하였다.

"그러나저러나 여러 형님네가 저를 위해서 어떻게 힘을 좀 써주셔야겠습니다. 형님들은 저보다야 경험도 많으시고 또 그런 데 길도 좋으실 테니까요."

형근은 눈이 거슴츠레해서 안주를 들며 말을 하였다.

"아따 염려 마시우. 내나 그 형이나 이런 데 와서 서로 형제나 친척같이 생각할 것이 아니오."

그중에 머리 깎고 지카다비_{일본 버선 모양의 노동자용 작업화} 신고 행전_{바지를 입을 때 정강이에 감아 무릎 아래 매는 물건} 친 노동자가 대답을 하였다.

"그럼 저는 형장_{나이가 엇비슷한 친구 사이에서, 상대편을 높여 일컫는 말}만 꼭 믿습니다."

"글쎄 염려 말아요."

그날 저녁 그는 여러 가지 진기한 것을 보았다. 번화한 시가도 보고 또 술 파는 어여쁜 계집도 보았다. 그리고 여기서 쓰는 말이며 습

속^{습관이 된} 풍속을 배웠다. 그는 어리둥절한 가운데에도 속이 느긋하고 만족하여 그대로 하루 저녁을 그 움 속에서 자고 났다. 그는 고린내 나는 발이 자기 코 위에 올려놓고 허구리를 장작개비 같은 발이 디리 질러도 그것이 화가 나지 않고 그 여러 사람을 오히려 동정하고 불쌍타 하는 생각을 가졌다. 이들도 지금에는 이렇게 고생을 하지마는 나중에는 모두 돈들을 벌어가지고 고향으로 돌아가면 호강할 친구들이라고 생각하였다.

그 이튿날 새벽 다섯 시가 되더니 그같이 자던 사람 중에서 서너 사람은 눈을 비비고 어디로인지 가는 것을 보았다. 그는 어제 자기가 올 적에도 보지 못한 사람이요, 또는 어느 틈에 들어왔는지도 알지 못하는 사람들이었다. 그가 나갈 적에 누가 한 사람 인사하는 일도 없고 눈 한번 거들떠보는 사람도 없었다.

그들이 나갈 적에 부산한 바람에 옆엣사람들이 잠을 깨었다가 그들이 다 나가는 것을 보고,

"간나웨 자식들, 나가면 곱상스리 나갈 것이지."

하고 투덜대는데 그의 눈은 무서웠다. 마치 됐다 만나자는 원수를 벼르는 것 같았다. 형근은 그것을 보고 그와 눈이 마주칠까 보아서 눈을 얼핏 감고서 아무리 생각해보아도 그러할 리가 없었다. 자기에게는 그렇게 친절히 하던 사람들로는 결단코 하지 않을 일이었다. 그는 그 노동자의 질투를 몰랐으므로 이런 의심을 품었으나 누구든지 이러한 사회에 있으면 그렇게 험상스럽게 될 수 있을 것을 몰랐

던 것이다.

그가 다시 실눈을 뜨고 방 안을 슬그머니 둘러볼 적에는 젖뜨려 놓은 싸리 거적문으로 아침 해가 붉은빛을 띠고 들이비치는데, 그 해가 비치는 거적 위에서는 아까 그 불량한 노동자가 코를 땅에다 대고 코를 고는 바람에 땅바닥의 먼지가 펄썩펄썩 일어났다.

아침에 일어나자 어저께 그 지카다비 신고 각반^{행전}을 쳤던 노동자가 형근을 깨웠다.

"세수하시우."

그는 세수 옹배기^{둥글넓적하고 아가리가 쩍 벌어진 아주 작은 질그릇}에 물을 떠서 움 밖에 놓았다. 형근은 황송하고 고맙다는 말을 하고 세수를 하였다. 그리고 아침 먹는 곳을 물었다.

"나만 따라오시우."

형근은 자기 친구^{편지한 친구}를 찾으려 하였으나 그자의 수선 바람에 그대로 끌려갔다.

술집에 가서 해장술에 술국밥을 먹었다. 시골서는 먹어보지도 못하던 것인데 값도 꽤 싸다 하였다. 물론 돈은 형근이가 치렀다. 인제는 주머니밑천이라고 은화 이십 전 하나하고 동전 몇 푼이 남았을 뿐이다. 그러나 그는 내일은 일구멍이 생기겠지 하였다.

돌아오는 길에 그자는 형근의 행장에 무엇이 있는가 물어보았다. 그는 조선무명 홑옷 두 벌과 모시 두루마기 두 벌과 삼승^{240올의 날실로 짠 베} 버선이 한 벌 있다 하였다.

그것은 자기 집안이 풍족할 때 자기 아버지가 장만해두고 입지 않고 넣어두었던 것을 이번에 자기 아내가 행장에 넣어주었던 것이라 그것이 그에게는 다시없는 치장이요, 또는 문벌 자랑거리였다. 그자는 그 말을 듣더니 코웃음을 웃으면서 형근을 비웃었다.

"그까짓 것은 무엇에 쓴단 말이요, 여보!"

형근이 자기 속으로는 무척 자랑삼아 말한 것이 당장에 핀잔을 받으니까 무안하기도 한 중에 또 이상스럽고 놀라웠다. 이런 곳에서는 그런 것쯤은 반 푼어치의 값이 없나 보다 하는 생각을 하니까 자기의 말한 것이 창피하기도 하고 이제는 자기가 무슨 사치하고 영화스러운 생활을 할 수 있게 되었나 보다 할 때 즐거웠다.

그날 저녁에 형근은 지카다비 신은 사람에게 끌려왔다.

그가 저녁을 같이 먹으러 가자 하면서 끝엣말에다가,

"내가 한턱 씀세."

하였다.

형근은 막걸리 서너 잔에 얼근하였다. 두 사람이 술집에서 나와서 서너 집 지나오다가 그자는 형근을 툭 치며,

"여보, 일구멍 뚫어놨쇠다."

"어디요?"

"허허 그렇게 쉽게 알으켜주겠소? 한턱 쓰소."

형근은 좋기는 좋지마는 한턱 쓰라는 데는 아무 말도 하지 못하고 다만,

"허허."

하고 반벙어리처럼 한탄 비슷한 대답을 하였을 뿐이다. 그런즉 이런 어리보기^{말이나 행동이 다부지지 못하고 어리석은 사람}쯤야 하는 듯이 두서너 번 까불러보다가 그자가 미리 묘책 하나를 알려주었다.

그들은 공연히 빙빙 장거리^{장이 서는 거리}를 돌면서,

"그렇게 합시다. 그까짓 것 무슨 소용 있소. 땀 한번 배면 고만일걸. 돈푼이나 수중에 들어오면 양복 한 벌을 허름한 것 사 입어요. 그러면 더럼 안 타고 오래 입고 어디 나서든지 대우 받고 좀 좋소? 여기서 조선옷 입는 사람야 헐 수 없는 사람들이나 입지, 노형^{처음 만났거나 그다지 가깝지 않은 남자 어른들 사이에서 상대편을 높여 이르는 말} 같은 젊은이가 뭘 못 해본단 말요. 그렇게 합시다."

형근은 그자의 말대로 곧 귀를 기울일 수는 없었다. 일이 너무 크고 자기의 이성으로는 판단하여 결단하기가 대단히 어려운 까닭이다.

그는 이럴까 저럴까 난처한 생각으로 다만,

"글쎄요, 글쎄요……."

하기만 하며 둥싯둥싯 그자의 뒤만 따라다녔다. 그러니까 그자는 화를 덜컥 내며,

"여보, 이런 데 와서는 매사에 그렇게 머뭇거리다가는 안 돼요. 여기가 어떤 덴데 그렇소, 엥? 난 모르오. 엑 맘대로 하시오."

하고 홱 가버리려 하니까 형근은 약한 마음이 하는 수 없이 그자를 다시 불러,

"그렇게 역정야 낼 것 무엇 있소. 좋을 대로 하십시다그려."

"글쎄, 좋을 대로 누가 하지 않는댔소. 노형이 자꾸 느리배기^{느림}_{뱅이}를 부리니까 그렇지."

옷을 팔았다.

4

형근은 친구에게 끌려서 어떤 앉은 술집으로 들어갔다. 그 친구가 두루마기 판 것을 자기 손에 쥐어줄 줄 알았더니 그것도 그렇게 하지 않고 첫걸음에 가는 곳은 이화^{梨花}라는 여자가 술을 파는 내외술집^{접대부가 술자리에 나오지 않고 술을 순배로 파는 술집}이었다.

"나만 따라오시우. 내 어여쁜 색시 구경을 시켜줄 터이니!"

어깨가 으쓱해지며 두 눈을 찡긋찡긋하는 그자의 뒤를 따라가며 어여쁜 색시라는 말을 들으니까 속으로는 당길심도 없지 않았으나 첫째 노는계집^{술과 함께 몸을 파는 일을 직업으로 하는 기생} 옆에를 가보지 못한 것은 말할 것 없고 그런 종류의 여자라면 겁부터 집어먹을 줄밖에 모르는 그는 가슴이 두근두근해질 뿐이다.

"이런 데를 오면은 계집 다루는 것도 배워야 합니다."

형근이 쭈뼛쭈뼛하는 것을 보고 그자는 속으로 '네가 아직 철이 안 났구나!' 하는 듯이 코웃음을 섞어 말을 하였다.

형근은 그래도 속에는 **빳빳한** 맛이 있어서 그자에게 멸시를 당하는 것이 창피도 하고 분하기도 하나 사실 **뻗댕길** 자신도 없었다. 그는 그저 우물쭈물하며 그 뒤를 따라갈 뿐이다. 그렇지만 따라가기는 하면서도 몹시 조심이 되고 조마조마한 생각이 나며 자기 몸에 창피한 곳이나 없나 하는 생각이 나서 걱정이었다.

마루 앞까지 서슴지 않고 들어선 그자는,

"여보, 술 파우!"

하고 소리를 높여 제법 의젓하게 주인을 부르더니 서투른 기침을 하였다.

안방에서는 여러 사람들이 술이 취하여 장거리의 장꾼들처럼 제각기 떠들다가 그 소리에 떠들던 것까지 뚝 그쳤다.

그 와자지껄하던 남자들의 거친 목소리를 좌우로 물결 헤치듯이 좍 헤치고 복판을 타고 나오는 연한 목소리는 주인의 목소리였다.

"네, 나갑니다."

이 소리를 듣더니 그자의 눈은 끔뻑해졌다. 그러더니 형근을 한번 본 후에,

"이건 손님이 왔는데도…… 아무도 없소?"

하고 짐짓 못 들은 체하고 이번에는 더 높은 소리를 질렀다.

"나갑니다."

하고 여자는 소리를 질렀다. 그러더니 문이 열리며 그 여자의 치맛자락이 문에 스치며 나오는 것이 보였다.

"어서 오십시오, 저 건넌방으로 들어가시지요."

형근의 눈에는 머리를 치거슬러^{위쪽으로 올라가게 거슬러} 빗어 왜밀^{향료}를 섞어서 만든 밀기름 칠을 하여 지르르 흐르게 하고 횟박^{석회가루를 담는 바가지. 지나치게 분을 많이 발라 하얗게 된 얼굴을 비유하는 말} 쓰듯 분을 바르고 값 낮은 연지를 입에다 칠하고 금니 한 이 사이에서 껌을 딱딱 씹으며 나온 이화라는 여자가 몹시 아름답게 보일 뿐 아니라 지르신은^{뒤축이 발꿈치에 눌려 밟히게 신은} 버선까지 유탕한 마음을 일으키게까지 하였다.

그자는 이화라는 여자를 보더니,

"오래간만일세그려!"

하며 그 손을 잡았다. 그것은 나는 이렇게 이런 이화 같은 미인과 능히 수작을 하며 손목을 잡을 만한 자격과 수단이 있다는 것을 지형근에게 자랑하고 싶었던 것이다.

"글쎄요."

이화라는 여자는 아무렇지도 않은 머리를 다시 만지면서 마뜩잖게 '네가 웬 허게냐' 하는 듯이 시덥지 않은 어조로 대답을 해버렸다.

"그런 게 아니라 이 친구허구 술이나 한잔 나눌까 해서 왔지."

연해 생색을 내려고 하면서 이화에게 아첨을 하려는 듯이 쳐다본다.

"어서 건넌방으로."

두 사람은 건넌방으로 들어갔다. 그자는 슬그머니 형근을 보더니,

"어떻소? 괜찮지? 소리 한번 시킬 터이니 들어보시우."

상을 들고 이화가 들어왔다. 형근의 눈에는 내외술집에서 한 순배에 사오십 전 하는 술상이 얼마나 풍부하고 진미인지 몰랐다. 그는 어려서 자기 집이 상당한 재산을 가지고 지낼 적에도 이러한 음식을 자기 앞에 차려주는 것을 먹어본 일이 없었다. 그는 구미가 동하기보다는 덜컥 가슴이 내려앉았다. 이 비싼 술값을 어떻게 치를까. 그는 속이 초조해지면서 겁이 났으나 나중으로 그자를 믿었다는 것보다는 '내가 아니, 너 알아 하겠지' 하는 마음이 나기는 났으나 그래도 속이 편치는 못했다.

우선 술잔이 자기에게 돌았다. 형근은 마치 남의 집 부인을 보는 것 모양으로 그 여자를 바라보지 못하다가 술잔을 들면서 바로 보았다. 형근은 그 술 붓는 여자를 이제야 비로소 똑바로 보았다 해도 거짓말이 아니었다. 형근은 그 여자를 보고 마치 뜻하지 아니한 곳에서 뜻한 사람을 만난 것같이 놀라지 아니치 못하였다. 반갑다 하면 반가운 일이요, 괴변이라 하면 이런 괴변이 또 어디 있으랴.

그 여자는 형근의 고향에서 한 동리에 자라난 여자다. 그래도 행세깨나 한다고 하여 어려서부터 규중에 들어앉아 배울 것이란 남겨 놓지 않고 배우고 읽힐 것이란 모조리 읽히더니 불행히 그가 열세 살 되던 해 아버지가 돌아가고 홀어미 혼자 그 딸을 길러 오는데 본시 청빈한 집안이라 일가친척이 있기는 있지마는 인심이 점점 강박해짐을 따라 돌아보는 이 없으므로 그 여자가 열네 살 되던 해 그 어머니는 딸을 데리고 자기 친정 오라버니를 따라갔다.

어려서 이웃집에 살았으므로 서로 보고 알아서 말은 서로 하지 않았으나 낯은 서로 익었던 것이라 지금 보니 노성은 하였으나 어렸을 때 모습이 조금도 변하지 않고 남았다. 형근은 뚫어지게 자세히 보고 싶으나 피차 면구한 일이라 슬금슬금 틈을 타서 이리저리 뜯어보면 뜯어볼수록 옛날의 모습이 더욱더욱 분명히 나타난다. 그러나 만일 참으로 이 서방 댁 규수라 하면 나를 몰라볼 리가 없는데 나를 보고 그래도 기척이라도 있었을 것이 아닌가. 그는 썩 감개가 무량해지면서 또는 기가 막힌다는 듯이 술상 귀퉁이에 고개만 숙이고 무슨 생각인지 정신없이 앉아 있었다.

같이 간 그자는,

"여보, 노형은 무슨 생각을 그리 하슈?"

하며 형근을 본즉 형근은 고개를 들다가 다시 이화를 한번 보더니 그자를 보고,

"뭐 별로이 생각이라고는 하지 않소이다."

"허허 그럼 왜 고개를 숙이고 계신단 말이요? 대관절 주인하고 인사나 하시우."

형근은 이런 인사를 해본 일이 없으므로 속으로 몹시 조심을 하고 창피한 꼴을 당하지 아니하리라 하였다. 그래서 우선 속을 가다듬느라고 서투른 기침 한번을 하였다.

솜씨 있는 이화의 통성명하는 것을 받아 어색한 형근의 인사가 있은 후 형근은 이화에게 고향을 물었다.

"고향이 어디슈?"

"……예요."

"그럼 ×× 동리 살지 않으셨소?"

"네."

"그럼 지○○ 댁을 아시겠소?"

"아다뿐예요. 바로 이웃에 살았는데요. 떠나온 지가 하도 오래니까 지금도 여태 거기 사시는지요?"

"살지요. 그런데 당신 아버지가 당신 어려서 작고하셨지요?"

"네, 그런 것까지 어떻게 아세요?"

"알죠. 그럼 혹시 나를 못 알아보시겠소?"

이화는 한참이나 다시 자세히 들여다보더니 그래도 알아보지 못한 듯이 고개만 갸웃하고 있다.

"글쎄요. 퍽 많이 뵌 듯하지마는 생각이 잘 나지 않는데요. ×× 동리 사셨어요?"

"허허, 너무 오래되어서 잊은 것도 용혹무괴^{혹시 그런 일이 있더라도 괴이할 것이 없음}한 일이지마는 이웃에 살던 사람을 몰라본단 말이요? 내가 지○○의 아들이요."

이화의 눈은 동그래질 대로 동그래지며,

"네?"

하고 말이 안 나오는 모양이다.

형근도 자기 신세가 이렇게 된 것을 알리기가 부끄럽다는 듯이

말이 없이 앉았고, 그자는 둘이 안다는 것이 신기하다는 듯이 손뼉을 치며,

"아, 그래 서로 알았던가? 그것 참 신소설^{고대 소설과 현대 소설의 과도기}

^{적 소설} 같군."

하고 두 눈에는 질투가 숨은 웃음이 어리었다.

"그런데 여기는 어째 오셨어요? 그렇지 않아도 처음부터 낯은 익어 보이었으나 지 주사실 줄야 꿈엔들 알았을 리가 있어요?"

"나 역시 그럴싸하기는 하지만 어디 분명치가 못하니까 속으로는 반가우나 말을 못 한 거 아니오?"

형근은 세상을 몰랐다. 그가 고향에서 옛날에 알던 규수^{지금의 창녀}를 만나 반갑기가 한량이 없었지마는 다시 생각하니 아니꼽고 고개를 내두를 만큼 더러웠다.

그는 옛날 일로부터 오늘 이 자리까지 이 이화라는 창녀의 신변을 두르고 싼 환경의 물질이 어떻게 어떠한 자극과 영향을 주고 또는 질질 끌어다가 여기까지 왔는지를 해부하고 관찰하고 판단할 능력이 없었다. 그는 다만 단순한 직관과 박약한 추측으로 경솔한 독단을 내려 인간을 평정해버릴^{평가하여 결정해버릴} 뿐이다.

이화가 오늘 이 자리에 앉았던 것도 그것이 다른 사회적으로 더 큰 원인이 있는 것은 생각할 여지도 없이 이화 자신의 말할 수 없는 잘못 죄악을 범행한 까닭으로 오늘 이렇게 된 것이라고밖에 생각지 못하였던 것이다. 그러한 관념으로 이화를 볼 때 형근의 눈에는 이

화라는 창기가 옛날이야기에 나오는 음부 독부로밖에 보이지 않았던 것이다.

그것을 생각하면 반갑던 생각도 어디로 가고 다만 추악한 생각뿐이 나서 그 자리에서 피해가고 싶을 뿐만 아니라 여태까지 주저하던 맘, 차리려는 생각, 쭈뼛쭈뼛하던 생각은 어디로 가고 마치 죄인을 꿇어앉힌 것같이 우월감과 호기가 두 어깨와 가슴속에 가득할 뿐이었다. 그리고 창기인 이화를 꾸짖어 마음을 고쳐주고 싶은 부질없는 친절한 마음까지 났다.

자기의 영락, 얼핏 말하면 타락은 어느 정도까지 당연한 일일는지 알지 못하나 첫째 돈 많고 땅 많고 입을 것 먹을 것이 많던 지○○의 외아들이 철원 바닥에까지 굴러와서 노동자 중에도 그중 엉터리하고 얼리어 한 순배에 사오십 전짜리 술을 사 먹으러 왔다는 것은 이화라는 여자가 얼핏 생각하기에는 그렇게 의외의 일이 없는 것이다. 자기가 이렇게 된 것을 그 사람에게 보이는 것도 부끄러운 게 아닌 게 아니지마는 그 부끄러움까지 지나쳐서 지○○의 아들의 일이 알고 싶지 않은 것도 아니었다.

술잔을 들고 의기 있게 자기가 계집을 기롱하는 솜씨를 보이어 상대자를 위압하려던 그자는 두 사람이 서로 동향 친구라는 이유로 자기 같은 것과는 서로 말할 여지가 없이 이상한 감격과 비극적 분위기에 싸여 있는 것을 보고 자기도 그 분위기 속에 참가를 하든지 그렇지 않으면 그 분위기를 헤쳐버리고 다른 기분을 만들어야 할 것을 깨닫고 말을 꺼내었다.

"아니 고향 친구를 만났으면 고향 친구끼리나 반가웠지, 딴사람은 술도 못 먹는담?"

재담 섞어 솜씨 있게 말은 한다는 것이다.

이화는 손님의 마음을 거슬리지 않으려고 억지로 웃음을 웃어 마음을 가라앉혀놓은 후,

"천 리 타향에 봉고인^{고향 사람을 만남}이라는 말이 있지 않아요? 조주사 나리는 공연히 그러셔. 그만한 것은 아실 만하시면서. 약주를 처음 잡숫는 것도 아니요, 세상 물정도 짐작하실 듯한데 이런 때는 왜 그리 벽창호야."

이화는 생긋 웃었다. 그 웃음 하나가 조화 부른 웃음이던지 소위 조 주사의 마음도 흰죽 풀어지듯 하였다.

"히히, 내가 벽창혼가, 이화하고 말이 하고 싶어 그랬지."

"말은 넌지시 하는 말이 비싼 말이라나? 손님도 계시고 한데 무슨 말을 한단 말이요."

"그럼 언제?"

"글쎄 물어봐서는 무엇을 하우, 뻔히 알면서……."

하고 웃음 섞인 눈으로 쨍그리고 본다.

"옳지, 옳지."

"글쎄 좀 가만히 있어요. 옳지는 무슨 옳지야. 부증 난 데 먹는 가물치는 아니고. 이 손님하고 이야기 좀 하게 가만있어요."

하고 고개를 형근에게 돌리려다가 잔이 빈 것을 보더니 조 주사란 자에게 술을 권하였다.

"자, 약주나 드시우."

하고 잔이 나니까 다시 형근을 주면서,

"그런데 여기는 어째 오셨어요. 참 반갑습니다. 벌써 우리가 거기서 떠나서 외가로 간 지가 칠팔 년 됩니다."

"그렇게 되나 보."

형근은 자기도 모를 한숨을 쉬더니,

"나 여기 온 거야 말할 것까지 있겠소? 그런데 당신은 어째 이렇게 되었소?"

하며 동정한다는 듯이 눈을 아래로 깔았다. 이 소리를 듣던 조 주사라는 자가,

"왜 어때서 그러쇼. 인제 얼마만 있으면 내 마마가 된다우."

하더니 혼자 신에 겨워서 허리를 안고 웃어댄다.

두 사람은 그 소리는 들었는지 말았는지,

"그동안에 제가 지내온 이야기는 다해 무엇하겠습니까? 안 들으시는 것이 상책이지요."

그의 얼굴에는 수심이 가득해지면서 목소리가 비통해진다.

"차차 두고 들으시면 아시지요."

하고 다시 고개를 숙일 뿐이다.

"그래도 어디 이런 기회가 자주 있겠소? 만난 김이니 이야기 겸

말해보구려. 대관절 언제 이곳으로 왔소?"

하니까 조 주사라는 자가 가로맡아 나오면서,

"온 지 벌써 반년이 되나? 그렇지, 아마?"

하고 말고기 설익은 것 같은 얼굴을 이화에게 가까이 갖다 대며 들여다본다.

"네, 한 반년 돼요."

이화는 고개를 그자 얼굴에서 비키면서 말을 하였다.

대여섯 잔이 넘어 들어간 술이 얼근하게 돈 조 주사라는 자는 자기 얼굴을 피하는 이화를 뚫어지게 보더니 다시 제 손으로 자기 뺨을 한번 탁 치며,

"왜 그래, 어때 그래? 사내 같지 않아? 얼굴에 뭐 묻었어? 왜 피해."

하고 왜가리같이 소리를 지르더니 다시 슬쩍 농을 쳐서,

"하하, 그럴 것 뭐 있나? 이런 놈도 있고 저런 놈도 있지. 잘못했네. 응, 그만두세."

"무얼 잘못했어요. 글쎄 아까 말한 것 있지, 우리는 너무 말을 하면 안 된다니까 그래요, 가만히 있어요."

"어떻게?"

"색시처럼."

형근은 우습기도 하고 또 심심치도 않아서 싱긋 웃다가 다시 이화를 보고,

"그 후에 외삼촌댁에서 언제까지 지냈단 말이요?"

"한 이태 지냈죠."

"그 후에는."

할 때 조 주사라는 자가 잔을 들더니 소리를 지른다.

"술 좀 따라! 술 먹으러 왔지 이야기하러 왔나, 퉤퉤."

하고 침을 타구에 뱉더니 지형근을 보고,

"노형, 실례가 많소. 그렇지만 대관절 말씀요, 술이나 자셔가면서 이야기를 해야 할 것이 아니오. 이야기 안 하는 나는 어떻게 하란 말씀요, 그렇지 않소?"

"그럴듯한 말씀요. 그럼 우리 약주를 자십시다. 오히려 내가 실례가 많습니다."

"아따, 천만에 그럴 리가 있나요? 두 분 이야기에 내가 방해가 된다면 먼첨 가죠."

이번에는 이화가 두 눈이 상큼해지며,

"온 조 주사도 미치셨소? 그게 무슨 말씀이오, 사내답지 못하게. 두 분이 같이 오셨다가 혼자 가신다니 어디 가보시우, 가봐요. 가지 못해도 바보."

하고 입을 삐죽하였다. 조 주사라는 자는 바로 일어서더니 모자도 들지 않고 문밖으로 나가려 하니까 이화가 본체만체하더니 슬쩍 뒷손으로 그자의 옷자락을 잡으며,

"정말요? 이거 너무 과하구려. 내가 미안하구려. 어서 들어오시우."

하며 일어서서 잡으니까 형근은 숫보기_{순진하고 어수룩한 사람} 마음에 가

슴이 덜렁하여,

"이거 정말 노하셨소? 가시려거든 같이 갑시다."

하고 따라 나서려고까지 할 때,

"아니 놔요, 놔, 갈 터야. 그런 법이 어디 있담?"

"잠깐만 참으시우. 자, 들어와요."

조 주사라는 자는 못 이기는 체하고 들어오더니 자리에 앉아 깔
깔 웃으며,

"가기는 어디를 가, 모자도 안 쓰고……."

하며 술잔을 든다. 형근은 속은 것이 분하고 속인 것이 밉살스러우
나 어떻든 홀연해졌다. 이화는,

"정말 붙잡은 줄 아남? 한번 해본 것이지."

이러는 서슬에 술이 얼마간 더 돌아갔다. 조 주사는 이화에게 술
을 서너 잔 권하였다. 이화는 별로 사양도 하지 아니하고 그 술을 받
아먹었다.

형근의 머릿속에는 이화라는 창녀가 마치 하늘에서 죄짓고 땅에
서 먹구렁이 노릇을 하는, 옛날의 삼 신선 중의 하나이나 마찬가지
로 자기의 지은 허물로 말미암아 이렇게 하게 되었다고 해석할 수
밖에 없었다. 옛날에 귀한 것, 깨끗한 것, 아름다운 것은 이화 자신
의 잘못으로 다 썩어지고 오늘에 남은 것은 간악한 것, 음탕한 것밖
에는 없으리라는 생각밖에 없었다. 즉 이화는 옛날의 ○○의 딸의
죄악의 탈을 쓴 화신이다.

착한 자는 언제든지 착하고 악한 자는 언제든지 악하다. 그것은 날 적에 타고 난 숙명 즉 팔자다. 이것이 그의 인생관이다. 그러므로 이화는 팔자를 창기로 타고났으므로 그는 언제든지 창기밖에 못 된다. 그의 가슴속에나 핏속에는 다른 것은 조금이라도 섞였을 리가 없었던 것이다.

형근도 술기운이 돌면서 얼기설기하게 척척 쌓였던 감정이 흥분됨을 따라서 마치 초가집 장마 버섯 모양으로 떠올라오기를 시작하였다. 그는 자기가 아버지에게 듣던 것이나 마찬가지 교훈을 이화에게 해주고 어른이 아이에게, 친구가 친구에게, 형이 아우에게 해주는 것 같은 책망과 충고를 해주고 싶었다. 말하자면 이웃집 부정한 처녀를 종아리 치는 듯한 심리로 이화를 보고 앉았다.

"왜 당신이 이런 짓을 한단 말이요?"

형근은 젓가락짝으로 상머리를 두들기며 엄연하고 간절한 말로 말을 하였다.

"당신도 당신 아버지와 당신 집을 생각해야죠."

형근의 말은 틀은 잡히지 않았으나 꾸밈이 없고 진실하고 힘이 있었다.

"나는 이런 데서 당신을 보는 것이 우리 누이를 보는 것보다 부끄러워요."

이화의 가슴속에는 대답할 말이 많았을 것이다. 그러나 그는 말이 없었다. 그는 다만 그 말을 듣고 있었다. 방 안은 갑자기 엄숙해

졌다. 조 주사라는 자는 처음에는 눈이 둥그레지더니 나중에는,

"흥."

하고 코웃음을 쳤다.

"언제든지 이 모양으로 있을 터이요? 그래도 어째서 마음을 고칠 수 없겠소?"

이화는 그 '마음을 고칠 수 없겠소?' 하는 소리를 듣고 형근을 기가 막히다는 듯이 쳐다보았다. 그러더니 안타까움에서 나오는 눈물이 그의 두 눈에 진주같이 고였다.

조 주사는 이화가 우는 것을 보더니 제법 점잖은 듯이,

"손님이 무슨 말씀을 하시면 잘 명심해 들을 것이지, 울기는 무얼 울어!"

하고 덩달아 책망이다.

"돌아가신 아버님의 이름을 더럽히는 것도 더럽히는 것이어니와."

하다가 형근은 이화의 눈에서 눈물이 흐르는 것을 보고는 말을 그쳤다. 그는 너무 큰 감격으로 인하여 자기의 감정이 찬지 너운지 알 수 없게 된 것 같았다. 그러나 그는 하던 말을 다시 이어,

"살아 계신 어머니 생각은 하지 않소?"

할 때 이화는,

"어머니는 돌아가셨어요."

하고 그대로 땅에 거꾸러져 운다.

형근은 이화가 우는 것을 볼 때 그는 놀랐다는 것보다도 기적을

보는 것 같았다. 그에게 눈물이 있었을 리가 있으랴. 자기도 자기 아버지가 돌아갔을 때 자기가 억제할 수 없는 눈물이 난 일을 당해본 일밖에 참으로 가슴속에서 펑펑 넘쳐흐르는 눈물을 흘려본 일이 없었다. 자기 아버지가 돌아간 것이 자기로 보아서 세상에서는 가장 엄숙하고 비통하고 또는 위대한 사실인 동시에, 자기가 그렇게 울어보기도 아마 전에 없던 일이요, 또다시 없을 일일 것이다. 그것은 지금이나 언제든지 그의 가슴에 속 깊이 깊은 인상으로 남아 있는 것이다. 그 인상은 때때로 자기에게 힘 있는 정열과 감격을 주어서 이상한 감정의 세례를 받는 때가 있다.

이화가 운다. 샘물을 손으로 막는 것처럼 막을수록 북받쳐 올라오는 울음은 형근의 가슴속으로 푹푹 사무쳐 드는 것 같았다. 울음은 모든 비극을 알리는 음악이니 형근은 이 비극적 장면을 볼 때 말할 수 없이 위대한 사실을 목전에 당한 것 같았다. 꼭 자기 아버지가 돌아갔을 적에 자기가 받은 인상이나 별다름 없이 비통하고 엄숙하였다. 그는 까딱하면 따라 울 뻔하였다. 코도 벌룽거리는 것을 참고 눈에 눈물이 핑그르르 도는 것을 슴벅슴벅하여 참았다.

그러나 형근은 이화가 어째 우는지를 알지 못하였다. 옆에 있는 조 주사라는 자는 이화의 어깨를 흔들면서 혀 꼬부라진 소리로,

"글쎄, 울지 말어, 내가 다 알어, 이화의 맘을 나는 다 안단 말야. 자, 고만두고 일어나요. 공연히 그러면 무얼 해?"

형근은 속으로 알기는 무엇을 안다누. 무슨 깊은 의미가 있나 하

는 궁금한 생각이 나나 속으로 참고 여태까지 아무 말도 못 하고 앉아 있다가 이화의 어깨를 조 주사란 자 모양으로 흔들어보며,

"글쎄, 울지 마쇼. 그만 그치쇼. 울지 말아요."

하였으나 들은 체 만 체하고 엎드려 울 뿐이다.

형근은 나중에는 민망한 생각이 나서 말이 없이 앉았으려니까 조 주사라는 자는 일껏 흥취 있게 놀 것이 깨어져서 분한 생각이 나서 혼잣말처럼,

"울기는 왜 쭉쭉 울어 재수없게, 응? 쯧쯧."

혼잣말같이 중얼거리며 화증을 내고 앉아 있다.

얼마 있다가 이화는 일어서서 아무 말도 없이 얼굴을 외면하고 바깥으로 나갔다. 조 주사란 자는 형근을 보더니 눈짓을 하며,

"고만 갑시다."

하고 입맛을 다셨다. 생각하니 더 앉았어야 재미도 없을 것이요, 또 재미있게 하자면 주머니 속 관계도 있음이다. 형근은 이마를 기둥에 받은 듯이 웬일인지 알 수가 없어서 멀거니 앉았다가 그대로 고개만 끄덕끄덕하고,

"네."

하였을 뿐이다. 그렇지만 형근은 알 수가 없다. 어째서 창기인 이화의 눈에서 눈물이 났으랴.

얼마 있다가 이화는 손을 씻고 들어오며 머리단장을 다시 하였다. 조 주사라는 자는 일어서며 셈을 하였다.

"왜 그렇게 가세요? 제가 너무 실례를 해서 그러세요?"

하며 미안해한다. 조 주사라는 자는 입에 달린 치사로,

"아니 그럴 리가 있나. 다음에 또 오지."

하며 마루에서 내려섰다. 형근은 여전히 큰 수수께끼를 품고 조 주사의 뒤를 따라 내려갔다.

조 주사는 문밖에 나섰다. 형근이 마당에서 중문으로 나갈 때 이화는 넌지시,

"쉬 한번 조용히 놀러 오세요."

하였다. 형근은 대답을 한 둥 만 둥 바깥으로 나왔다. 조 주사는 형근을 보더니,

"아주 재미없었소."

하며 입을 찡그린다. 형근은 재미가 있고 없는 것은 그만두고라도 이화의 눈물을 해석할 수가 없어서,

"대관절 이화가 왜 그렇게 울우?"

하고 물으니까 조 주사라는 자는 손가락질을 하며 혀끝을 채고,

"허는 수 없어. 으레 그런 계집들이란 그런 것이 아뇨? 아마 노형이 전에 잘살았다니까 지금도 전 같은 줄 알고 그러는 게지."

"돈 먹으랴고?"

"암, 어떻게 그런 데서 구해나 줄까 하구 그러는 게 아뇨."

"구허다니요?"

"지금은 팔려와 있지 않소."

5

형근은 조 주사라는 자가,

"어디 잠깐 다녀가리다."

하고 샛길로 슬쩍 빠져버리는 것을,

"꼭 다녀오시우. 기다릴 터이니."

하고 어슬렁어슬렁 술에 풀린 다리를 좌우로 내놓으며 큰길거리를 지나갔다. 길가에는 전기등으로 휘황히 차린 드팀전^{예전에 온갖 피륙을 팔} ^{았던 가게}, 잡화상, 더구나 자기의 평생 한번 가져보고 싶은 자전거가 수십 대 느런히^{죽 벌여서} 놓인 것이 눈에 어른어른하여 불같은 호기심 이 일어나서 그 앞에 서서 그것을 구경도 하다가 다시 돌아서며,

'내 돈만 모으면 꼭 한 개 사서 두고 탈 터이야.'

하며 그는 주먹을 쥐며 결심을 하고 머릿속으로는 자기 시골에서 때때로 자전거 타고 다니는 면서기^{면장의 지휘를 받아서 면의 사무를 맡아보는} ^{서기}를 보고 부러워하던 생각을 하였다.

그는 혼자 자전거 공상을 하다가 그것이 어느덧 변하였는지 양복 입은 면서기가 되었다가, 다시 돈을 많이 가진 촌부자가 되었다가, 그러다가 발부리가 돌을 차는 바람에 다시 지금 철원 와서 노동하 려는 지형근이가 되었다.

그는 훗훗한 남풍이 빙그르 자기를 싸고도는 큰길을 지내놓고 골 목길로 들어서다가 어떤 촌색시가 지나가는 것을 보고, 깜박 잊어

버렸던 이화가 다시 눈앞에 보였다. 그는 술기운이 젊은 피를 태우는 번뇌스러운 감정 속에 그 이화를 다시 생각하였다.

'조 주사 말이 참말이라 하면 이화에게는 어딘지 사람다운 데가 남아 있었던 것이지. 그러나 만리타향에서 옛사람을 만났지만 시운_{시대나 그때의 운수}이 글렀으니 낸들 어찌하나.'

하며 개탄하는 맘으로 얼마를 걸어가다가,

'그러나 누가 창기 여자의 울음을 곧이 생각한담. 모두 못 믿을 것이지.'

바로 세상 경험이 풍부한 사람처럼 점잖게 결정을 하고 앞에 누가 있는 사람처럼 고개와 손을 내흔들었다.

그는 움에 왔다. 옆에 무성한 풀 냄새가 움을 덮는 진흙 냄새와 함께 답답하게 가슴을 누른다. 노동자들은 웃통 아랫도리를 벗은 채 거적때기들을 깔고 즐비하게 드러누워서 혹은 코를 골기도 하고 혹은 돈타령도 하고 혹은 두 다리를 모으고 앉아 단소도 분다. 한 모퉁이에는 고춧가루를 태우는 것같이 눈을 뜰 수 없는 풀로 모깃불을 놓았다. 그는 여러 사람 있는 틈을 지나갔으나 자기를 보고 아는 체하는 사람이 드물었다. 그중에 키 크고 수염 많이 나고 얼굴 검고 눈이 부리부리한 사람이,

"허허 대단히 좋으시구려. 연일 약주만 잡수시니. 조 주사만 친구고 우리 같은 사람은 친구가 못 된단 말요? 그런 데는 따돌리고 다니니. 허 젊은 친구가 그런 데 맛을 붙여서는……"

빈정대는 어조로 말을 하니 형근은 갑자기 할 말이 없어서 주저주저 어색하다가,

"잘못됐소이다."

하였으나 맨 나중에 '젊은 친구가' 하고 누구를 타이르는 것 같은 것이 주제넘은 것 같아서 혼잣속으로 알아두었다.

그는 바깥에 좀 앉아서 여러 사람들과 이야기나 할까 하는 생각이 있었으나 그자의 말이 비위를 거슬리므로 그대로 움 속으로 들어가기로 하였다. 움 속은 흙내에 사람의 땀내, 감발에서 나는 악취가 더운 기운에 섞여서 일종의 말할 수 없는 냄새를 낸다. 즉 여우의 굴에서 노린내가 나는 것같이 사람 중에서도 노동자 굴에서 노동자 내가 나는 것이다.

그는 불과 몇 마장 떨어져 있지 않는 이화 집과 지금 자기가 들어온 이 움 속과의 차이가 너무 현저한 데 아니 놀랄 수가 없었다. 이화는 일개 창부다. 자기는 그래도 그렇지 않은 집 자손으로 힘들여 돈을 벌려는 사람이다. 그 차이가 너무 과한 데 그는 의혹이 없지 않았다.

그가 더듬거려 움 안으로 들어갈 때,

"어디 갔다 오나, 여태 찾았지."

하고 나서는 사람은 자기 동향 친구였다.

"난 길이나 잊어버리지 않았나 하고 한참 걱정을 하였네그려. 그래서 각처로 찾아다녔지. 대관절 저녁이나 먹었나?"

형근은 웬일인지 이화의 집에 갔었단 말하기가 부끄러웠다. 그는 그 말을 하면 그 동향 친구가 반드시 자기를 꾸짖을 것 같고, 또 이화의 집 갔던 것이 더구나 옷을 팔아서까지 갔었다는 것은 말할 수 없이 분수에 넘치는 경솔한 짓 같았다. 그래서 그는,

"나는 또 자네를 찾았다네."

처음으로 속에 없는 거짓말을 하였다.

"조 주사가 한잔 낸다고 해서……."

잠깐 말을 입속에다 넣고 우물우물하다가,

"그래서 또 한잔 먹지 않았나. 자네하고 같이 가지 못한 것이 대단히 미안하데마는 어디 있어야지……."

동향 친구는 형근의 말에 거짓야 있을 리 없으리라 믿는 듯이,

"인제는 고만 다니게. 여기가 어떤 덴 줄 아나? 조 주산지 그자하고 다니지 말게. 사람 사귀기도 몹시 어려우이."

형근은 실쭉해지며 말이 없었다. 속으로 생각에 대체로는 그 친구 말이 옳은 말이지마는 조 주사 같은 친구와 사귀지 말라는 데는 도리어 동향 친구에게 질투가 있는가 하여 적잖이 불목이 있었으나 말로는 나타내지 않았다.

그는 말이 없이 한 귀퉁이를 비비고 드러누웠다. 일부러 눈을 감아 오지 않는 잠을 청하나 찌는 듯이 무더운 기운이 코 속에 꽉 차서 잠은 오지 아니하고 답답한 생각에 마음이 바깥으로 나간다.

그는 지금 돈 아는 동물들이 늘비하게 드러누워 있는 곳에서 생

각은 이화에게서 멀리하여지지 아니한다. 그는 어두움 속에서 끊이는 듯 이으는 듯 애소하는 듯 우는 듯한 단소 소리가 움 밖에서부터 청아하게 이 움 속으로 흘러들어와 자기의 몸과 혼을 스치고 지나갈 때 그의 피는 공연히 타는 것 같아서 마음을 어찌할 수 없었다. 그는 고요한 꿈에서 소요하는 것같이 흐르는 듯하고 녹은 듯한 정조에 잠길 때도 있다가, 또는 미쳐 날뛰는 파도 위에 한 조각 배를 띄운 듯이 무섭게 흔들리는 정열에 마음을 어떻게 진정해야 좋을지 알지 못하기도 하였다.

그는 하는 수 없이 일어섰다. 몸을 털고 나왔다. 그는 움을 뒤에 두고 들로 나왔다가 뒷산으로 올라갔다가 다시 내려왔다가 앉았다가 섰다가 하였다. 하늘에는 별이 총총하고 풀에는 이슬이 다락다락하였다.

6

이튿날 아침에 해가 동산에 솟았다. 생명 있는 태양이다. 언제든지 절대의 뜨거움과 광명으로 싼 생명을 가진 태양이다. 태양이 없는 곳에 생명이 없다. 구릿빛 햇발이 온돌방을 비추고 그것이 또한 거짓이 없고 편협함이 없이 이 말하는 구더기 같은 노동자들이 모인 곳에 그의 생명의 빛을 비추어주었다.

형근은 일어나던 맡에 세수를 하였다. 그는 세수를 하고 아침 안개가 낀 넓은 벌판을 내다보고 호호탕탕한 기운을 모조리 들이마실 듯이 가슴을 벌리고 숨을 들이마셨다. 그는 또 한 번 넓은 들에서 이삭이 패어가는 벼 위에 가득히 내리쪼인 햇볕이 눈부시게 반사하는 것을 보고 알 수 없는 기운이 자기 몸에 가득 차는 것 같아서 두 팔을 들었다 놓았다 하였다.

형근은 여러 사람들과 모여 앉아서 밥 되기만 기다리고 있었다. 노란 조밥을 사기 사발에 눌러 담고 그 위에 외지^{오이지} 한 쪽씩 놓거나 그렇지 않으면 무쪽 두 개씩 놓는 것이 그들의 양식이니 그나마 잘못하면 차례가 못 가거나 양에 차지 않아서 투덜대게 되는 것이니, 형근의 신조는 어떻든 이런 곳이나 이런 밥을 달게 여기고 부지런히 일만 하고 얼마만 신고하면^{어려운 일을 당하여 몹시 애를 쓰면} 그만이라고 스스로 위안하였다.

형근도 남과 같이 밥을 기다렸다. 어저께와 그저께 같이 술을 먹고 지내던 두서너 사람도 옆에 있었다.

그러나 그들은 수상스럽게 자기를 두서너 번 쳐다보더니,

"여보슈!"

하고 말이 공손해졌다. 형근은 따라서,

"왜 그러시우."

하였다. 세상 사람도 모두 자기같이 은근하고 친절하였다.

"미안한 말씀이지마는 돈 가지신 것 있거든, 이십 전만 취하실 수

없겠소?"

형근은 그 말하는 사람보다 자기가 더욱 미안하고 얼굴이 붉어지는 것 같았다. 자기가 남더러 돈 취해달랠 적 모양으로 그도 무안하리라 하였다. 그래서 그는 주머니를 뒤졌다. 형근은 어저께 술집에서 남은 돈 이십 전이 있는 것을 생각하고 서슴지 않고 내주었다.

"예, 여기 이십 전이 남았구려. 자, 옜소이다."

하고 신기하고 즐거운 마음으로 꾸어주었다. 속으로는 '이따가 주겠지' 하였다. 그 사람은 그것을 받더니,

"고맙소이다. 이따 저녁에 갚으리다."

하고는 옆엣사람과 수군거리며 저리로 가버린다.

형근은 한참이나 앉아서 기다리려니까 배가 고파왔다. 그리고 여러 사람들을 보니까 그들도 일하러 가는 사람 같지는 않게 배포 유하게 앉아서 이야기들을 한다. 한옆에서는 어떤 자가 다른 어떤 사람더러 오 전짜리 단풍표 담배 한 개를 달라거니 안 주겠거니 하고 싸움이 일어나서 부산하다.

조금 있더니 동향 친구가 왔다.

"여보게 밥이 다 되었네. 밥 먹으러 가세."

하며,

"밥값이나 있나?"

하였다.

"밥값이라니."

형근은 눈이 둥그레졌다.

"밥값이라니 무어야? 누가 거저 밥 준다든가? 십오 전씩이야."

형근은 기가 막혔다. 오던 날부터 술 먹느라고 그저 모든 것을 다른 사람들에게 밀어 맡기면 될 줄 알았고 또 그자들도 '염려 말아, 염려 말아' 하는 바람에 정신없이 지내다가 이십 전까지 아침에 뺏긴 것을 생각하니 허무하다.

"밥은 일일이 사서 먹나?"

"그럼, 누가 밥값까지 낸다던가? 어림없네."

동향 친구는 그래도 주머니에 돈이 얼마나 남았을 줄 알고서,

"이거 왜 이러나, 어서 내게."

형근은 덜렁 가슴이 내려앉아서 동향 친구를 붙잡고 돈이 한 푼도 없는 이야기를 하였다. 동향 친구라는 사람은 친구라고 하느니보다 형근 집에 은혜를 입은 사람이니, 같은 양반으로 형근네는 돈푼이나 있고 할 때 그 친구의 아버지가 빚진 것이 있었으나 그것을 갚지 못하여 심뇌하는 것을 형근의 아버지가 알고 호협한 생각에 그대로 탕감을 해준 일이 있다.

지금은 그 아들들이 서로 만났지만 선대의 일들을 서로 가슴속에는 넣어둔 터라 그 친구는 형근을 그리 괄시를 하지 않는다.

"그럼 가세."

그 친구와 밥을 먹었다. 그나마 형근은 신세 밥 같아서 먹고 나서도 몹시 미안하였다.

아침을 먹더니 그 친구가 형근을 보고 이르는 말이,

"누가 어디를 가자거나 일구멍이 있다거나 도무지 듣지 말게."
하고 점심값을 주고 가버렸다.

그는 공연히 왔다 갔다 하며 혼자 심심히 지낼 뿐이다. 조 주사가 오늘은 꼭 올 터인데 어제 어디서 자고 아니 오노 하며 오정이 넘어 해가 두 시나 되도록 기다렸으나 오지 않는다.

그는 한옆으로 밥 먹을 구멍이 얼핏 생겼으면 좋을 텐데 하는 걱정과 또 조 주사나 왔으면 모든 것을 의논해보겠다 하고 기다리는 마음도 마음이려니와, 또 한 가지는 이화의 울던 꼴이 생각나고 또는 은근히 한번 오라고 하던 말이 어떻게 박여 들렸는지 잊을 수가 없다. 그나마 하룻밤 하룻낮이 지나고 나니까 부쩍 마음이 그리로 키어서 못 견디겠다.

그는 앞산에 올라가서 이화의 집이라도 가리켜보려는 듯이 부리나케 올라갔다. 그러나 서투른 눈에 복잡해 보이는 시가가 방위도 잘 알 수 없고 어디쯤인시도 몰라서 동에서 떴다가 서에서 지는 해만 공연히 쳐다보며 '동서남북'만 욀 뿐, 나중에는 고향이나 바라본다고 남쪽만 내다보다가 그대로 풀밭에서 멀거니 있다가 잠이 들어버렸다.

잠을 깨고 나니 벌써 해가 서쪽에 기울려 하였다. 그는 무엇에 놀란 사람처럼 벌떡 일어나서 허둥지둥 움을 향해왔다. 그는 밥 먹을 시간이 늦은 것도 늦은 것이려니와 조 주사가 일할 자리를 얻어가지고 와서 자기를 찾다가 그래도 가지 아니하였나 하는 걱정이 있음이었다. 그는 때늦은 찬밥을 사 먹고 옆엣사람들에게 물어보았으나 조 주사는 다녀가지 않았다 하였다.

그렇게 지내기를 닷새가 넘고 열흘이 넘었다.

조 주사라는 자는 장거리에서 한두 번 만났으나 코웃음을 치고 우물쭈물 얼렁얼렁하고 홱 피해버릴 뿐이요, 전과는 딴판이요, 동향 친구는 사람이 입이 무거워서 말은 아니하지마는 그래도 기색이 좋은 기색은 아니었다. 그뿐 아니라 그 더운 염천^{몹시 더운 날씨}에 그 지저분한 곳에서 여벌 옷 한 벌을 입고 지내려니까 온몸에서 땀내가 터지게 나고 옷이 척척 달라붙어서 거북하고 끈적끈적하기 짝이 없다. 그는 비로소 사람 많이 사는 데 인심 강박한 것을 알았다. 아무도 자기를 위하여 힘써주는 이 없고 더구나 서로 으르렁대고 뺏어먹으려고 하는 것뿐인 것을 알았다.

그뿐 아니라 그는 지금까지 시골서는 양반이었고 행세하는 사람이요, 먹을 것은 없으나 그래도 일군^{한 고을}에서 누구라면 알아주기는 하였으나 지금 여기 와서는 지형근의 존재가 없다. 그뿐이면 오히려 예사이지마는 입을 것도 없고 먹을 것도 없어 남의 것을 빌어먹다시피 하는 사람이 된 것을 생각할 때 그는 자기가 불쌍하니보다도 웬일인지 가슴에서 무서운 생각이 날 뿐이다.

자기가 이화를 보고 그 계집이 창기가 된 것을 비웃었으나 그는 오늘에 거의 비렁뱅이가 된 것을 생각하고 눈이 아플 만큼 부끄럽지 않을 수가 없었다.

그러나 이곳에 온 지 열흘이 넘도록 그는 일이라고는 붙들어보지를 못하였다. 자기뿐만 아니라 자기와 같이 잠을 자는 축에도 십여 명이나 그런 사람들이 있다. 그는 이상해서 하루는 물었다.

"당신들도 일자리가 없어서 노시우?"

그들은 서로 얼굴들을 보더니 그중 한 사람이,

"그렇소. 요새는 여름이 되어서 전황한(돈이 잘 융통되지 아니하여 귀한) 까닭에 일본 사람들이 일을 하지 않는다우. 그래 일자리가 퍽 드물죠. 그렇지만 가을만 되면 좀 괜찮죠."

"가을에는 일본 사람들이 돈을 풀어놓나요?"

"풀다뿐요. 작년 가을에도 여기 수만큼 떨어졌소. 오죽해야 돈소내기가 온다 했소."

형근은 다만,

"네에, 그래요?"

하고 말을 못 했다.

"가을까지만 기다리시우. 그때는 괜찮으시리다. 저것 좀."

하고 전찻길 깔아놓은 걸 가리키며,

"저것 놓는 데도 돈이 산더미같이 들었소. 지긋지긋합디다."

형근은 그 말에 배가 불러서 공연히 좋았다. 속으로 가을만 되면 태산만큼은 그만두고라도 그 한 모퉁이쯤은 생기려니 하고 혼자 좋았다. 돈 생기는 생각만 하면 이화 생각이 난다. 이화 생각이 나면 이화 집에 가고 싶다. 젊은 가슴은 그림자를 붙잡으려는 듯한 부질없는 정열로 해서 애를 쓴다.

그는 밤중만 되면 이화 집 앞을 돌아온다. 갈 적에는 혹시 이화의 그림자라도 보았으면 하고 가기는 가지마는 어찌 그런 일에 그러한 공교로움이 있을 리가 있으랴. 갔다가는 헛되이 돌아오고 돌아올 때에는 스스로 다시 안 가기를 맹세한다. 맹세만 할 뿐이 아니라 이화를 멸시하고 욕하고 침 뱉었다. 그러나 그 이튿날이 되면 아니 가려 하다가도 자연히 발길이 그쪽으로 향해져서 으레 허행일 것을 알면서도 다녀오지 않을 수가 없었다.

하루는 전처럼 그 집 앞을 지나다가 그 집을 기웃이 들여다보았다. 여간한 대담한 짓이 아니었다. 그는 발길을 돌이켜 누가 쫓아서 나오는 것처럼 머리끝이 으쓱하여 나와서 집 모퉁이를 돌아서며 다시 한 번 훌쩍 돌아볼 제 마침 그 집에서 나오는 사람이 있는 것을 보았다. 그 사람은 다시 말할 것 없는 조 주사였다. 형근의 얼굴에는 갑자기 질투의 뜨거운 피가 올라오더니 두 눈에서 번개 같은 불이 솟는 것 같았다. 만일 자기 손에 날카로운 칼이 있다 하면 당장에 조 주사를 죽여버리거나 그렇지 않으면 자기가 죽어버릴 것 같았다. 그는 그날 종일 잠을 자지 못하였다. 그는 부질없이 몸에 힘이 오르고 엉터리없는 결심과 용기가 생기기 시작하였다.

그는 내일은 내 모가지가 달아나더라도 이화를 만나보리라 하였다. 그러나 만나볼 도리는 없었다. 자기의 주제를 둘러보면 부끄러운 생각이 날 뿐이요, 주머니에는 가을에나 들어올 돈이 아직 한 푼도 없다. 그는 눈을 감고 생각하였다.

'내 맘이 떴다.'

그러나 비행기를 탄 사람이 바깥을 보지 않고는 떴는지 안 떴는지를 모르는 것처럼 형근은 뜬 것 같기는 하나 또 그렇지 않은 것 같기도 하다. 혹간 냉정히 자기가 자기를 보려다가도 조 주사가 생각 날 적에는 그는 조 주사는 볼지라도 자기는 볼 수가 없었다.

그는 돈을 얻을 도리를 생각하였다. 그러나 바위 위에서 물을 구하는 것이나 마찬가지였다. 빈궁은 죄악을 만든다는 말이 진리가 아니라고 할 사람은 없을 것이다. 형근은 무슨 분수 이외의 도리가 있다 하면 해보지 않고는 못 배길 만큼 되었다. 그는 동향 친구를 또 생각하였다. 동향 친구는 그동안 근근이 저축한 돈이 얼마인지는 모르나 쇠사슬로 얽어놓은 가죽지갑 속에 있는 것을 일전에 무엇을 찾느라고 꺼내는 것을 보았다.

그는 처음에는,

'그렇지만 염치가 어떻게 돈까지 꾸어달라노?'

하다가는,

'돈은 또 무엇에 쓰느냐고 하면 대답할 말도 없지.'

하고 눈을 끔벅끔벅하다가,

'그렇지만 내 말이면 제가 돈 몇 전쯤 안 취해주지는 못하렷다.'

이렇게 혼자 궁리는 하나 맘뿐이요, 몸으로 할 것 같지는 않다.

그는 또 당장에 단념을 해버리는 것이 옳은 듯이,

'에, 고만두어라, 내 마음이 비뚤어가기 시작을 하는 것이야.'

하고 툭툭 털고 일어나서 빙빙 돌아다녔다. 그날 저녁 동향 친구는
형근을 찾았다.

"여보게, 일자리가 생겼네."

하고 형근에게 달려들 듯하였다. 형근은 너무 의외의 일이라 가슴
이 공연히 설렁 내려앉더니 두근두근하며 손끝이 떨린다.

"어디?"

"글쎄 이리 오게. 떠들면 여러 사람 와 덤비네."

"모레는 김화金化로 가세. 내가 오늘 거기 십장일꾼들을 감독, 지시하는
우두머리에게 자네 일까지 부탁을 해놓았으니까 염려 없네. 금전도
퍽 후하고 일도 그리 되지 않은 것이야."

형근은 좋은 소식은 좋은 소식이나 또는 마음 한 귀퉁이가 서운
하다.

"김화?"

하고 형근은 눈을 크게 뜨며,

"여기서 꽤 멀지?"

하고 초연한 생각이 나타난다.

"무얼. 얼마 된다고. 한나절이면 갈걸."

두 사람은 모레 같이 떠나기로 약조를 하였다. 형근은 감사스러
운 중에도 무정스러운 감정으로 공연히 마음이 가라앉지 않아서 허

둥지둥 엉덩이를 땅에 대지 아니하고 저녁을 먹었다.

저녁을 먹은 뒤에 그는 움 앞에 다시 앉았다. 이화는 다시 한 번 보지도 못하는구나 하며 한숨을 쉬었다. 그러나 꼭 한 번 오라고 하였으니 의리상으로라도 한 번은 가보아야 할 터인데—하다가 그대로 생각나는 것은 동향 친구 주머니 속에 있는 지전 조각이었다.

'내가 입으로 말을 할 수야 있나? 죽어도 그것은 할 수가 없지.'

말을 하는 입내만 내어보아도 쭈뼛쭈뼛해지는 것 같다.

'인제야 일할 구멍이 생겼으니까 나중에 갚는 것도 걱정이 없어졌으니까.'

으쓱한 생각에 마음이 느긋해졌다. 이화를 찾아가는 것도 그다지 부끄러울 것 없을 것 같았다.

'세상에 사람이 살아가려면 권도^{좇아야 할 규칙이나 법도}라는 것도 있는 법이지마는 나 같아서야 어디 살아갈 수가 있어야지······.'

해가 넘어가고 날이 어둑어둑해지니까 공연히 마음이 처량해지면서 쓸쓸하다. 오늘 저녁이 아니면 내일 저녁밖에 없는데 하며 담배를 붙여 물고 한 바퀴 휘돌아왔다.

와서 보니까 본시 술을 많이 먹지 못하는 동향 친구가 어디선지 술이 잔뜩 취하여 저쪽에다가 거적을 깔고 외따로이 누워 있다.

'이게 웬일인가?'

하고 곁으로 가보니까 그는 세상을 모르고 잔다.

그의 가슴은 웬일인지 무슨 예감을 받은 사람처럼 떨리더니 그의 머릿속에 번개같이 일어나는 충동이 있다. 마치 어여쁜 여자가 외로이 누운 그 곁에 선 젊은 남자가 받는 충동이나 마찬가지로, 주머니에 돈을 지닌 사람이 아무도 보지 않는 곳에 의식을 잃어버리고 누운 것을 본 형근은, 더구나 돈에 대하여 목전에 절실한 필요를 느끼는 그는 무서운 죄악의 충동을 느꼈다.

그러나 그는 그 찰나에 자기가 의식치 못하던 죄악의 충동을 일으킨 것을 깨달았을 때 그는 이를 깨물며 주먹을 쥐고 울듯이 고개를 내젓고 마음속 깊이깊이 뜨거운 후회로 자기를 깨달았다. 그는 그러한 마음을 한때라도 다정한 친구에게 일으킨 것이 그에 대하여 무엇이라고 말할 수 없이 미안하였다.

그는 그를 잡아 흔들었다.

"여보게, 이슬 맞으면 해로우이, 들어가세."

목소리는 다정함으로 떨렸다.

"응, 응, 가만있어."

하며 다시 얼굴을 하늘로 두고 뒤쳐 드러누우며 그는 풀무같이 숨을 쉬면서 드르렁드르렁 코청이 떨어지듯이 숨을 쉬었다.

"이거 큰일 났군."

형근은 그래도 다시 가까이 가서 몸을 추스르려 할 때에 그 동향 친구의 지갑이 어디 들어 있는지 그것부터 먼저 보지 아니치 못하였다. 그는 동향 친구를 일으켜 겨드랑이를 부축하였다. 동향 친구는 세상을 몰랐었다. 그러나 눈을 한 번 떠서 형근을 보더니 안심하는 듯이 다시 까부라졌다. 형근의 손은 그 동향 친구의 지갑에 닿았다. 그는 맥이 풀려서 지갑을 꺼내기는 고사하고 친구까지 땅에 떨어뜨릴 뻔하였다. 그는 다시 팔에 힘을 주어 움 속까지 그를 끌고 들어갔다. 바깥에서는 여러 사람들이 이 꼴을 보며 저희끼리 떠들었으나 거들어주는 자는 없었다. 그러나 움 속에 들어오니 아무도 없으므로 별로이 보는 이가 없었다.

형근은 그 컴컴한 움 속에서 그 친구를 든 채 얼마간 섰었다. 내려놓지도 않고 눕히지도 않고 그는 무서운 시련의 기로에서 방황하였다. 그는 눈을 한번 감았다 뜨며 친구를 눕히는 서슬에 지갑을 뺐다. 그의 손은 이상한 쾌감과 함께 손아귀가 뿌듯한 것을 깨달았다.

그는 친구를 뉘고 달음박질해 나왔다. 그는 사람 적은 곳에 가서 그것을 열지도 못하고 한숨을 길게 내쉬었다. 그는 다시 시원한 가운데에서도 무서움을 품고 그것을 펴지도 못하고 열지도 못하다가 다시 저쪽으로 갔다. 그는 그대로 그것을 손에 움켜쥔 채 공연히 망설이다가 이화 집을 향해갔다.

그는 가는 길 으슥한 곳에서 그것을 펴보았다. 그는 그것을 펴보다가 마치 무슨 기운에 눌리는 사람같이 가슴이 설렁해지며 눈이 등잔만 해지더니 뒤로 물러서,

"에구."

하였다. 그의 손에는 시퍼런 십 원짜리 석 장이 묻어나왔다.

"이건 잘못했구나."

그는 그대로 서서 오도 가도 못하였다.

자기가 요구하던 것은 그것의 몇 분의 일에 지나지 않는다. 이것은 보기만 해도 무서울 만큼 많은 돈이다. 그러나 이것을 지금에 도로 갖다 줄 수도 없고 또 그대로 있을 수도 없다. 그는 한참이나 떨리는 손을 진정치 못하다가 그대로 눌러 생각해버렸다. 술 깨기 전에 갖다가 주지, 그리고 쓴 것은 말을 하면 되겠지.

그는 마음을 억지로 가라앉히고 이화 집 문간에 왔다.

그는 전번에 왔을 적이나 별로이 틀림없는 수줍음과 두근거리는 마음으로 발을 들여놓았다. 그는 술을 청했다. 술을 청하는 것보다도 이화를 부르는 것이었다. 그러나 아래채 조용한 방에서 분명히 이화의 목소리로 소리를 하는 모양인데 나오지를 않고 다른 여자가 나와 맞았다.

방은 전에 그 방이다. 발을 늘여서 안에 있는 것이 바깥에서 보인다. 그는 기대가 틀어진 것에 낙심을 하고 어떻든 술을 청하였다. 그새 여자가 들고 들어오며 형근을 아래위로 훑어보더니,

"혼자 오셨어요?"

하였다.

"그럼 여러 사람이 다닙니까?"

그 계집은 손으로 입을 막고 웃었다.

"자, 드시죠."

"술도 급하지만 나는 이화를 좀 보러 왔소."

그 계집은,

"네?"

하더니 또 웃는다.

"저는 인물이 못생겼죠? 언제 적부터 이화와 가까우시던가요?"

형근은 자기는 좀 점잖이 말을 하는데 그 계집이 실없이 하니까 속으로 화는 나지만 위엄을 보일 수가 없다.

"이화가 어디 갔소? 잠깐 보자는 이가 있다고 하구려."

그 계집은 문을 열고 나가더니 온 집안이 다 들리게,

"이화 언니! 이화 언니! 당신 나지미^{단골손님} 왔소. 어서 나오."

하며 땍때굴거리며 웃는다.

이화는 무슨 영문을 모르는 듯이 어떤 손님과 자별하게 이야기를 하다가 문을 열고 고개를 내밀면서,

"무어야? 얘가 왜 이래, 실성을 했나?"

하고 형근의 앉아 있는 방을 올려다보고는,

"응, 저이가 왔군."

싱겁게 혼잣말을 하고 다시 돌아앉으니까 함께 한방에 있던 젊은 사람이^{면서기 같은} 마주 기웃하고 내다보더니,

"저것이 나지미야?"

하고 비웃는다.

"온 이 주사도, 아무렇기로 내가……"

할 때,

"글쎄, 꼭 봐야 하겠다니 좀 가봐요."

하며 그 계집이 지근거린다.

"나를 그렇게 봐서 무엇을 한다더냐?"

하고 이 주사라는 자의 눈치를 보는 것이 그의 눈앞을 졸이는 모양이다.

"가봐주지. 그것도 적선인데. 내 앞이 되어서 몹시 어려워하는 모양이로군. 그럴 것 무엇 있나?"

"온 말씀을 해두 왜 그렇게 하시우. 누구는 끈에 맨 돌멩입디까? 나 하고 싶은 대로 하고 지내지, 몇십 년 사는 인생이라구."

"그러나 대관절 어떤 자야."

"고향서 이웃집 사는 사람야."

이러는 동안에 형근은 아무도 없는 빈방에 혼자 앉아 술상만 대하고 있으려니까 싱겁고 갑갑하고 역심이 나서 올 수도 없고 갈 수도 없다. 그뿐이면 고만이게, 이화라는 년은 다른 놈하고 앉아서 자기 방을 넘성 쳐다보는 것이 마치 창살 속에 넣어놓은 청국 사람의 원숭이같이 대접을 하는 것 같아서 속으로 분하고 아니꼬운 증이 나며,

'천생 타고난 기질을 어떻게 하나? 창기는 판에 박은 창기년이다.'

속으로 이렇게 중얼거리는데 자기 방 계집이 쭈르르 다녀오더니,

"심심하셨죠? 이화는 인제 옵니다."

하고 술을 따라놓더니,

"과일 잡숫고 싶지 않으세요. 과일 좀 들여오죠. 이화도 오거든 같이 먹게요."

하더니 제멋대로 이것저것 들여다 놓고 먹어댄다.

아무리 기다려도 이화는 오지 아니한다. 여전히 아랫방에서 그자와 이야기를 하는 모양이다. 형근은 혼자서 술을 먹을 수가 없어서 그 계집과 서로 대작을 하였다. 그 계집은 어수룩하고 아직 경험 없는 것을 알아채고 어떻게 해서든지 형근의 주머니를 알겨낼 생각이다. 주제를 보아서 아직 극단의 수단을 내어놓지 않는다.

한 시간이 지나갔다. 형근은 다시 그 계집에게 이화를 불러달라고 청을 하였다. 그 계집은 술잔이나 들어가더니 형근의 말을 안 듣고 요리 핑계 조리 핑계 한다. 형근도 술잔이나 들어가니까 객기가 나지 않는 것도 아니다.

"가 불러와."

그는 소리를 질렀다.

"싫소."

"왜 싫어?"

윗방에서 와자하는 것이 자기 때문인 것을 알아챈 이화는 문을 열고 나왔다.

"어딜 가?"

면서기는 어느덧 술이 곤죽이 되어 드러누웠다가 이화의 치마를 잡았다.

"잠깐만 다녀올 테니 놓으세요."

"안 돼."

이화는 팩한 성미에 흥허물 없는 것만 믿고 치마를 뿌리쳤다.

"안 되기는 왜 안 돼요, 잠깐 다녀온다는데…… 누가 삼십육계를 하나?"

면서기는 노했다. 그대로 일어섰다. 이화는 형근의 방으로 안 들어가고 안으로 들어가버렸다.

술 취한 면서기는 다짜고짜로 형근의 방 발을 집어던졌다.

"이놈아! 이런 건방진 자식이 술잔이나 먹으려거든 국으로 ^{자기 주}_{제에 맞게} 먹으러 다녀. 너 이화는 봐서 무엇할 모양이냐? 상판 생긴 것하고 그래도 무엇을 달았다고 계집 맛은 알아서. 놈 계집 궁둥이 따라다닐 만하다."

형근은 기가 막혀 쳐다볼 뿐이다.

"이놈아, 왜 눈깔을 오랑캐 뜨고 보니? 내 얼굴에 무엇이 묻었니? 에 튀튀."

면서기는 침을 방에다 막 뱉는다.

"대관절 이화 어디 갔니? 응, 이화 어디 갔어?"

하고 호통이다. 온 집안사람이며 술 먹으러 온 사람이 모여들었다.

이화는 이 소리를 듣더니 뛰어나오며 면서기를 달래고 형근에게 연해 눈짓을 하였다.

"글쎄, 이 주사 나리, 이게 무슨 짓요. 약주 취했소. 어서 저 방으로 가시우."

하고 이 주사에게 매달리다가,

"대단 미안합니다. 점잖으신 이가 약주가 취해서 그러신 것을 서로 참으시지. 그렇죠? 어서 약주나 자시지요."

면서기는 그래도 여전히 형근을 보고 놀려댄다.

"이놈아, 네가 이놈 노동자가 감히 뉘 앞에서 그따위 짓을 해? 흥."

형근의 인습 관념에 젖어 있는 젊은 피는 끓었다. 그는 결코 자기가 노동자는 아니다. 양반의 자식이요, 행세하는 사람이다. 몸은 비록 흙 속에 파묻혔으나 마음과 기운은 살았다.

"무엇, 노동자!"

형근에게는 그 외에 더 큰 모욕이 없었다. 그는 면서기를 향하여 기운에 타는 두 눈을 부릅떴다.

"그래 이놈아, 네가 노동자가 아니고 무엇야?"

"글쎄, 그만들 두세요. 제발 저 방으로 가세요."

하며 이화는 가운데 들어섰다. 형근은 이화를 뿌리쳤다.

그는 이화를 뿌리칠 때,

'더러운 년! 갈보년'

하는 소리가 입으로 나오지는 아니하였으나 그의 온 전신을 귀퉁이 귀퉁이 속속들이 울리는 것 같았다.

형근은 이화를 뿌리치던 손으로 이 주사라는 자의 따귀를 보기 좋게 붙이니까 그대로 땅에 나가 뒹굴었다.

"이놈 봐라, 사람 친다."

하더니 면서기는 윗옷을 벗고 덤볐다.

"어디 또 한 번 때려봐라."

하고 주먹을 들고 덤비려고 사릴 제 옆엣방에서도 툭 튀어나오고 대문에서도 쑥 들어서는 사람들의 눈은 횃불같이 타면서 형근을 훑어보더니 다시 이 주사를 보고,

"다치지나 않았소? 대관절 어찌 된 일요? 말을 좀 하시구려."

옆에 섰던 이화도 말을 아니하고 그 계집도 말이 없다.

"대관절 손을 먼저 댄 게 누구야?"

하며 형근을 보더니 그중에 구척같이 키가 크고 수염이 더부룩한 자가 들어서더니,

"여보 이 친구, 젊은 친구가 술잔이나 먹었으면 곱게 삭일 일이지 누구에게다 손찌검하고…… 흥, 맛 좀 보련."

하더니 넉가래 같은 손이 보기 좋게 따귀를 붙이는데 눈에서 불이 나며 입에서는 에구구 소리가 저절로 난다. 그는 아무 말 없이 볼따구니만 쥐고 있다. 그러려니까 연신 번갈아가며 주먹과 발길이 들어오는데 정신이 아뜩아뜩하고 앞이 보이지를 않는다. 그는 에구구 소리만 지르면서,

"글쎄, 나는 잘못한 게 없습니다."

하고 빌어대면,

"이놈아, 잔말 말어. 너도 세상맛을 좀 알아야 하겠다."

하고 한 개 더 붙인다. 옷은 갈가리 찢어지고 얼굴에서는 피가 흐른다.

이화는 후닥닥거리는 서슬에 마루 끝에 서서,

"여보, 박 서방. 가서 순사를 불러 오. 야단났소. 그저 그만두라니까 그러는구려."

할 때 형근은 순사라는 소리가 귀에 들릴 제 그는 꿈에서 깬 것같이 정신이 났다.

'이화가 나를 순사에게!'

하고 얻어맞는 중에서도 온 기운을 다 내었다. 초자연의 기운은 그를 거기서 뛰어 여러 사람을 헤치고 문밖으로 뛰어나갈 수 있게 하였다. 그는 눈 딱 감고 뛰었다. 그러나 때는 늦었다. 문간에 나가자 그 집으로 들어오는 사람이 있었다. 그러나 형근은 그것도 못 보았다. 들어오던 사람은 형근을 보더니 재빠르게 뒤를 따랐다.

형근의 다리는 마치 언덕비탈을 몰려 내려가다 다리의 풀이 빠진 사람처럼 곤두박질을 하였다. 그의 눈에는 아무것도 보이지 않고 집이나 사람이나 전기불이 별똥 떨어지듯이 휙휙 지나갈 뿐이다.

뒤에서는 여전히 따라왔다.

"도적야?"

달아나며 이 소리를 귓결에 들은 그는,

'응, 도적?'

'그러면 나를 쫓아오는 것이 아닌 게지.'

그의 머릿속에서는 자기가 지금 어째 도망을 하는지 그 본능은 있었을지언정 의식은 없었던 모양이다.

그러나 그는 다만,

'나는 도적이 아니다.'

하면서도 달음질은 여전히 하였다.

그는 어느덧 움 앞에 왔다. 그는 친구의 이름을 부르고 그 자리에 기진해 자빠져서 기운을 잃었다.

경관과 형사는 그놈을 뒤져 동향 친구에게 지갑을 보이고,

"당신이 찾던 것이 이것이오? 꼭 틀림없소?"

동향 친구는 눈이 뚱그래서,

"형근이가 그랬을 리가 없는데요."

하니까,

"듣기 싫어. 물건을 찾으면 그만이지. 맞느냐 말야."

하며 경관은 흩뿌린다.

"네."

친구는 가까스로 대답을 하더니,

"그런 줄 알았더면 경찰서에도 알리지 않는걸."

하며,

"여보게, 형근이. 정신 차려. 일어나서 말이나 좀 하게. 속 시원하게. 도무지 이게 웬일이란 말인가."

하며 비쭉비쭉 운다.

형근은 아직까지도 깨지 못하고 그대로 누워 있다.

형근은 그날로 경찰서 구류간에서 잤다. 어려운 취조가 끝난 뒤에 형근은 검사국으로 넘어갔다. 그 이튿날 신문에는 아래와 같은 신문기사가 났다.

XXX출생으로 철원군 XXX리에서 노동을 하는 지형근池亨根 (XX) 지난 X월 X일 자기 동향 친구의 주머니에 있는 삼십 원을 그 친구가 술이 취하여 자는 틈을 타서 절취하여다가 XX 이화라는 술집에서 호유하다가 철원경찰서 형사에게 체포되어 취조를 마치고 검사국으로 압송하였다더라.

—1926년

1

　안협집이 부엌으로 물을 길어가지고 들어오매 쇠죽을 쑤던 삼돌이란 머슴이 부지깽이로 불을 헤치면서,

　"어젯밤에는 어디 갔었습던교?"

하며 불밤송이 같은 머리에 왜수건을 질끈 동여 뒤통수에 슬쩍 질러 맨 머리를 번쩍 들어 안협집을 훑어본다.

　"남 어디 가고 안 가고, 임자가 알아 무엇할 게요?"

　안협집은 별 꼴사나운 소리를 듣는다는 듯이 암상스러운 눈을 흘겨보며 톡 쏴버린다.

　조금이라도 염량^{선악과 시비를 분별하는 슬기}이 있는 사람 같으면 얼굴

빛이라도 변하였을 것 같으나 본시 계집의 궁둥이라면 염치없이 추근추근 쫓아다니며 음흉한 술책을 부리는 삼십이나 가까이 된 노총각 삼돌이는 도리어 비웃는 듯한 웃음을 웃으면서,

"그리 성낼 게야 무엇 있습나? 어젯밤 안쥔 심바람^{심부름}으로 임자 집을 갔었으니깐두루 말이지."

하고 털 벗은 송충이 모양으로 군데군데 꺼칫꺼칫하게 난 수염을 숯검정 묻은 손가락으로 두어 번 쓰다듬었다.

"어젯밤에도 김 참봉 아들네 사랑방에서 자고 왔습네그려."

삼돌이는 싱긋 웃는 가운데에도 남의 약점을 쥔 비겁한 즐거움이 나타났다.

'무엇이 어쩌고 어째, 이 망나니 같은 놈……'

하는 말이 입 바깥까지 나왔던 안협집은 꿀꺽 다시 집어삼키면서,

"남 어디 가 자든 말든 상관할 것이 무엇인고!"

하며 물동이를 이고서 다시 나가려 하니까,

"흥! 두고 보소. 가만있을 줄 알았다가는……."

"듣기 싫어! 별 꼬락서니를 다 보겠네."

2

강원도 철원 용담이라는 곳에 김삼보^{金三甫}라는 자가 있으니, 나

이는 삼십오륙 세나 되었고 키는 작달막하며 목은 다가붙고 얼굴빛은 노르께하며 언제든지 가죽 창 박은 미투리^{삼이나 노 따위로 짚신처럼 삼은 신}에 대갈^{말굽에 편자를 박을 때 쓰는 징} 편자^{말굽에 대어 붙이는 쇳조각}를 박아 신고 걸음을 걸을 적마다 엉덩이를 내저으므로 동리에서는 그를 '땅딸보 김삼보', '아편쟁이 김삼보', '오리궁둥이 김삼보'라고 부르는데 한 달에 자기 집에 붙어 있는 날이 이틀이라면 꽤 오래 있는 셈이요, 하루라면 예사다. 그러고는 언제든지 나돌아다니므로 몇 해 전까지도 잘 알지 못하였으나, 차차 동리서 소문이 돌기를 '노름꾼 김삼보'라는 말이 퍼지자 점점 알아본즉 딴은 강원도, 황해도, 평안도 접경을 넘어다니며 골패^{구멍의 숫자와 모양에 따라 패를 맞추는 노름}, 투전^{각종 문양이나 문자가 표시된 패를 뽑아 패의 끗수로 승부를 겨루는 노름}으로 먹고 지내는 것이 알려지게 되었다.

그 노름꾼 김삼보의 여편네가 아까 말하던 안협집이니, 안협은 즉 강원, 평안, 황해, 삼도 품에 있는 고읍의 이름이다.

그 안협집을 김삼보가 얻어오기는 지금으로부터 오 년 전 안협집이 스물한 살 되던 해인데, 어떻게 해서 얻었는지 자세히는 알지 못하나 사람들의 말을 들으면 술 파는 것을 눈을 맞추어서 얻었다고 하기도 하고, 계집이 김삼보에게 반해서 따라왔다기도 하고, 또는 그런 것 저런 것도 아니라 계집의 전남편과 노름을 해서 빼앗았다고도 하는데, 위인 된 품으로 보아서 맨 나중 말이 가장 유력할 것 같다고 동리 사람들이 말을 한다.

처음에 안협집이 동리에 오자 그 동리 그 또래 계집들은 모두 석경을 들여다보게 되었다. 안협집이 비록 몸은 그리 귀하게 태어나지 못하였으나 인물이 남달리 고운 점이 있어, 동리 젊은것들이 암연히슬프고 침울하게 부러워도 하고 질투도 하게 되고 또는 석경 속에 비친 자기네들의 어여쁘지 못한 얼굴을 쥐어뜯고 싶기도 하였으니, 지금까지 '나만 한 얼굴이면' 하는 자만심이 있던 젊은 계집들에게 가엾게도 자가결함이 폭로되는 환멸을 느끼게 하기까지도 하였다.

그러나 촌구석에서 아무렇게 자란데다가 먼저 안 것이 돈이었다.

'돈만 있으면 서방도 있고, 먹을 것 입을 것이 다 있지.'

하는 굳은 신조는 자기 목숨을 내어놓고는 무엇이든지 제공하여 부끄러운 것이 없었다.

십오륙 세 적, 참외 한 개에 원두막 속에서 총각 녀석들에게 정조를 빌린 것이나 벼 몇 섬, 돈 몇 원, 저고릿감 한 벌에 그것을 빌리는 것이 분량과 방법이 조금 높아졌을 뿐이요, 그 관념은 동일하였다. 그리하여 이곳으로 온 뒤에도 동리에서 돈푼이나 있고 얌전한 젊은 사람은 거의 다 한 번씩은 후려내었으니 그것은 남자 편에서 실없는 짓 좋아하는 이에게 먼저 죄가 있다 하는 것보다도 이쪽 안협집에게 그 책임이 더 있다고 할 수 있고, 또 그것보다 더 큰 죄는 그 남편 되는 노름꾼 김삼보에게 있다고 할 수가 있으니, 그것은 남편 노름꾼이 한 달에 한 번을 올까 말까 하면서도 올 적에는 빈손을 들고 오는 때가 많으니 젊은 계집 혼자 지낼 수가 없으매 자연히 이 집 저

집 동리로 다니며 품방아도 찧어주고 김도 매주고 진일도 해주며 얻어먹다가, 한번은 어떤 집 서방님에게 실없는 짓을 당하고 나서 쌀말과 피륙 두 필을 받아보니 그것처럼 좋은 벌이가 없어 차츰차츰 이번에는 자기가 스스로 벌이를 시작하여 마치 장사하는 사람이 거래 단골을 트듯이 이 사람 저 사람을 집어먹기 시작하더니, 그것도 차차 눈이 높아지니까 웬만한 목도꾼^{무거운 물건을 나르는 것을 직업으로} ^{하는 사람} 패장^{관청이나 일터에서 일꾼을 거느리는 사람}이나 장돌림^{여러 장으로 돌아} ^{다니면서 물건을 파는 장수}, 조금 올라가서 순사 나리쯤은 눈으로 거들떠보지도 않게 되고, 적어도 그곳에서는 돈푼도 상당하고 여간해서 손아귀에 들지 않는다는 자들을 얼러보기 시작하게 되었던 것이다.

그 후부터는 일하지 않고 지내며 모양내고 거드름 부리고 다니는데 자기 남편이 오면,

"이번에는 얼마나 땄습노?"

하고 포르께한^{파르께한. 옅지도 짙지도 아니하게 파란} 눈을 사르르 내리뜬다.

"딴 게 뭔가. 밑천까지 올렸네."

삼보는 목 뒤를 쓰다듬으며 입맛을 다신다. 그러면 안협집은 전에 없던 바가지를 긁으며,

"불알 두 쪽을 달구서 그래 계집만두 못하다는 말이오?"

하고서 할 말 못 할 말을 불어서 풀을 잔뜩 죽여놓은 뒤에는, 혹시 서방이 알면 경이 내릴까 하여 노자랑 밑천 푼을 주어서 배송을 낸다^{쫓아낸다}. 그러면 울며 겨자 먹기로 삼보는 혼자 한숨을 쉬면서,

"허허, 실상 지금 세상에는 섣부른 불알보다는 계집 편이 훨씬 나니라."
하고 봇짐을 짊어지고 가버린다.

3

이렇게 이삼 년을 지내고 난 어떤 가을에 삼돌이란 놈이 그 뒷집 머슴으로 왔는데, 놈이 어느 곳에서 어떻게 빌어먹던 놈인지는 모르나 논맬 때 콧소리나마 아리랑타령 마디나 똑똑히 하고 술잔이나 먹을 줄 알며, 동료들 가운데 나서면 제법 구변^{말재간}이나 있는 듯이 떠들어 젖히는 것이 그럴듯하고, 게다가 힘이 세어서 송아지 한 마리 옆에 끼고 개천 뛰기는 밥 먹듯 하는 까닭에 동리에서는 호랑이 삼돌이로 이름이 높다.

놈이 음침하여, 오던 때부터 동리 계집으로 반반한 것은 남모르게 모두 건드려보았으나 안협집 하나가 내내 말을 듣지 않으므로 추근추근 귀찮게 구는데, 마침 여름이 되어 자기 집 주인마누라가 누에를 놓고 혼자는 힘이 드니까 안협집을 불러서 같이 누에를 길러 실을 낳거든 반분하자는 약속을 한 후 여름내 같이 누에를 치게 된 것을 알고 어떤 틈 기회만 기다리며,

'흥, 계집년이 배때가 벗어서^{행동이나 말이 아주 거만하고 건방져서} 말쑥한

서방님만 어르더라. 어디 두고 보자. 너도 깩소리 못 하고 한번 당해야 할걸! 건방진 년!'

하고는 술잔이나 취하면 주먹을 들었다 놓았다 한다.

그러자 주인마누라가 치는 누에가 거의 오르게 되자 뽕이 떨어졌다. 자기 집 울타리에 심은 뽕은 어림도 없이 다 따다 먹이었고, 그 후에는 삼돌이란 놈을 시켜서 날마다 십 리나 되는 건넛마을 일갓집 뽕을 얻어다 먹이었으나 그것도 이제는 발가숭이가 되게 되었다. 인제는 뽕을 사다 먹이는 수밖에 없게 되었다. 그러나 사다가 먹이자면 돈이 든다. 주인 노파는 담뱃대를 물고서 생각해보았다.

'개량 뽕이 좋기는 좋지마는 돈을 여간 받아야지. 그리고 일일이 사서 먹이려다가는 뽕값으로 다 집어먹고 남는 것이 어디 있나.'

노파 생각에는 돈 한 푼 안 들이고 공짜로 누에를 땄으면 좋을 것이다. 돈 한 푼을 들인다 하면 그 한 푼이 전 수확에서 나오는 이익의 전부같이 생각되어 못 견디었다. 그뿐 아니라 자기 혼자 이익을 먹는 것 같으면 모르거니와 안협집하고 동사^{같은 종류의 일을 함}로 하는 것이므로 안협집이 비록 뼈가 부서지도록 일을 한다 하더라도 그 힘이 자기 주머니에서 나가는 돈 한 푼만 못해 보인다. 그래서 뽕을 어떻게 공짜로 돈 안 들이고 얻어올 궁리를 하고 있다가 안협집이 마침 마당으로 들어서매,

"뽕 때문에 일 났구려."

하며 안협집에게는 무슨 도리가 없느냐고 물어보았다.

"글쎄."

안협집 생각은 주인의 마음과 또 달라서 남의 주머닛돈 백 냥이 내 주머닛돈 한 냥만 못하다. 그래서 '돈 주면 살걸' 하는 듯이 심상하게 있다.

"어떻게 해서든지 구해와야지."

서로 얼굴만 쳐다볼 때 들에 나갔던 삼돌이란 놈이 툭 튀어들어오다가 이 소리를 듣더니 제 딴은 동정하는 표정으로,

"그것 일 났쇠다. 어떻게 하나……."

한참 허리를 짚고 생각을 해보더니,

"형! 참 그 뽕은 좋더라마는…… 똑 되기를 미선^{대오리의 한끝을 가늘게 쪼개어 둥글게 펴고 실로 엮은 뒤, 종이로 앞뒤를 바른 부채} 조각같이 된 놈이 기름이 지르르 흐르는데 그놈을 먹이기만 하면 고치가 차돌같이 여물 거야!"

들으라는 말인지 혼잣말인지는 모르나 한마디를 탁 던지고 말이 없다. 귀가 반짝 띈 주인은,

"어디 그런 것이 있단 말이냐?"

하며 궁금증 난 사람처럼 묻는다.

"네, 저 새 술막^{주막}에 있는 뽕밭에 있는 것 말씀이오."

혹시 좋은 수가 있을까 하다가 남의 뽕밭, 더구나 그것으로 살아가는 양잠소^{누에를 치는 시설이 있는 곳} 뽕이라 말씨름만 하는 것이 될 것 같으므로,

"응! 나도 보았지. 그게 그렇게 잘되었나? 잘되었겠지. 그렇지만 그런 것이야 짐으로 있으면 무엇하니?"

"언제 보셨어요?"

"보기야 여러 번 보았지. 올봄에 두릅 따러 갔다가도 보고……."

삼돌이란 놈이 한참 있다가 싱긋 웃더니 은근하게,

"쥔마님! 제가 뽕을 한 짐 져다 드릴 것이니 탁주 많이 먹이시랍니까?"

듣던 중에도 그렇게 반가운 소리가 또 어디 있으랴.

"작히 좋으랴. 따오기만 하면 탁주에다 젓이라도 담그마."

귀찮스러운 삼돌이도 이런 때는 쓸 만하다는 듯이 안협집도 환심 얻으려는 듯한 웃음을 웃으며 삼돌이를 보았다. 삼돌이는 사내자식의 솜씨를 네 앞에 보여주리라 하는 듯이 기운이 나며 만족하였다.

그날 밤 저녁을 먹고 자정 때나 되더니 삼돌이는 눈을 비비며 일어나서 문밖으로 나갔다. 나갔다가 한 두어 시간 만에 무엇인지 지고 오더니 그것을 뒤꼍 건넌방 뒤 창 밑에 뭉뚱그려놓았다. 이튿날 보니까 딴은 미선 쪽 같은 기름이 흐르는 뽕잎이었다.

"어디서 났을꼬?"

주인하고 안협집은 수군수군하였다.

"그 녀석이 밤에 도둑질을 해온 게지? 뽕은 참 좋소, 그렇지?"

"참 좋쇠다. 날마다 이만큼씩만 가져오면 넉넉히 먹이겠쇠다."

두 사람은 뽕을 또 따오지 않을까 보아서 아무 말도 아니하고,

"참 뽕 좋더라. 오늘도 좀 따오렴."

하고 충동인다. 놈은 두 손을 내저으며,

"쉬, 떠드시지 맙쇼. 큰일 나죠. 그것이 그렇게 쉬워서야 그 노릇
만 하게요. 까딱하다가는 다리 마디가 두 동강이 날걸요."

도둑해온 삼돌이나 받아들인 두 사람이나 '도둑질 왜 했소!' 하
는 말은 없으나 서로 알고 있다.

그러자 하루는 주인이 안협집더러,

"여보, 이번에는 임자가 하루 저녁 가보구려. 그놈이 혹시 못 가
게 되더래도 임자가 대신 갈 수 있지 않수. 또 고삐가 길면은 바래
인다구 무슨 일이 있을는지 모르니 임자가 둘이 가서 한몫 많이 따
오는 것이 좋지 않수."

안협집이 삼돌이를 꺼리는 줄 알지마는 제 욕심에 입맛이 달아서
자꾸자꾸 충동인다.

"따다가 잡히면 어찌하구유?"

"무얼! 밤중에 누가 알우? 그리고 혼자 가라오? 삼돌이란 놈하고
가랬지."

"글쎄, 운이 글러서 잡히거나 하면 욕이지요."

잡히는 것보다도 안협집의 걱정은 보기도 싫은 삼돌이란 녀석하
고 밤중에 무인지경 _{사람이 살고 있지 않는 외진 곳}에를 같이 가라니 그것이
딱한 일이다.

안협집의 정조가 헤프기로 유명한 만치 또 매몰스럽기도 유명하

여 한번 맘에 들지 않는 것은 죽어도 막무가내다. 그것은 만 냥 금을 주어도 거들떠보지도 아니한다. 그런데 삼돌이가 그중의 하나를 참례하여 간장을 태우는 모양이다.

안협집은 생각하고 생각하여 결심해버렸다.

'빌어먹을 녀석이 그따위 맘을 먹거든 저 죽이고 나 죽지. 내 기운은 없어도……'

하고 쌀쌀하게 눈을 가로 뜨고 맘을 다가 먹었다. 그러고는 뽕을 따러 가기로 하였다.

삼돌이는 어깨에서 춤이 저절로 추어진다.

'얘, 이것이 정말인가, 거짓말인가. 인제는 때가 왔구나. 인제는 제가 꼭 당했지.'

놈이 신이 나서 저녁 먹고 마당 쓸고 소 여물 주고 도야지, 병아리 새끼 다 몰아넣고 앞뒤로 돌아다니며 씻은 듯 부신 듯 다 해놓고, 목물하고 발 씻고 등거리, 잠방이까지 갈아입은 후 곰방대에 담배를 꾹꾹 눌러 듬뿍 한 모금 빨아 휘— 내뿜으며 시간 오기만 기다린다.

4

안협집은 보자기를 가지고 삼돌이를 따라서 뽕밭을 향해간다. 날이 유달리 깜깜하여 앞의 개천까지 자세히 보이지 않는다. 돌부리가 발부리를 건드리면 안협집은 에구 소리를 내며 천방지축으로 다리도 건너고 논이랑도 지나고 하여 길 반쯤 왔다.

삼돌이란 놈은 속으로 궁리를 하였다.

'뽕을 따기 전에 논이랑으로 끌고 가?'

'아니지, 그러다가는 뽕두 못 따가지고 오면 어떻게 하게.'

'저도 열녀가 아닌 다음에 당하고 나면 할 말 없지. 아주 그런 버릇이 없는 년 같으면 모르거니와.'

'옳지, 수가 있어. 뽕을 잔뜩 따서 이어주면 제가 항우 ᴴᴴᴴ 중국 진나라 말기의 무장 의 딸년이라도 한 번은 중간에서 쉬렷다. 그러거든……'

이렇게 궁리를 하다가 너무 말이 없으니까 심심파적 ᴴᴴ 심심풀이 도 될 겸, 또는 실없는 농담도 좀 해서 마음을 좀 떠보아 나중 성사의 전제도 만들어놓을 겸 공연히 쓸데없는 말을 지껄인다.

"삼보는 언제 온답디까?"

"몰라, 언제는 온다 간다 말이 있이 다니나."

"그래, 영감은 밤낮 나돌아다니니 혼자 지내기 쓸쓸치도 않소?"

놈이 모르는 것같이 새삼스럽게 시치미를 뗀다.

"별걱정 다 하네. 어서 앞서 가. 난 길이 서툴러 못 가겠으니……."

"매우 쌀쌀하구려. 나는 임자를 위해서 하는 말인데. 그렇지만 김 참봉 아들이란 쇠귀신 같은 놈이라 아무리 다녀도 잇속 없습네. 내 말이 그르지 않지."

안협집은 삼돌이가 아주 터놓고 말을 하는 것을 들으니까 분해서

뺨이라도 치고 싶었으나 그대로 참으며,

"무엇이 어째? 말이라면 다 하는 줄 아는군."

하고 뒤로 조금 떨어져 걸어갈 제, 전에도 그 녀석이 미웠지마는 남의 약점을 들어가지고 제 욕심을 채우려는 것이 더 더러웠다.

뽕밭에 왔다. 삼돌이란 놈이 철망으로 울타리 한 것을 들어주어 안협집이 먼저 들어가고 나중으로 삼돌이란 놈은 그 무거운 다리를 성큼 하여 그 안으로 들어갔다. 들어가다가 발끝에 삭정이 가지^{살아} 있는 나무에 붙어 있는 말라 죽은 가지를 밟아서 딱 우지끈 소리가 나고 조용하였다.

삼돌이는 손에 익어서 서슴지 않고 따지마는 안협집은 익지도 못한데다가 마음이 떨리고 손이 떨려서 마음대로 안 된다. 삼돌이는 뽕을 따면서도 있다가 안협집을 꾀일 궁리를 하지마는 안협집은 이 것저것을 잊어버리고 손에 닥치는 대로 뽕을 땄다.

얼마쯤 땄다. 갑자기 안협집의 뒤에서,

"누구야!"

하고 범 같은 소리를 지르는 남자 소리가 안협집의 간담을 서늘하게 하였다. 삼돌이란 놈은 한 길이나 되는 철망을 어느 결에 뛰어넘었는지 십여 간통이나 달아나서 안협집을 불렀다.

"어서 와요! 어서, 어서!"

그러나 안협집은 다리가 떨려서 빨리 나와지지를 않는다. 그러나 죽을힘을 다하여 달아나려고 한 아름 잔뜩 따 넣었던 뽕을 내던지

고 철망으로 기어나왔다. 철망을 기어나오기는 나왔으나 치맛자락
이 걸려서 잡아당긴다. 거기에 더 질겁을 해서 그대로 쭉 찢고 나오
려 할 때, 때는 이미 늦었다. 뽕 지키던 남자는 안협집을 잡았다.

"이 도둑년! 남의 뽕을 네 것같이 따가? 온 참, 이년! 며칠째냐,
벌써? 이렇게 남의 것이라고 건깡깡이<sub>아무 목표나 별다른 재주도 없이 건성건
성으로 살아감</sub>로 먹으면 체하지 않을 줄 알았더냐! 저리 가자."

안협집은,

"살려주소. 제발 잘못했으니 살려만 주소. 나는 오늘이 처음이오.
저 삼돌이란 놈이 날마다 따갔지 나는 죄가 없쇠다."
하고 손이 발이 되도록 빈다.

"듣기 싫어, 이년아! 무슨 변명이냐. 육시<sub>이미 죽은 사람의 목을 다시 베는
형벌을 가함</sub>를 하고도 남을 년 같으니. 왜, 감옥소의 콩밥맛이 고소하
더냐?"

"그저 잘못했습니다."

삼돌이는 보이지 않고 뽕지기는 안협집 손목을 끌고 뽕밭으로 들
어갔다.

"이리 와! 외양도 반반히 생긴 년이 무엇이 할 게 없어 뽕 서리를
다녀."
하더니 성냥불을 그어대고 안협집을 들여다보더니,

"흥!"

의미 있는 웃음을 웃어버렸다.

안협집은 이 웃음에 한 가닥 희망을 얻었다. 그 웃음은 안협집의 손아귀에 자기를 갖다 쥐여준다는 웃음이다. 안협집은 따라서 방싯 웃었다. 그 웃음 한 번이 넉넉히 뽕지기의 마음을 반 이상이나 흰죽 풀어지게 하였다.

안협집은 끌려갔다.

'제가 철석같은 간장을 가진 놈이 아닌 바에…… 한 번이면 놓아 줄걸.'

그는 자기의 정조를 팔아서 자기의 죄를 면할 수 있음을 알았다. 그는 마지못한 체하고 끌려갔다.

삼돌이란 놈은 멀리서 정경만 살피다가 안협집을 뽕지기가 데리고 가는 것을 보더니 두 눈에서 쌍심지가 돋았다.

"얘, 이놈이 호랑이 삼돌이를 모르는 모양이다. 그러나 대관절 어떻게 할 셈이냐? 이놈, 안협집만 건드려보아라. 정강마루를 두 토막에다 내놓을 테니. 오늘 밤에는 꼭 내 것이던 걸 그랬지. 어디 좀 가까이 좀 가볼까?"

이제는 단판씨름^{단 한 번에 승부를 내는 씨름}이라 주먹이 시비 판단을 하는 때다. 다시 철망을 넘어서 들어갔다. 들어가서는 이곳저곳 귀를 기울이더니 이 구석 저 구석으로 돌아다녀보았다. 저쪽에서 인기척이 웅얼웅얼하더니 아무 말이 없다. 한 두서너 시간 그 넓은 뽕밭을 헤매고, 또 거기 닿은 과목밭, 채마전, 나중에는 그 옆 원두막까지 가보았다. 놈이 뽕나무밭 가운데 부풀덤불을 보지 못한 까닭이다.

그는 입맛만 다시면서 집으로 와서 주인에게 그 이야기를 했다.

노파의 눈은 등잔만 해지더니 두 손 두 다리가 사시나무 떨 듯한다.

"이거 일 났구나. 어쩌면 좋단 말이냐?"

좌불안석을 할 제 삼돌이란 녀석은 분한 생각에 곰방대만 똑똑 떨고 앉았다.

5

그날 새벽에 안협집이 무사히 왔다. 머리에 지푸라기가 묻고 몸매무새가 말이 아니다.

"에그, 어떻게 왔어! 응?"

주인은 눈에 눈물이 괴어서 어루만진다.

"무얼 어떻게 와요? 밤새도록 놈하고 승강이를 하다가 그대로 왔지."

"그대로 놓아주던가?"

"놓아주지 않고, 붙잡아두면 어찌할 테야!"

일이 너무 싱겁다. 삼돌이 놈만 혼잣말처럼,

"내가 잡혔더라면 콩밥을 먹었을걸. 여편네니까 무사했지."

주인은 그래도 미진해서,

"그래, 잘 놓아주었으니 다행이지. 그러나저러나 뽕은 어떻게 되었노?"

"아! 뺏겼죠!"

"인제는 아무 일 없겠소?"

"일이 무슨 일이에요."

그날 밤에 삼돌이란 놈은 혼자 앉아서 생각하기를,

'복 없는 놈은 하는 수가 없거든. 그러나 내가 다 눈치를 채었으니까 노름꾼 놈이 오거든 이르겠다고 위협을 하면 년도 발이 저려서 그대로는 못 있지. 내 입을 안 막고 될 줄 아는 게로구먼.'

그 후부터는 삼돌이란 놈이 안협집을 보고는,

"뽕지기 놈을 보고 싶지 않나?"

하고 오며 가며 맞대놓고 빈정대기도 하고 빗대놓고도 비웃는다.

"뽕이나 또 따러 가소."

이러는 바람에 온 동리에서 다 알았다. 안협집은 분해서 죽겠는데, 하루는 삼돌이란 놈이 막 안협집이 이불을 펴고 누우려는데 찾아와서 추근추근 가지도 않고,

"삼보 김 서방이 올 때도 되었습네그려."

하며 눈치를 본다. 안협집은 졸음이 와서 눈꺼풀이 뻣뻣하여 오는데 삼돌이란 놈이 가지도 않는 것이 귀찮아서,

"누가 아우. 오고 싶으면 오고, 가고 싶으면 가겠지."

하고 담벼락에 비스듬히 기대앉는다.

삼돌이의 눈에는 그 고단해하면서 비스듬히 누워서 눈을 감을락

말락 한 안협집의 목덜미 살짝^{관자놀이와 귀 사이에 난 머리털} 밑이며 볼그
레한 두 볼이 몹시 정욕을 일으켰다.

그래서 차츰차츰 말소리가 음흉해간다.

"임자는 사람을 너무 가려봅디다! 그러지 마슈. 나도 지금은 남
의 집 머슴놈이지마는 집안 지체라든지 젊었을 적에는 그래도 행세
하는 집에서 났더라우. 지금은 그놈의 원수스러운 돈 때문에 이렇
게 되었지마는……."

하고 말을 건네려 하는데 안협집은 별 시러베자식^{실없는 사람을 낮잡아 이}
^{르는 말} 다 보겠다는 듯이 대답이 없다.

"자, 그럴 것 있소. 오늘은 내 청을 한번 들어주소그려."

하고 바싹 달려드는 바람에 반쯤 감았던 안협집의 눈은 똥그래지며
어느 결에 삼돌의 뺨에 손뼉이 올라가 정월의 떡 치듯 철썩한다.

"이놈! 아무리 쌍 녀석이기로 이게 무슨 버르장머리냐. 냉큼 가
거라."

하고 호령이 추상같다^{위엄이 있고 서슬이 푸르다.} 삼돌이란 놈은 따귀를 비
비면서 성이 꼭두까지 일어나서,

"무엇이 어쩌고 어째. 횡! 어디 또 한 번 때려봐라."

일이 이렇게 되었으니 자기가 하려던 것은 이루고 마는 것이 상
책이다. 이래도 소문은 날 것이요, 저래도 소문은 날 것이니, 이왕
이면 만족이나 채우고 소문이 나더라도 나는 것이 자기에게는 이로
울 것 같았다.

더구나 안협집으로 말을 하면 온 동리에서 판 박아놓은 화냥년이니 한 번 화냥이나 두 번 화냥이나 남이나 내가 무엇이 다를 것이 있으랴 하는 생각이 났다. 도리어 자기의 만족을 한 번 얻는 것이 사내자식으로서의 일종의 자랑인 것같이 생각되었다.

그는 두 팔로 안협집을 힘껏 껴안고,

"내가 호랑이 삼돌이다! 네가 만일 내 말을 들으면 무사하지만 그렇지 않으면 그대로 두지는 않을 터이야! 너, 네 남편이 오기만 하면 모조리 꼬아바칠^{까바칠} 터이야! 뽕 따러 갔던 날 일까지 모조리!"

무식한 놈이라 야비한 곳이 있다. 안협집은 그 소리가 얼마나 사내답지 못하였는지 알 수 없었다. 쇠 같은 팔이 자기 허리를 누를 때 눈을 감고 한 번만 허락할까 하려다가 그 말을 듣고서 고만 침을 얼굴에 뱉었다.

"이 더러운 녀석! 네가 그까짓 것으로 나를 위협한다고 말을 들을 줄 아니!"

하고 소리를 질렀다. 삼돌이는 손으로 안협집의 입을 막았으나 때는 늦었다. 마침 마을 다녀오던 이장의 동생이 이 소리를 듣고 문을 열었다. 삼돌이란 놈은 무안해서 얼굴이 붉어지며 안협집을 놓았다. 안협집은 분해서 색색하며,

"저놈 보시소. 아닌 밤중에 혼자 자는데 와서 귀찮게 굽니다. 저죽일 놈이오. 좀 끌어내다 중치^{엄중히 다스림}를 좀 해주시오."

이장의 동생은 안협집의 행실을 아는 고로 삼돌이만 보내려고,

"이놈이 할 일이 없거든 자빠져 자기나 하지, 왜 아닌 밤중에 남의 계집의 방에서 지랄이야? 냉큼 네 집으로 가거라!"

두 눈이 등잔만 해진다.

"네, 그런 게 아니라 실없이 기롱을 좀 했삽더니……."

"듣기 싫어. 공연히 어름어름하면서, 이놈아! 너는 사람을 죽여도 기롱으로 아느냐?"

삼돌이는 쫓겨났다. 이장의 동생은 포달^{심술이 나서 악을 쓰고 함부로 욕을 하며 대드는 일}을 부리며 푸념을 하는 안협집을 향하여,

"젊은것이 늦도록 사내 녀석들을 방에다 붙이니까 그런 꼴을 당하지."

"누가요?"

"고만둬. 어서 잠이나 자."

하며 문을 닫아주고 나가버렸다.

6

삼돌이는 앙심을 먹었다. 안협집을 어떻게 해서든지 한번 골리리라는 생각이 가슴속에 탱중하였다^{화나 욕심 따위가 가슴속에 가득 찼다}.

안협집은 독이 났다. 삼돌이란 놈 분풀이를 하려는 생각이 머리 끝까지 올라왔다.

이튿날 동리에 소문이 났다.

"삼돌이란 놈이 뺨을 맞았다지! 녀석이 음침하니까!"

"그렇지만 계집년이 단정하면 감히 그런 맘을 먹을라구!"

"그렇구말구! 제 행실이야 판에 박은 행실이니까."

"지가 먼저 꼬리를 쳤던 게지."

이 소리가 바람에 떠돌아오자 안협집은 분하였다. 요조숙녀보다도 빙설결백함을 비유적으로 이르는 말 같은 여자인데 이런 누추한 소문을 듣는 것 같았다. 맘에 드는 서방질은 부정한 일이 아니요, 죄가 아니요, 모욕이 아니나 마음에 없는 놈에게 그런 소리를 듣고 당하는 것은 무서운 모욕 같았다.

그는 그길로 삼돌의 주인마누라에게로 갔다.

"삼돌이란 놈을 내쫓으소."

주인은 벌써 알아채었으나 안협집 편은 안 들었다. 다만 어루만지는 수작으로,

"무얼, 내쫓을 것까지 있소. 그만 일에…… 그저 눈감아두지."

"왜 눈을 감는단 말이오?"

주인은 속으로 웃었다.

'소 한 필을 달라면 줄지언정 삼돌이를 내놔?'

하였다.

"내쫓아선 무얼 하우, 또?"

'어림없는 년! 네가 떠들면 떠들수록 네 밑구멍 들춰서 남 보이

는 것이라'는 듯이 쳐다보며 맨 나중으로 아주 잘라 말을 해버렸다.

"나는 못 내보내겠소."

안협집은 분해서 집에 와서 머리를 쥐어뜯으며 울었다. 그리고
또 결심했다.

'두구 봐라. 너희까지 삼돌이를 싸고도니! 영감만 와봐라.'

하루는, 딴은 영감이 왔다. 안협집은 곤두박질을 하면서 맞았다.

"에그, 어서 오슈."

노름꾼 김삼보는 눈이 똥그래졌다. 무슨 큰 좋은 일이나 생긴 것
같았다. 딴 때와 유달리 반가워하는 것이 의심스럽고 이상하였다.
방에 들어앉자마자 얼마나 땄느냐는 말도 물어보지 않고 삼돌이란
놈에게 욕 당할 뻔하였다는 말을 넋두리하듯 이야기하였다.

"사람이 분해서 죽겠구려. 이것도 모두 영감 잘못 둔 탓이야. 오
죽 영감이 위엄이 없어 보이면 그따위 녀석이 그런 짓을 할라고……
영감이라고 있으나 없으나 마찬가지지, 일 년 열두 달 계집이 죽거
나 살거나 내버려두고 돌아만 다니니까."

영감은 픽 웃었다.

"왜 내 잘못인가. 오죽 행실을 잘 가지면 그따위 녀석에게 그 꼴
을 당한담."

김삼보는 분이 나지 않는 것도 아니었다. 그러나 계집의 소행을
짐작도 하려니와 그놈의 주먹도 아니 생각할 수가 없었다. 계집이
먹여 살리라는 말이 없고 이혼하자는 말만 없는 것이 다행해서 서

방질을 해도 눈을 삼아주고 무슨 짓을 하든지 그저 코대답만 해주는 터이라 그런 소리가 귓전으로 들릴 뿐이다.

"내가 행실 잘못 가진 게 무어요?"

안협집은 분풀이라도 해줄 줄 알았더니 도리어 타박을 주므로 분한 데 악이 났다.

"글쎄, 무어야, 무엇? 어디 대봐요! 임자가 내 행실 그른 것을 보았소? 어디 보았거든 본 대로 말을 하시우."

딴은 김삼보는 집어서 말할 것이 없었다. 그는 그저 그런 눈치만 채었지, 반박할 증거는 잡은 것이 없다.

"본 거나 다름없지."

"무엇이 본 거나 다름없어? 일 년 열두 달 계집이 죽거나 살거나 내버려두었다가 이제 와서 한다는 소리가 그것밖에 없어? 살기가 싫거든 그대로 살기 싫다고 그래! 사내답게, 왜 고만 냄새가 나지? 또 어디다가 계집을 얻어놓은 게지."

"이년이 뒈지지를 못해서 기를 쓰나?"

"그렇다, 이놈아! 네까짓 녀석 아니면 서방 없을까 봐 그러니, 더러운 녀석!"

김삼보의 주먹은 안협집의 등줄기를 후렸다.

"이년, 그래도 잔소리야. 주둥이 좀 닫치지 못하겠니."

이렇게 서로 툭탁거리며 싸우는 판에 뒷집에서 삼돌이란 놈이 이 소리를 듣고서 가장 긴한 척하고 따라왔다.

"삼보 김 서방, 언제 오셨소?"

하고 마당에 들어섰다. 김삼보는 그놈의 상판을 보니까 참았던 분이 꼭두까지 올라온다. 삼돌이는 제법 웃음을 띠고,

"허허, 오래간만에 만나셔서 내외분 싸움이 웬일이시우?"

어디서 한잔을 하였는지 얼굴이 불콰하다 불그레하다.

김삼보는 눈을 흘겨 뚫어지도록 삼돌이를 쳐다보았다.

"이놈아! 남이 내외 싸움을 하든 말든 참견이 무어야?"

삼돌이란 놈은 주춤하였다. 그는 비지 같은 눈곱이 낀 눈을 끔벅끔벅하더니,

"그렇게 역정 내실 것 무엇 있수. 말 좀 했기로……."

"이놈아, 네가 아랑곳할 게 무어야?"

"아랑곳은 할 것 없어도 흥정은 붙이고 싸움은 말리랬으니까 말이오. 나는 싸움 좀 못 말린단 말이오?"

하고 술 냄새를 풍기며 다가앉는다.

"이놈아, 술을 먹었거든 곱게 삭여!"

이번에는 삼돌이란 놈이 빌붙는다.

"나 술 먹고 어찌하든 김 서방이 관계할 게 무어요?"

"이놈아, 남의 내외 싸움에 참견을 하니까 그렇지."

주고받다가 삼돌이의 멱살을 김삼보가 쥐었다.

"이 녀석, 네가 무슨 뻔뻔으로 이따위 수작이냐? 내 계집, 이놈 왜 건드렸니?"

삼돌이는 조금 발이 저렸으나 속으로 흥 하고 웃었다.

"요까짓 게 누구 멱살을 쥐어? 앙증하게."

하더니 김삼보의 팔을 잡아 마당에다가 내리갈기니 개구리 떨어지 듯 캑 한다.

"요놈의 자식아! 내 말을 좀 들어보고 말을 해! 네 계집 흠절은 모르고 댐비기만 하면 강산이냐? 이 동리 반반한 사내 양반 쳐놓고 네 계집 건드리지 않은 놈이 없다. 이놈! 꼭 집어 말을 하라면 위에 서 아래로 내리 섬기마. 이놈, 너도 계집 덕분에 노자랑 노름 밑천 푼 좋이^{별 탈 없이 잘} 얻어 썼지. 그래 집이라고 오면서 볼받은^{해진 버섯} ^{의 앞뒤 바닥에 헝겊을 덧댄} 것이나마 옥양목 버선 벌이나 얻어가지고 가는 것은 모두 어디서 나온 것으로 아니? 요 땅딸보 오리 궁둥아! 아무 리 속이 빈 뱃댕이 같기로…… 그리고 또 들어봐라. 나중에는 주워 먹다 못해서 뽕지기까지 주워 먹었다."

안협집이 파래서 달려든다.

"이놈! 네가 보았니?"

"보나 안 보나 일반이지."

"이 녀석, 네 말을 듣지 않으니까 된 말 안 된 말 주둥이질을 하 는구나."

동리 사람들이 모여들었다. 안협집은 삼돌이에게 발악을 하고 김 삼보는 듣고만 있다.

한참 있더니 듣다 듣다 못하는 듯이 삼돌이란 놈이 안협집에게로

달려들며,

"이년이 뒈지려고 기를 쓰나?"

하고 주먹을 들었다. 동리 사람들이 호령을 하고 말렸다.

"이놈! 저리 얼른 가거라!"

이놈은 변명을 하며 뻗딩겼다. 그러나 여러 사람에게 끌려 저리로 가버렸다.

사람이 헤어지자 노름꾼은 계집의 머리채를 잡았다.

그는 삼돌이에게 태질을 당한 것이 분하였다. 그뿐 아니라 그렇게까지 계집년의 행실을 온 동리에서 아는 것이 분하였다.

"이년! 더러운 년! 뽕밭에는 몇 번이나 갔니?"

발길로 지르고 주먹으로 패고 머리채를 잡아당기고 땅에다 질질 끌었다. 그는 이를 갈고 어쩔 줄을 몰랐다. 계집은 울고 발버둥질을 쳤다.

"죽여라! 죽여!"

"그럼 살려줄 줄 아니? 이년! 들어앉아서 하는 게 그런 짓밖에는 없어?"

김삼보는 자기의 무딘 팔다리가 계집의 따뜻하고 연한 몸에 닿을 때에 적지 않은 쾌감을 느꼈다. 그는 그럴수록 더욱 힘을 주어 때리도록 속에 숨겨 있던 잔인성이 북받쳐 올라왔다.

맞은 안협집은 당장에 죽을 것 같았다. 그는 생각하기를,

'이왕 이리된 바에야 모두 말해버리고 저하고 갈라서면 고만이

지. 언제는 귀밑머리 풀고 사주단자 보내고 사당에 예배드린 내외냐. 저는 저고 나는 난데, 왜 이렇게 때리노?'

하는 맘이 나며,

"이것 놔라! 내 말하마!"

하고 머리를 붙잡았다.

"뽕밭에는 한 번밖에 안 갔다. 어쩔 테냐?"

삼보는 더욱 머리채를 잡아챘다.

"이년! 한 번?"

이번에는 더 때렸다. 안협집은 말한 것이 후회가 났다. 삼보는 그래도 거짓말을 한다고 그대로 엎어놓고 짓밟았다. 안협집은 기절을 하였다. 삼보는 귀로 안협집의 숨소리를 들어보았다. 그러나 숨소리가 없다. 그는 기겁을 하여 약국으로 갔다. 그의 팔다리는 떨렸다. 그가 의원에게서 약을 지어가지고 왔을 때 안협집은 일어나 앉아 있었다. 삼보는 반갑기도 하고 분하기도 하여 약을 마당에 팽개쳤다. 그리고 밤새도록 서로 말이 없었다.

이튿날은 벙어리들 모양으로 말이 없이 서로 앉아 밥을 먹고 서로 앉아 쳐다보고 서로 말만 없이 옷도 주고받아 갈아입고 하루를 더 묵어 삼보는 또 가버렸다. 안협집은 여전히 동리집 공청 사랑에서 잠을 잤다. 누에는 따서 삼십 원씩 나눠 먹었다.

−1925년

• • • • • • • • • • •
별을 안거든 울지나 말걸

건반 위에 피곤한 손을 한가히 쉬이시는 만하^{저녁노을} 누님에게 한 구절 애달픈 울음의 노래를 드려볼까 하나이다.

1

저는 이 글을 쓰기 전에 우선 누님 누님 누님 하고 눈물이 날 만큼 감격에 떨리는 목소리로 누님을 불러보고 싶습니다.

그것도 한낱 꿈일까요? 꿈이나 같으면 오히려 허무로 들리어 보내일 얼마간의 위로가 있겠지만 그러나 그러나 그것도 꿈이 아닌가 하나이다. 시간을 타고 뒷걸음질 친 또렷하고 분명한 현실이었나이다.

그러나 꿈도 슬픈 꿈을 꾸고 나면 못 견딜 울음이 복받쳐 올라오는데, 더구나 그 저의 작은 가슴에 쓰리고 아픈 전상箭傷을 주고 푸른 비애로 물들여주고 빼지 못할 애달픈 인상을 박아준 그 몽롱한 과거를 지금 다시 돌아다볼 때 어찌 눈물이 아니 나고 어째 가슴이 못 견디게 쓰리지 않을 수가 있을까요?

그러나 멀리멀리 간 과거는 어쨌든 가버렸습니다. 저의 일생을 꽃다운 역사, 행복스러운 역사로 꾸미기를 간절히 바라는 바가 아닌 게 아니지마는 지나갔는지라 어찌할까요? 다시 뒷걸음질을 칠 수도 없고 다만 우연히 났다 우연히 사라지는 우리 인생의 사람들이 말하는바 운명이라 덮어버리고 다만 때 없이 생각되는 기억의 안타까움으로 녹는 듯한 감정이나 맛볼까 할 뿐이외다.

2

그날도 그전과 같이 고개를 숙이고 무엇을 생각하였는지 몽롱한 의식 속에 C동 R의 집에를 갔었나이다. R은 여전히 나를 보더니 반가워 맞으면서 그의 파리한 바른손을 내밀어 악수를 해주었나이다. 저는 그의 집에 들어가 마루 끝에 앉으며,

"오늘도 또 자네의 집 단골 나그네가 되어볼까?"
하고 구두끈을 끄르고 방 안으로 들어가 모자를 벗어 아무 데나 휙

내던지며 방바닥에 가 펄썩 주저앉았다가 그 R의 외투 주머니에 손을 넣어 담배 한 개를 꺼내어 피워 물었나이다.

바닷가에서는 거의거의 그쳐가는 가는 눈이 사르락사르락 힘없이 떨어지고 있었나이다.

그때 R의 얼굴은 어째 그전과 같이 즐겁고 사념 없는 빛이 보이지 않고 제가 주는 농담에 다만 입 가장자리로 힘없이 도는 쓸쓸한 미소를 줄 뿐이었나이다. 저는 그것을 보고 아주 마음이 공연히 힘이 없어지며 다만 멍멍히 담배 연기만 뿜고 있었나이다.

R은 무엇을 생각하였는지 멀거니 앉았다가,

"DH."

하고 갑자기 부르지요. 그래 나는,

"왜 그러나?"

하였더니,

"오늘 KC에 갈까?"

하기에 본래 돌아다니기 좋아하는 저는 아주 시원하게,

"가지."

하고 대답을 하였더니 R은 아주 만족한 듯이 웃음을 웃으며,

"그러면 가세."

하고 어디 갈 것인지 편지 한 장을 써가지고 곧 KC를 향하여 떠났나이다. KC가 여기서부터 육십 리, R의 말을 들으면 험한 산로^{산길}를 넘어가지 않으면 안 된다 하지요. 그리고 벌써 열한 시나 되었으

니 거기를 가자면 어두워서나 들어갈 곳인데 거기다가 오다가 스러지는 함박눈이 태산같이 쌓였나이다.

어떻든 우리는 떠났나이다. 어린아이들같이 기꺼운 마음으로 뛰어갈 듯이 떠났나이다.

우리가 수구문^{광희문}에서 전차를 타고 왕십리 정류장에 가서 내릴 때에는 검은 구름이 흩어지기를 시작하고 눈이 부신 햇살이 구름 사이를 통하여 새로 덮인 흰 눈을 반짝반짝 무지갯빛으로 물들였었나이다. 저는 그 눈을 밟을 때마다 처녀의 붉은 입술 사이에서 때 없이 지저귀는 어린 꾀꼬리의 그 소리같이 연하고도 애처롭게 얼크러지는 듯한 눈 소리를 들으며 무슨 법열^{참된 이치를 깨달았을 때 느끼는 황홀한 기쁨} 권 내에 들어나 간 듯이 다만 R의 손만 붙잡고 멀리 보이는 구부러진 넓은 시골길만 내려다보며 천천히 걸어갔을 뿐이외다.

그러나 R의 기색은 그리 좋지 못하였나이다. 무슨 푸른 비애의 기억이 그를 싸고돌아가는 것같이 그의 앞을 내다보는 두 눈에는 검은 그림자가 덮여 있는 듯하였나이다. 그리고 때때 내가 주는 말에 대답도 하지 않고 보이지 않게 가벼운 한숨을 쉬며 그의 괴로운 듯한 가슴을 내려앉혔나이다.

때때 거리거리 서울로 향하여 떠돌아온 시골 나무장사의 소몰이 소리가 한적한 시골의 가만한 공기를 울려 부질없이 뜨겁게 돌아가는 저의 핏속으로 쓸쓸하게 기어들어올 뿐이었나이다.

넓고 넓은 벌판에는 보이는 것이 눈뿐이요, 여기저기 군데군데서 있는 수척한 나무가 보일 뿐이었나이다. 저는 이것을 볼 때마다 저 북쪽 나라를 생각하였으며 정처 없는 방랑의 생활을 생각하였나이다. 그리고 지금 우리 두 사람이 방랑의 길을 떠난다고 가정까지 해보았나이다. R은 다만 나의 유쾌하게 뛰어가는 것을 보고 쓸쓸한 웃음을 웃을 뿐이었나이다.

우리가 SC강을 건널 때에는 참으로 유쾌하였지요. 회오리바람만이 귀퉁이에서 저 귀퉁이로 저 귀퉁이에서 이 귀퉁이로 획획 불어갈 때에 발이 빠지는 눈 위로 더벅더벅 걸어갈 제 은싸라기 같은 눈가루가 이리로 사르락 저리로 사르락 바람에 불려가는 것이 참으로 껴안을 듯이 깜찍하게 귀여웠나이다. 우리는 그 눈덮인 모래톱으로 두 손을 마주 잡고 하나, 둘을 부르며 달음질을 하였나이다. 그리고 또다시 SP강에 다다랐을 때에는 보기에도 무서워 보이는 푸른 물결이 음녀_{성격이나 행동이 음란하고 방탕한 여자}의 남치맛자락이 바람에 불려 그의 구김살이 울멍줄멍하는_{크고 뚜렷한 것이 고르지 않게 많이 벌여 있는} 것같이 움실움실 출렁출렁하고 있었습니다.

우리는 나룻배를 타고 그 강을 건너 주막거리에서 점심을 먹을 때에 R이 나에게 말하기를,

"술 한잔 먹으려나?"

하기에 나는 하도 이상하여,

"술!"

하고 아무 소리도 못하였습니다. 여태까지 술을 먹을 줄 모르는 R이

자진하여 술을 먹자는 것은 한 가지 이상한 일이었나이다. KC를 무엇하러 가는지도 모르고 가는 저는 또한 R이 술 먹자는 것을 또다시 그 이유까지 물어볼 필요가 없었나이다.

그는 처음으로 술을 먹었나이다.

우리는 또다시 걸어갔나이다. 마액魔液은 그 쓸쓸스러운 R을 무한히 흥분시켰나이다. 그는 팔을 내저으며 목소리를 크게 하여 말하기를 시작하였나이다. 그는 나의 손을 힘 있게 쥐며,

"DH."

하고 부르더니 무슨 감격한 듯한 어조로,

"날더러 형님이라고 하게."

하고 조금 있다가 다시,

"나는 DH를 얼마간 이해하고 또한 어디까지 인정하는데."

하였나이다.

아, 얼마나 고마운 소리일까요? 저는 손아래 동생은 있어도 손위의 형님을 가질 운명에서 나지를 못하였나이다. 손목 잡고 뒷동산 수풀 사이나, 등에 업고 앞세워 물가로 데리고 다녀줄 사람이 없었나이다. 무릎에 얼굴을 비벼가며 어리광 부려 말할 사람이 없었나이다. 다만 어린 마음 외로운 감정을 그렁저렁한 눈물 가운데 맛볼 뿐이었나이다. 그리고 할아버지나 할머니의 머리를 쓰다듬어주시는 부드러운 사랑을 맛보지 못하였나이다. 그리고 아버지 어머니는 본래 젊으시니까…….

그리고 어려서부터 오늘날까지 지낸 과거를 생각해보면 웬일인지 한 귀퉁이 가슴속이 멘 듯해요.

그런데 '형님'이라 부르고 '아우'라고 부르라는 소리를 듣는 저는 그 얼마나 기꺼웠을까요? 그 얼마나 반가웠을까요? 그리고 나를 이해하고 나를 얼마간일지라도 인정해준다는 말을 들은 나는 얼마나 감사하였을까요?

그러나 그 감사하고 반갑고 기꺼운 말소리에 나는 얼핏 '네' 하지를 아니하였나이다. 그 '네' 하지 않은 것이 잘못일는지 잘못 아닐는지 알 수 없으나 어찌하였든 저는 '네' 소리를 하지 못하였습니다. 그러면 그것이 나를 이해하고 나를 인정해주는 그 R의 마음을 더 슬프게 하였을는지 더 무슨 만족을 주었을는지는 알 수 없으나 나는 거기에 이렇게 대답을 하였나이다.

"좋은 말이오. 우리 두 사람이 어떠한 공통 선상에 서서 서로 인정하고 서로 이해함을 서로 받고 주면 그만큼 더 행복스러운 일이 없지. 그러하나 형이라 부르거나 아우라 부르지 않고라도 될 수 있는 일이 아닐까? 도리어 형이라 아우라는 형식을 만들 것이 없지 아니하냐?"

라고 말을 하였더니 그는 무엇을 깨달은 듯이,

"딴은 그것도 그렇지."

하고 나의 손을 더 힘 있게 쥐었나이다.

3

금빛 나는 종소리가 파랗게 갠 공중을 울리고 어디로 사라져버리는지, 그렇지 아니하면 온 우주에 가득 찬 에테르빛을 파동으로 생각했을 때 이 파동을 전파하는 매질로 생각되었던 가상적인 물질를 울리며 멀리멀리 자꾸자꾸 끝없이 가는지, 어떻든 그 예배당 종소리가 우두커니 장안을 내려다보는 인왕산 아래 붉은 벽돌집에서 날 때 저와 R은 C예배당으로 들어갔나이다.

그때에 누님도 거기에 앉아 계시었지요. 그리고 그 MP양도……

처음 보지 않는 MP양이지마는 보면 볼수록 그에게서 볼 수 있는 것이 자꾸자꾸 변해갔나이다. 지난번과 이번이 또 다르지요.

지난번 볼 때에는 적지 않은 불안을 가지고 그 여성을 보았습니다. 그리고 얼마간의 낙망을 가지고 보았을는지도 모르지요. 그러나 이번에 그를 볼 때에는 웬일인지 그에게서 보이지 않게 새어나오는 무슨 매력이 나의 온 감정을 몽롱한 안개 속으로 헤매는 듯이 누런 감정을 나에게 주더니 오늘에는 불그레하게 황금색이 나는 빛을 나에게 던져주더이다. 그리고 그 황금색이 농후한 액체가 평평한 곳으로 퍼지는 듯이 점점점점 보이지 않게 변하여 동색구리색의 붉은빛으로 변하고 나중에는 어여쁜 처녀의 분홍저고리빛으로 변하기까지 하였나이다. 그리고 그가 고개를 돌릴 듯 돌릴 듯할 때마다 나의 전신의 혈액은 타오르는 듯하고 천국의 햇발 같은 행복의 빛이 나의 온몸 위에 내리붓는 듯하였나이다.

그리고 한 시간밖에 안 되는 예배시간이 나의 마음을 공연히 못 살게 굴었나이다.

어찌하였든 예배는 끝이 났지요. 그리고 나와 R은 바깥으로 나왔지요. 그때 누님은 나를 기다리었지요. 그리고 저와 누님은 무슨 이야기든가 그 이야기를 할 때 아아, 왜 MP양이 누님을 쫓아오다가 저를 보고 부끄러워 고개를 돌리고 저편으로 줄달음질쳐 달아났을까요?─그렇지 않다는 그 MP양이─누님, 그 MP양이 고개를 돌리고 줄달음질을 하거나 부끄러워 얼굴빛이 타오르는 저녁노을빛 같거나 그것이 나에게 무엇이 되겠습니까?

그러나 왜 나를 보고 그리하였을까요? 아마 다른 남성을 보고는 그리 안 했을 터이지요? 그리고 그 줄달음질하여 저쪽으로 돌아가서는 그의 마음이 어떠하였을까요? 더욱 부끄럽지나 아니하였을까요? 그렇지 않으면 후회하는 마음이 나지나 아니하였을까요?

어떻든 그것이 나에게 준 MP의 첫째 인상이었나이다. 그리하고 환희와 번뇌의 분기점에 나를 세워놓은 첫째 동기였나이다.

저는 언제든지 이 시간과 공간을 떠날 날이 있겠지요. 그러나 그 깊이 박힌 인생은 두렵건대 그 시간과 공간에 영원한 흔적을 남겨 줄는지요?

4

사랑하는 누님, 왜 나의 원고는 도적질하여 갖다가 그 MP양을 보게 하였어요? 그 MP양이 그 글을 보고 얼마나 웃었을까요?

누님의 도적질한 것은 그것을 죄로 정할까요, 상을 주어야 할까요? 저는 꿇어 엎디어 절을 하겠습니다. 그리고 천국의 문을 열어드릴 터입니다.

그런데 그 원고 ○○○이라 한 곳에 서투른 필적을 자랑하려 한 것인지? 그렇지만 그런 것은 아니겠지. 그렇지요, 그렇지는 않지요? 그러나 나의 원고를 더럽힌 그에게는 무엇이라 말을 해야 좋을까요? 그러나 그러나 그 필적은 나의 가슴에 무엇인지를 전해주는 듯하였나이다. 사람의 입으로나 붓으로는 조금도 흉내낼 수 없는 그 무엇을 전해주더이다. 다만 취몽 중에 헤매는 젊은이의 가슴을 못살게 구는 그 무엇을?

5

고맙습니다. 누님은 그 MP양과는 또다시 더 어떻게 할 수 없는 형제와 같다 하였지요? 그리고 서로서로 형님, 아우 하고 지낸다지요. 저는 다만 감사할 뿐이외다. 그리고 영원한 무엇을 바랄 뿐이외다. 그러나 저에게는 그 누님과 MP 사이를 얽어놓은 형제라 하는 형식의 줄이 나를 공연히 못살게 구나이다. 그리고 모든 불안과 낙망 사이에서 헤매게 하나이다.

누님의 동생이면 나의 누이지요. 아니 나의 누님이지요. 그 MP양은 나보다 한 살이 더하니까—그러면 나도 그 MP양을 누님이라 불러야 할 것이지요.

아아, 그러나 그것이 될 일일까요? 누님이라 부르기가 어려운 일이 아니지마는 나의 입으로 그를 누님이라고 부른다 하면 그 부르는 그날로부터는 그의 전신에서 분홍빛 나는 무슨 타는 듯한 빛을 무슨 날카로운 칼로 잘라버리는 듯이 사라져버릴 터이지. 아니 사라져 없어지지는 않더라도 제가 이 눈을 감아야지요.

아아, 두려운 누님이란 말, 나는 이 두려운 소리를 입에 올리기도 두려워요.

6

오늘 저는 PC에 보낼 원고를 쓰고 있었습니다. 머리가 아프고 신흥神興이 나지가 않아서 펴놓은 종이를 척척 접어 내던져버리고 기지개를 한번 켜고 대님을 한번 갈아매고 모자를 집어쓰고 바깥으로 나갔습니다. 시계는 벌써 일곱 시를 십 분이나 지나고 있었나이다.

저의 가는 곳은 말할 것도 없이 R의 집이지요. 그리고 내가 책을 볼 때에나 글씨를 쓸 때에나 길을 걷거나 천장을 바라보고 누워 있을 때에나 눈을 감고 명상할 때에나 나의 눈앞을 떠나지 않는 그 MP양을 오늘 R의 집에를 가면서도 또 보았습니다.

저는 언제든지 MP양을 생각합니다. 허무한 환영과 노래하며 춤추며 이야기하며 나중에는 두렵건대 손을 잡고 이 세상의 모든 유열을 극도로 맛보았습니다. 그러나 그것이 한낱 공상인 것을 깨달을 때에는 저도 공연히 싫증이 나고 모든 것이 귀찮고 모든 것이 비관의 종자가 될 뿐이었나이다. 그리고 아아, 과연 다만 일찰나^{극히 짧은 시간} 사이라도 그 MP의 머릿속에서 나의 환영을 찾아낸다 하면 그 얼마나 나의 행복일까 하였나이다. 그리고 그 MP는 나를 조금도 생각지 않는 것만 같아서 공연히 마음이 애달팠나이다.

그날 R은 집에 있지 않았습니다. 저의 마음은 눈물이 날듯이 공연히 센티멘털로 변하여졌나이다. 그래서 정처 없이 방황하기로 정하고 우선 L의 집으로 가보았습니다.

제가 그 처녀와 같이 조금도 거짓 없음을 부러워하는 L은 나를 보더니 그 검은 얼굴에 반가워 죽을 듯한 웃음을 띠고 손목을 잡아 자기 방으로 끌어들이더니 어저께도 왔었는데,

"왜 그동안에 그렇게 오지를 않았나?"

하지요. 그래 나는 그 얼마나 고독히 지내는 그 L을 보고 이때껏 계속해왔던 감상이 가슴 한복판으로 모여드는 듯하더니 공연히 눈물

이 날 듯…… 하지요. 그래 억지로 그것을 참고 멀거니 앉아 있었더니 그 L은 또 날더러 독창을 하라지요. 다른 때 같으면 귀가 아프다고 야단을 쳐도 자꾸자꾸 할 저이지마는 오늘은 목구멍에서 무엇이 잡아당기는지 그 목소리가 조금도 나오지를 아니하였나이다. 그래 공연히 앙탈을 하고 일어나기를 싫어하는 그 L을 옷을 입혀 끌고 바깥으로 나갔습니다.

저녁 안개는 달빛을 가리고 붉은 전등불만이 어두움 속에 진주를 꿰뚫어놓은 듯이 종로 큰 거리에 나란히 켜 있을 뿐이었나이다.

두 사람이 나오기는 나왔으나 어디로 갈 곳이 없었나이다. 주머니에 돈이 없으니 하루저녁을 유쾌히 놀 수도 없고 또 갈 만한 친구의 집도 없고 마음만 점점 더 귀찮고 쓸쓸스러운 생각을 하였나이다.

우리 두 사람은 결국 때 없이 웃는 이의 집으로 가기로 하였나이다. 우리는 한 집을 갔으나 우리를 기다리지 않는 그는 있지 않았나이다. 그래 하는 수 없이 설영雪影의 집으로 가기를 정하고 천변으로 내려섰나이다. 골목 안의 전깃불은 누구를 기다리는 것같이 빙그레 웃으며 켜 있었지요. 우리는 그 집에를 들어가 '설영이' 하고 불렀나이다. 안방에서 영리한 목소리로,

"누구요?"

하는 설영의 목소리가 났습니다. 우리 두 사람은,

"있고나."

하였습니다. 그리고 공연히 마음이 반가웠나이다. 그리고 설영이는

마루 끝까지 나와,

"아이그 어서 오세요, 왜 그렇게 한 번도 아니 오세요."

하지요.

아, 누님 그 소리가 진정이거나 거짓이거나 관성으로 인하여 우연히 나온 말이거나 아무것이거나 나는 그것을 생각하려고 하지는 않습니다. 다만 감상에 쫓겨 정처 없이 방황하려는 이 불쌍한 사람에게 향하여 그의 성대를 수고롭게 하여 발해주는 그의 환영의 말이 얼마나 나의 피곤한 심령을 위로해주었을까요?

그는 날더러 '오라버니'라 해주기를 맹서해주었습니다. 그리고 영원히 오라버니가 되어달라 하였습니다.

누님, 과연 내가 남에게 오라버니라는 존경을 받을 만한 자격의 소유자가 될 수 있을까요? 물론 그것도 나의 원치 않는 형식입니다. 그러나 나는 그 설영을 친누이동생같이 사랑하렵니다. 그리고 영원히 영원히 나의 누이동생을 만들려 하나이다. 그리고 다만 독신인 설영이도 진정한 오라비 같은 어떠한 남성의 남매 같은 애정을 원하겠지요. 그러나 그러나 무상인 세상에 그것을 과연 허락할 참신이 어느 곳에 계실는지요? 생각하면 안타까울 뿐이외다.

그날 L은 설영을 공연히 못살게 놀려먹었나이다. 물론 사념 없는 어린애 같은 유희지요. 그때 L은 설영을 잡으려고 달려들었습니다. 설영은 소리를 지르며 간지러운 웃음을 웃으면서 나의 앞으로 달려들며,

"오라버니! 오라버니!"

하고 그 L을 피하였나이다. 나는 그때 그 설영이 비록 희롱에서 나왔다 하더라도 L에게 쫓겨 나에게 구호함을 청할 때에 아아, 과연 내가 이와 같은 여성의 구호를 청함을 받을 만한 자격의 소유자일까 하였나이다. 그리고 모든 여성은 다 나를 보려고 하지도 않는 생각을 하고 혼자 이 설영이가 나에게 구호함을 청한다는 것은…… 그 설영을 껴안을 듯이 귀여운 생각이 났나이다. 그러나 나타났다 사라지는 환영의 그림자일까? 팔팔팔 날리는 봄날의 아지랑이일까? 영원이란 무엇일는지요…….

7

날이 매우 따뜻해졌습니다. 내일쯤 한번 가서 뵈오려 하나이다. 하오^{오후}에 기다려주십시오. 그리고 W군은 어저께 동경으로 떠나갔다는 말을 들었습니다. 만나보지 못한 것이 매우 섭섭하외다. 그리고 S군 Y군도 그리로 향하여 수일 후에 떠나간다는 말을 들었습니다. 아아, 저는 외로운 몸이 홀로 서울에 남아 있게 되겠지요. 정다운 친구들은 모두 다 저 갈 곳으로 가버리고…….

8

왜 어저께 저는 누님에게로 갔을까요? 간 것이 나에게 좋은 기회였을까요? 그렇지 않으면 좋지 못한 기회였을까요?

어떻든 어저께 나는 처음으로 그 MP와 말을 하게 되었습니다. 그리고 가까이 서로 보고 앉아 간질간질한 시선으로 그를 보게 되었습니다. 그리고 나의 눈에서 방산하는^{제멋대로 제각기 흩어지는} 시선의 몇 줄기 위로 나의 쉴 새 없이 뛰는 영의 사자를 태워 보내었나이다.

그는 그때 그 예배당 앞에서 나를 보고 고개를 돌리고 줄달음질하던 때와는 아주 달랐습니다. 그의 마음속으로는 나의 전신의 귀퉁이로부터 귀퉁이까지 호의의 비평을 하였을는지 악의의 비평—그렇지는 않겠지요—을 하였을는지 어떻든 부단의 관찰로 비평을 하였겠지요. 그러나 그의 눈과 안색은 아주 침착하였나이다. 그리고 그에게서 가장 아름다운 목소리는 아주 나의 마음을 취하게 할 듯이 부드럽고 연하며 은빛이 났나이다.

그리고 나의 글을 너무 칭상하는^{칭찬하여 상을 주는} 것이 조금 나를 부끄럽게 하였으며 또는 선생님이라는 경어가 아주 나를 괴롭게 하였나이다.

누님, 만일 그가 날더러 선생이라 그러지 않고 오라비라고 하였더라면? 그 찰나의 나의 모든 것은 다 절망이 되어버렸을 터이지요. 그 선생이라는 말을 듣기 싫어하는 제가 도리어 그 선생이라는 말을 듣는 것이 행복인 것을 깨달을 날이 있을 줄은 이제 처음으로 알게 되었나이다.

어떻든 저는 그 MP와 만날 기회를 얻었습니다. 그리고 서로 말소리를 바꾸게 되었습니다. 아마 이것이 저와 그 MP 사이에 처음 바꾸는 말소리가 되었겠지요? 그리고 우주의 생명 중에 또다시 없는 그 어떠한 마디였겠지요.

그러나 저는 불안을 깨닫습니다. 마음이 못 견딜 만큼 불안합니다. 다만 한 번 있는 그 기회의 순간이 좋은 순간이었을까요? 기쁜 순간이었을까요? 무한한 희망과 영원한 행복을 저에게 열어주는 그 열쇠 소리가 한번 째깍하는 그 순간이었을까요? 그렇지 아니하면 끝없는 의혹과 오뇌 속에서 만일의 요행만 한줄기 믿음으로 몽롱한 가운데 살아 있다 그대로 사라져 없어졌다면 도리어 행복일걸 하는 회한의 탄식을 나에게 부어줄 그 순간이었을까요?

어찌하였든 저는 한옆으로 요행을 꿈꾸며 한옆으로 부질없는 낙망에 헤매나이다.

9

오늘은 아침 아홉 시에 겨우 잠을 깨었나이다. 그것도 어제저녁에 공연히 돌아다니느라고 늦게 잔 덕택으로 아침에 일어나지 못하는 행복을 얻었더니 그나마 행복이 되어 그리하였는지 R이 찾아와서 못살게 굴지요. 못살게 구는 데 쪼들리어 겨우 잠을 깨어 세수를 하였나이다.

이상한 일이었나이다. 제가 R의 집을 가기는 해도 R이 저의 집에 찾아오는 일이 없는 그가 오늘 식전 아침에 저를 찾아온 것은 참으로 뜻밖이고 이상합니다.

그는 매우 갑갑한 모양이었나이다. 그리고 요사이 며칠 동안 그의 얼굴은 그리 좋지 못하였으며 언제든지 무슨 실망의 빛이 있었나이다. 오늘도 그는 침묵 속에 있었나이다. 그리고 먼 산만 바라보고 있었나이다. 그는 어디로 산보를 가자 하였나이다. 저는 아침도 먹지 않고 그와 함께 정처 없이 나섰나이다.

우리는 전차를 타고 H와 P의 집에를 가보았으나 H는 아침 먹고 막 어딘지 가고 없다 하고 P는 집에 일이 있어서 가지를 못하겠다 하지요. 그래 하는 수 없이 우리 단 두 사람이 또다시 HC를 향하여 떠났나이다.

천기날씨는 청명, 가는 바람은 살살, 아주 좋은 봄날이었나이다. 우리는 전차에서 내렸나이다. 오포낮 열두 시를 알리는 대포가 탕 하였나이다. 멀리멀리 흐르는 HC강은 옛적과 같이 고요히 흐르고 있었나이다. 아무 소리도 없고 아무 향기도 없고 아무 웃는 것도 없고 다만 푸른 물속에 취색남파랑의 산 그림자를 비추어 있어 다만 '아아 아름답다' 하는 우리 두 사람의 못 견디어 나오는 탄성뿐이 고요한 침묵을 가늘게 울릴 뿐이었나이다. 우리는 언덕으로 내려가 한가히 매여 있는 주인 없는 배 위에 앉아 아무 소리 없이 물 위만 바라보았나이다. 푸른 물 위에는 때때 은사^{은모래}의 맴도는 듯한 파련^{波漣}이 가늘게 떨 뿐이었나이다. 그리고 사르렁사르렁 은사의 풀렸다 감겼다 하는 소리가 들리는 듯하였나이다.

우리는 한참이나 앉아 있었나이다.

우리는 문득 저쪽을 바라보았나이다. 그리고 나의 가슴은 공연히 덜렁덜렁하고 전신에 식은땀이 흐르는 듯하였나이다. 저기 저쪽에는 그 비단결 같은 물 위에 한가히 떠 있어 물속으로 녹아들 듯이 가만히 있는 그 요트 위에는 참으로 뜻밖이었지요, 그 MP가 어떠한 다른 동무하고 나란히 앉아 있었나이다. 그러나 그 MP는 나를 보고도 모르는 체하는지 보지 못하고 모르는 체하는지 다만 저의 볼 것, 저의 들을 것만 보고 들을 뿐이었나이다.

저는 그 MP에게로 달려가고 싶었습니다.

'아, 그러나 만일 그가 나를 보고도 못 본 체한다면? 불과 몇십 간 되지 않는 거기에 있는 그가 어째 나를 보지 못하였을까? 못 보았을 리가 있나?'

라고만 생각하는 저는 그에게로 가기가 두렵고 공연히 무엇인지 보이지 않는 무엇이 원망스러웠을 뿐이었나이다.

그런데 웬일일까요…… MP를 나 혼자만 아는 줄 아는 저는 R의 기색에 놀라지 아니치 못하였나이다.

R은 나의 손을 잡아당기며,

"MP가 왔네."

하였습니다. 그 소리를 듣는 저는 R이 어떻게 MP를 아는가 하였나이다. 그리고 무엇인지 번개와 같이 저의 머리를 지나가는 것이 있더니 저는 그 R에게서 무슨 공포를 깨달은 것이 있었나이다.

R은 대담하게 MP에게로 갔습니다. 저도 그를 따라갔습니다. R은 모자를 벗고 그에게 예를 하였나이다. 아아 그러나 누님, 정성을 다하지 않고 몽롱한 의심과 적지 않은 불안으로 주는 저의 예에는 그의 입 가장자리로 불그레한 미소가 떠돌았으며 따뜻한 눈동자의 금빛 광채이었나이다. 그리고,

"아이고 어떻게 이렇게 오셨어요?"

하는 그의 전신을 녹이는 듯한 독특한 어조가 저를 그 순간에 환희의 정화 속으로 스며들게 하였나이다.

우리 두 사람은 그를 작별하고 바로 시내로 들어왔나이다. 웬일인지 저의 마음은 한없이 기뻤나이다. 그리고 전신의 혈액은 더욱더 펄펄 끓기를 시작하였나이다. 그러나 R의 얼굴은 그전보다 더 비애롭고 실망의 빛이 떠돌았나이다. 쓸쓸한 미소와 쓸쓸한 어조가 도는, 저의 동정의 마음을 일으킬 만큼 처참한 듯하였나이다.

저는 R에게,

"어떻게 MP를 알던가?"

하였습니다. 그는 무슨 옛날의 환상을 보는 듯한 표정으로,

"그전부터 알아."

하였나이다. 이 소리를 듣는 저는 그러면 이성 사이에 만나면 생기는 사랑의 가락이 그 MP와 이 R 사이에 매여지지나 아니하였나 하고 여태껏 기껍던 것이 점점 무슨 실망의 감상으로 변해버리었나이다. 그리고 차차 의혹 속에 방황하게 되었나이다.

그리하다가도 그 R의 실망하는 빛과 MP의 냉담한 답례가 저에게 눈물 날 만큼 R을 동정하는 생각을 나게 하면서도 또 한옆으로는 무슨 승자의 자랑을 마음 한 귀퉁이에서 만족히 여기었으며 불행한 R을 옆에 세우고 다행히 환희를 맛보았습니다.

그날 저는 R의 집에서 자기로 정하였나이다. 밤 열한 시가 지나도록 별로 서로 말을 한 일이 없는 R과 두 사람 사이에는 공연히 마음이 괴로운 간격을 깨닫게 되었나이다. 그리고 그의 푸른 비애와 회색 실망의 빛이 그의 얼굴로 가끔가끔 농후하게 지나갈 때마다 저는 공연히 불안하였나이다.

저는 R에게 그 기색이 좋지 못한 이유를 묻기를 두려워하였나이다. 그리고 만일 그 비애의 빛과 실망의 빛이 그 MP로 인한 것이 아니고 다른 것으로 인한 것이라 하면 저는 그때 그 R의 그 비애와 실망과 똑같은 비애와 실망을 맛보았을 것이지요. 그러나 저는 형제와 같은 그 R의 비애와 실망을 그 MP로 인하여서라고 인정하지를 아니하면 저의 마음이 불안하여 못 견딜 정도였습니다.

그날 저녁 R은 자리에 누워서도 한잠을 자지 못하는 모양이었나이다. 다만 눈만 멀뚱멀뚱하고 천장만 바라보고 있었나이다. 그리고 머리를 짚고 눈을 감고 무엇인지 명상하듯이 가만히 있었을 뿐이었나이다. 그의 엷은 눈썹은 가늘게 떨리고 있었습니다.

저도 웬일인지 잠이 오지 않았습니다. 그래 머리맡 서가에 놓여 있는《전날 밤》러시아의 소설가 투르게네프의 소설을 집어들고 한참이나 보다가 잠이 깜빡 들었나이다.

10

저는 어리석은 사람이 되어버리었나이다. 꿈을 믿고 길에서 장님을 만나면 두 다리에 풀이 다하도록 실망을 하게 되었나이다.

그리고 꽃의 화판을 '하나, 둘' 하며 'MP가 나를 사랑하느냐 사랑하지 않느냐?' 하며 차례차례 따보게 되었습니다. 그리고 만일 '사랑한다' 하는 곳에서 맨 나중 꽃잎사귀가 떨어지면 성공한 것처럼 춤을 출 듯이 만족하였으며 그렇지 않고 '사랑하지 않는다'는 곳에 와서 그 맨 나중 꽃잎사귀가 떨어지면 공연히 낙망하는 생각이 나며 비로소 그 헛된 것을 조소합니다. 그러나 어느 틈에 또다시 그 꽃잎사귀를 따보고 싶어 못 견디게 되나이다. 저는 요행을 바라는 동시에 말할 수 없는 미신자가 되었습니다. 오늘은 제가 누님을 만나뵈러 가지 않으려 하였으나 W군이 피스를 찾아달라 해서 누님에게로 갔습니다.

누님이 나오기를 기다리고 있는 동안에 나는 다만 침착하고 고요한 마음으로 정문 앞 플랫폼을 왔다 갔다 하였나이다. 그러다가 문 열리는 소리가 나더니 나오는 사람은 누님이 아니고 그 MP였습니다. MP는 나를 보더니 쌩긋 웃으며 고개를 숙여 예를 해주었나이다. 그리고 그곳에 서서 있었나이다. 그 뒤를 따라 나온 이가 누님이었지요.

저의 마음은 이상하게 기뻤나이다. 그리고 아주 무슨 희망을 얻은 듯하였나이다. 길거리로 걸어다니면서도 혹시나 MP를 만나 인사를 주고받을 만한 순간의 기회를 기대하는 저는 누님에게로 갈 때마다 그 MP를 만날 수가 있을까 하는 기대를 가지고 다니었나이다. 오늘도 그 기대를 조금일지라도 아니 가지고 간 것이 아니었건마는 그 MP가 있지 않을 줄 안 저는 아주 단념을 하고 갔습니다. 그래 그 MP를 만난 것은 아주 의외이었지요.

누님 그 MP가 무엇하러 누님보다도 먼저 저를 보러 나왔을까요? 어린 아우를 만나려는 누님의 마음이었을까요? 반가운 정인을 만나려는 애인의 마음이었을까요? 무엇이었을까요?

그는 저와 오랫동안 말을 하였나이다. 그리고 동청이 푸른 잔디 사이를 누님과 저 세 사람이 산보하였지요. 저희가 그 좁은 길로 지나올 때 저는 그 MP에게,

"R을 어떻게 아셨던가요?"

하고 물어보았습니다. 그 MP는 조금 얼굴이 불그레한 중에도 미소를 띠며,

"네, 그전에 한 두어 번 만나본 일이 있었어요."
하고 대답을 하였지요. 그 소리를 듣는 저는 곧,

"R은 참 좋은 사람이야요."
하였지요. 그러니까 그 MP는 곧 다른 말로 옮겨버렸나이다.

그렇게 한 지 십 분쯤 되어 누님과 우리 두 사람은 무슨 조용히 할 말이나 있는 것처럼 주저주저하였나이다. 그러니까 그 MP는 곧 영리하게 그것을 알아차리고 안으로 들어가버렸지요.

아, 그때 저의 마음은 아주 섭섭하였습니다. 우리가 우리의 필요한 이야기를 하지 못한다 하더라도 그 MP는 떠나기가 싫었나이다. 그러나 그의 검은 치맛자락의 그림자는 보이지 않게 사라져버렸나이다. 그때 누님은 절더러 이야기를 해주었지요. 그 MP를 R이 사랑하려다가 그 MP가 배척을 하였다는 것을─그리고 그 MP가 저의 그 누님이 도적하여간 원고를 보고 도외^{어떤 한도나 범위의 밖}의 찬상^{훌륭하고 아름답게 여기어 칭찬함}을 하더라는 것과 그러나 그가 한 가지 불만으로 생각하는 것은 신앙이 적더라는 것을. 저는 누님과 작별을 하고 문밖으로 나오며 뛰어갈 듯이 걸음을 속히 하여 걸어가며,

"내가 행복한 자냐 불행한 자냐?"
하고 혼자 소리를 질러보았습니다. 그러다가는 그 신앙이 적다고 하는 데 대하여는 적지 않은 불쾌와 또 한옆으로는 희미한 실망을

깨달았습니다.

그래 집에 돌아와 아랫목에 누워서 여러 가지로 그 MP와 저 사이를 무지갯빛 나는 아름답고 거룩한 것으로만 얽어놓아보다가도 그 신앙이란 말을 생각하고는 곧 의혹 속에 헤매었나이다. 그러다가는 그의 집에서 본 《전날 밤》을 읽던 것이 생각되며 그 여주인공 '에레나'의 일기가 생각났습니다.

그의 애인 '인사로프'와 그의 아버지가 그와 결혼시키려는 '쿄르나도오스키'를 비교하여 '인사로프'에게는 신앙이 있을지라도 '쿄르나도오스키'에게는 신앙이 없었다. 자기를 믿는 것만으로는 신앙이 있다고 말할 수 없으니까…….

누님, 저는 이 글을 볼 때 공연히 실망하였습니다. '에레나'는 신앙 있는 사람을 사랑하였습니다. 그리고 신앙 없는 사람을 사랑치 않았습니다. 그러면 MP도 언제든지 신앙 있는 사람을 사랑할 터이지요. 그러면 그 MP가 저에게 신앙이 없다고 한 말은 저를 동생이나 친우로 여길지는 알 수 없으나 애인으로 생각지는 못하겠다는 것이지요.

누님, 그러면 저는 실망할까요, 낙담할까요? 신앙이란 무엇일까요? 물론 누구에게든지 신앙이 없는 사람이 없습니다. 누구는 예수를 믿고 석가를 믿고 우상을 믿고 여러 가지를 믿습니다. 그리고 또 자기를 믿는 사람이 있기도 합니다. 그리고 누님, 저도 무엇인지 신앙하는 것이 있겠지요? 신앙이 없는 사람이 이 세상에서 생명을 가지고 살아 있다는 것은 거짓말이니까—누구든지 각각 자기가 신앙하는 것이 있기 때문에 이 세상에 살아 있으니까 저도 또한 이 세상에 살아 있는 사람이라 어떠한 신앙이든지 가지고 있겠지요.

저 어떠한 종교를 어리석게 믿는 사람들은 각각 자기의 신앙만이 참신앙으로 생각합니다. 그리고 남의 신앙을 조소합니다. 그러나 한 번 더 크게 눈을 뜨고 고개를 돌려 사면을 둘러보는 자는 각각 이것과 저것을 대조할 수가 있을 것이지요. 그리고 각각 장처^{장점}와 결점을 찾아낼 수가 있을 것이지요. 이불을 뒤집어쓰고는 물론 그 이불 속뿐이 세상인 줄 알 터이지요. 그리고 그 속에만 참진리가 있는 줄 알 터이지요. 그러하나 그 이불 속만이 세상이 아니고 그 속에만 진리가 있는 것이 아닌 줄 아나 그 이불을 벗어버린 자는 그 이불 쓴 사람을 불쌍히 여기었을 터이지요. 그러면 이 세상에는 그 이불을 벗은 사람이 여럿이 있었습니다. 그리하여 그 이불을 뒤집어쓴 사람들을 아주 불쌍히 여기었습니다.

그러면 저도 그 이불을 벗은 사람의 하나가 되려 합니다. 다만 어떠한 이름 아래서든지 그 온 우주에 가득 차서 영원부터 영원까지 변치 않는 진리를 믿는 사람이 되려 하나이다. 그리하여 다만 그것을 구할 뿐이요, 그것을 체험하려 할 뿐이외다.

물론 사람은 약한 것이지요. 심신이 다 강하지는 못하지요. 제가 어떠한 때 본의 아닌 일을 할 때가 있다 하더라도 그것은 다만 약한 까닭이겠지요. 그리고 그것을 깨닫는 때는 그것을 고치겠지요. 그리고 누님 한 가지 끊어 말해둘 것은 《쿠오바디스》폴란드의 소설가 시엔키에비치 소설에 있는 '비니키우스'와 같이 '리기아'의 신앙과 같은 신앙으로 인하여서 저도 그 '비니키우스'는 되지 않겠지요.

아아 그러나 누님, 제가 어찌하여 이와 같은 말을 쓸까요? 사랑보다 더 큰 신앙이 이 세상에 또 어디 있을까요? 자기의 생명까지 희생하는 것은 사랑이 있을 뿐이지요. 사람이 사랑으로 나고 사랑으로 죽고 사랑으로 살기만 하면 그 사람의 생은 참생이 되겠지요. 그러하나 저희는 사랑을 생각할 때마다 마음이 두근거립니다. 처음은 이성에게 사랑을 구하는 자가 누가 주저하지 않은 자가 있고, 누가 가슴이 떨리지 않는 자가 있을까요? 그러면 사랑이란 죄악일까요? 죄지은 자와 똑같은 떨림과 불안을 깨닫는 것은 어찌함일까요?

그렇습니다. 우리 인생에는 두 가지 큰 문제가 있습니다. 그것은 열정과 이지입니다. 이 세상의 역사는 이 두 가지의 싸움입니다. 그리고 모든 불행의 근원은 이 열정과 이지가 서로 용납하지 않는 곳에 있는 것입니다. 그리운 이성을 보고 자기 마음을 피력치 못하고 혼자 의심하고 오뇌하는 것도 이 이지로 인함이지요? 저는 어떻게 하면 이 이지를 몰각한 열정만의 인물이 되려 하나, 그 이지를 몰각한 열정의 인물이 되겠다는 것까지도 이지의 사주지요. 저도 또한 그렇게 되려 하나이다.

오늘 저는 또다시 R의 집에를 갔었나이다. 그 R은 있지 않았습니다. 그러나 얼마 있지 않으면 곧 들어오리라는 그 집 사람의 말을 듣고 저는 그의 방에서 기다리게 되었나이다. 그러나 R이 저와 형제 같이 친하지가 않으면 그와 같이 주인 없는 방 안에 들어가 앉아 있지를 못하였을 터이지요. 그래 그와 친하다 하는 무엇이 저를 그의 방으로 들어가게 하였습니다.

저는 그의 방에 들어가 그의 책상 앞에 앉았나이다. 그때 문득 저의 눈에 보이는 것은 그가 써서 놓은 편지였나이다. 그리고 그 편지 피봉^{겉봉}에는 MP라 씌어 있었습니다. 저의 마음은 공연히 시기하는 마음이 나며 또한 그 편지를 기어이 보고 싶은 생각이 났었습니다. 마침 다행한 것은 그 편지를 봉하지 않은 것이었나이다.

저는 그것을 보았습니다.

그 속에는 이러한 말이 쓰여 있었습니다.

……DH는 미슥한 문사이오. 그리고 일개 부르주아에 지나지 못하는 사람이오…….

라고.

아아 누님, 저는 손이 떨리었나이다. 그리고 그 편지를 다시 그 자리에 놓고 그대로 바깥으로 뛰어나왔습니다. 그리고 길거리로 걸어오며 눈물이 날 만큼 모든 것이 원망스럽고 또 한옆으로는 분한 생각이 나서 못 견디었나이다.

그리고 사랑하는 R이 그와 같은 말을 써 보낼 줄 참으로 알지 못하였나이다. 누님 그렇지요. 저는 글 쓰는 데 미숙하겠지요. 저는 거기에 조금이라도 이의를 말하려 하지 않나이다. 그러나 그 말을 무엇하러 MP에게 한 것일까요?

아아 누님, 저는 일개 참사람이 되려 할 뿐이외다.

저는 문학가, 문사라는 칭호를 원치 않아요. 다만 참사람이 되기 위하여 글을 봅니다. 그리고 느끼는 바를 견딜 수 없었습니다. 그리고 나와 같은 느낌과 깨달음이 우리 인생을 위하여 조금이라도 보탬이 될까 하였습니다.

그러나 저 일개인의 성공은 얻기가 어려울 터이지요. 제가 느끼고 깨닫는 것은 길고 긴 우주의 생명과 함께 많고 많은 사람들이 깨닫는 것에 다만 몇천만억분의 일이 될락 말락 할 터이지요. 그리고 그 저의 생명이 그치는 날에는 그것보다 조금 더해질 뿐이지요. 그리고 그것보다 더 큰 무엇을 원할지라도 유한한 저의 육체와 정신은 그것을 용서치 않을 터이지요.

그러면 제가 부르주아나 프롤레타리아^{노동자 계급}나 무엇 어떠한 부름을 듣던지 언제든지 참사람이 되려 할 뿐이외다. 아마 이 세상의 모든 진리를 혼자 깨달을 줄 아는 사람일지라도 이 참사람이 되려는 데서 더 벗어나지는 못하였을 터이지요.

그러나 저는 오늘부터 친애하는 친우 하나를 잃어버리게 되었나이다. 아무리 아무리 제가 너그러운 마음으로써 그전과 같이 R을 대하려 하나 그는 나를 모함한 자이지요. 어찌 그전과 같은 정의^{서로} ^{사귀어 친하여진 정}를 계속할 수가 있을까요?

그러나 저의 마음은 괴롭습니다. 그리고 그 KC를 가면서 저에게 형제와 같이 지내자던 것을 생각하고 또는 그동안 지내오던 정분을 생각하고 그것이 다만 한순간에 깨어지는 것을 생각할 때, 저의 마음은 아주 안타까웠나이다. 그러다가도 그 R의 손을 잡고 기꺼워하고 싶었습니다.

11

집에서 나올 때 동생 L이 울며 쫓아나오면서,

"형님, 형님. 나하고 가."

하며 부르짖었나이다. 그리고 두 팔을 벌리고 저를 바라보고 있었습니다. 그러나 발이 떨어지지 않지만 하는 수 없이 어머니에게 L은 맡기고 또다시 R을 찾아갔나이다.

어제저녁 늦도록 잠을 자지 못한 저는 오늘 또다시 새벽에 일찍 일어났으므로 몸이 조금 피곤하였나이다. 저는 R의 집으로 가면서 몇 번이나 가지 않으리라 해보았습니다. 날마다 가는 R의 집에를 일주일이나 가지 않은 저는 오늘도 또 가볼 마음이 그리 많지는 않았습니다. R을 생각하면 할수록 분하고 답답한 저는 언제든지 그 마음을 누르려 하였으나 그리 속마음이 편치는 못하였습니다.

제가 R의 집에 들어갈 때에는 아주 마음이 유쾌치 못하였습니다. R은 저를 보고 힘없이 저의 손을 잡고 인사를 해주었습니다. 그리고,

"어서 오게."

하는 소리가 아주 반갑지 못하였습니다. 저는 그 R을 보기 전에는 반갑게 인사를 하리라 한 것이 지금 그를 만나보니까 공연히 그와 함께 있는 것이 싫은 생각이 나서 그대로 바깥으로 나오고 싶었습니다. 저는 그대로 서서,

"여러 날 만나지 못해서 조금 보고 나갈까 하고……."

하며 그를 쳐다보았습니다. 그는 다만 고개를 끄덕하며,

"응……."

할 뿐이었나이다. 저는 갑자기 뛰어나오고 싶었습니다. 그래,

"내일 또 봅시다."

하고 그대로 뛰어나왔습니다. 그 R은 아무 말도 없이 자기 방으로 들어가버렸습니다.

아아 누님, 우리 두 사람 사이는 어째 이리 멀어졌을까요? 무슨 간격이 생겼을까요? 그리고 무슨 줄이 끊어졌을까요? 저는 그것을 알 수가 없습니다.

제가 종로를 걸어올 때였습니다. 저쪽에서 뜻밖에 그 MP가 걸어 왔습니다. 그때 저는 그 MP와 만나 인사를 하리라 하였습니다. 그

러나 그 MP는 어떠한 양복 입은 이와 함께 저를 못 보았는지 저의 곁으로 그대로 지나가버렸나이다. 저는 다만 지나가는 그만 바라보고 있다가 손을 단단히 쥐고 '에, 고만두어라' 하였습니다.

저는 말할 수 없는 번뇌 가운데 '에, 설영에게나 가리라' 하였나이다. 그리고 천변으로 그의 집을 찾아갔습니다. 그때 저의 마음에도 '설영이가 있지 않으리라'는 생각은 없이 으레 만나려니 하였나이다. 그러나 설영을 부르는 저의 목소리에 그 영리하고 귀여운 우리 누이동생의 목소리는 나지 않고 그의 어머니가 '없소' 하고 냉대하듯 보통 손님과 같이 대답을 하였습니다. 그 소리를 듣는 저는 공연히 섭섭한 생각이 나며 또는 설영이가 저를 한낱 지나가는 손처럼 생각하는 듯하고 또한 어떠한 정인이나 찾아가지 않았나 할 때 오라비 노릇을 하려는 저도 공연히 질투스러운 마음이 나며 '다 그만두어라' 하는 생각이 나고 공연히 감상_{하찮은 일에도 쓸쓸하고 슬퍼져서 마음이 상함}의 마음이 났습니다.

저는 그대로 집으로 갔습니다. 집 문간에서 놀던 L은 반겨 맞으면서 두 팔을 벌리고 저에게 턱 안기며 몸을 비비 꼬고 그의 가는 손으로 간지럽고 차디차게 저의 뺨을 문질러주었나이다. 그때 저는 모든 감상의 감정은 가슴 한복판으로 모아드는 듯하더니 눈물이 날 듯하였나이다. 그때 그 L은,

"형님, 임마!"

하였나이다. 그래 저는 그에게 입을 맞추려 하니까 그는 무엇이 만

족지 못한지,

　"아니 아니 귀 붙잡고."

하며 그의 손으로 저의 두 귀를 붙잡고 입을 맞추어주려다가 또다시,

　"형님도 내 귀 붙잡아."

하였나이다. 저는 그 L의 귀를 붙잡고 입을 맞추었나이다. 그러나 그때 L은 저를 쳐다보며,

　"형님 우네."

하였나이다. 아아 누님, 저의 눈에는 눈물이 나왔습니다. 그리고 그 L을 껴안고 울고 싶었습니다.

－1922년

• • • • • • •

자기를 찾기 전

1

어떠한 장질부사^{장티푸스} 많이 돌아다니던 겨울이었다. 방앗간에 가서 쌀을 고르고 일급^{하루를 단위로 하여 지급하는 급료}을 받아서 겨우 그날그날을 지내가는 수님^{守任}이는 오늘도 전과 같이 하루 종일 일을 하고 자기 집에 돌아왔다.

자기 집이란 다 쓰러져가는 집에 안방은 주인인 철도 직공의 식구가 들어 있고, 건넌방에는 재깜장사^{채소를 가지고 여러 곳으로 돌아다니며 파는 장사} 식구가 들어 있고, 수님이의 어머니와 수님이가 난 지 몇 달 안 되는 사내 갓난아이와 세 식구는 그 아랫방에 쟁개비^{무쇠나 양은 따위로 만든 작은 냄비}를 걸고서 밥을 해먹으면서 살아간다.

수님이는 몇 달 전까지는 삼대^{삼의 줄기} 같은 머리를 칭칭 땋고서 후리후리한 키에 환하게 생긴 얼굴로 아침저녁 돈벌이를 하러 방앗간에를 다니는, 바닷가에 나와서 뛰어다니는 해녀 같은 처녀였다.

그런데 몇 달 전에는 그는 소문도 없이 머리를 쪽 찌었다. 그리고 머리 쪽 찐 지 두서너 달이 되자 또 옥동 같은 아들을 순산하였다. 아들을 낳고 몇 달 동안은 그 정미소에 직공 감독으로 있는 나이 스물 칠팔 세쯤 되고 머리에 기름을 많이 발라 착 달라붙여 빤빤하게 윤기가 흐르게 갈라붙이고 금니 해 박은 얼굴빛이 오래된 동전빛같이 붉고도 젊은 사람 하나가 아침저녁으로 출입하며 식량도 대어주고 용돈량도 갖다 주며 어떤 날은 수님이와 같이 자고 가기도 하였다.

그러더니 그 동리에 새 소문 하나가 떠돌기 시작하였다.

"수님이는 처녀 때 서방질을 해서 자식을 낳았다지!"

"어쩌면 소문 없이 시집을 가?"

"그러나저러나 그나마 남편 되는 사람이 뒤를 보아주지 않는다데."

"벌써 도망간 지가 언제라고. 방앗간 돈을 이백 원이나 쓰고서 뒤가 몰리니까 도망을 갔다던데."

하는 소문이 나기는 그 애아버지 되는 직공 감독이 수님이 집에 발을 끊은 지 일주일쯤 되어서였다.

수님이는 집에 들어와 머릿수건을 벗어놓고 방문을 열며,

"어머니, 어린애가 또 울지 않았어요?"

하고 아랫목에 누더기 포대기를 덮어서 뉘어놓은 어린애 앞으로 바

싹 가서 앉아 눈감고 자는 애의 새큰한 젖내 나는 입에다 제 입을 대어보더니,

"에게, 어쩌면 이렇게두 몸이 더울까, 아주 청동화로 같으이."

하고는 다시 아래위를 매만져준다. 옆에 앉아 있는 그의 어머니란 나이 오십이 넘어 육십을 바라보는 노파는 가뜩이나 주름살이 많은 이맛살을 잔뜩 찌푸리고 실룩하게 삼각진 눈을 더욱 실룩하게 해가지고 무엇이 그리 시답지 않은지 삐죽한 입을 내밀고서 귀먹장이처럼 아무 말이 없이 한참 앉았더니 잠깐 채머리 머리가 저절로 계속하여 흔들리는 병적 현상를 흔드는 듯하더니 말이 나온다.

"애 말 마라. 아까 나는 그 애가 죽는 줄 알았다. 점심때가 좀 넘어서 헛소리를 하더니 두 눈을 허옇게 뒤집어쓰고서 제 얼굴을 제 손으로 쥐어뜯는 데에 무서워 나는 꼭 죽으려는 줄 알았어."

수님이는 걱정이 더럭 나고 또 죽는다는 말에 무서운 생각이 나서,

"그래 어떻게 하셨소?"

"무얼 어떻게 해. 어저께 네가 지어다 둔 그 가루약을 물에다 타 먹였더니 지금은 조금 덜한지 잠이 들어 자나 보다."

"그래 그 약을 다 먹이셨소?"

"다 먹였지? 어디 얼마 남었드냐. 눈꼽쩍이만큼 남었든걸."

"그래 아주 없어요?"

"다 먹였다니까 그러네."

수님이는 조금 야윈 얼굴에 봄철에 늘어진 버들가지같이 이리저

리 겨 묻은 머리털이 두서너 줄 섬세하게 내리덮힌 두 눈에 근심스러운 빛을 띠고서 다시 쌔근쌔근 코가 메서 숨소리가 높은 어린애를 보더니,

"그럼 어떻게 하나. 돈이 있어야 또 약을 지어오지. 오늘 번 돈이라고는 어저께보다 쌀이 나뻐서 어떻게 뉘^{쓿은 쌀 속에 섞인 벼 알갱이}와 돌이 많은지 사십 전밖에 못 벌었는데. 이것으로 약을 또 지어오면 내일 아침 쌀 못 팔 텐데."

하며 다시 고개를 돌려 자기 어머니를 쳐다보다가 어머니 얼굴이 불쾌해 보이니까 다시 고개를 어린애 편으로 돌리자 어린애는 무엇에 놀래었는지 갑자기 눈을 번쩍 뜨고 두 손을 공중으로 대고 산약^{마의 뿌리} 같은 손가락을 벌리고서 바늘에 찔린 듯이 와 하고 운다.

수님이는 우는 소리를 듣더니 질겁을 해서 어린애를 껴안고 허리춤에서 젖을 꺼내어 물려주며,

"오, 오, 우지 마, 우지 마."

하며 어린애를 달래면서 추스른다. 젖꼭지가 입에 들어가니까 조금 애는 울음을 그치었다. 수님이는 한 손으로 어린애가 문 젖을 가위집듯 집어서 지그시 누르면서,

"어멈이 종일 없어서 많이 울었지? 배가 고파서. 에그 가엾어라. 자 인제는 실컷 먹어라. 그리고 얼른 병이 나서 잘 자거라."

하며 혼잣소리로 말도 못 알아듣는 어린애와 수작을 한다.

어린애는 젖꼭지를 물기는 물었으나 젖도 잘 먹지 못하면서 보채

기만 한다.

"어머니 오늘 예배당 목사님은 오지 않으셨어요?"

하며 방 한구석에 앉아서 어린애 기저귀를 개키는 자기 어머니를 보면서 다시 수님이는 물었다.

"안 왔드라!"

하는 어머니의 마음은 매우 마땅치가 않은 모양이다. 하루 종일 앓는 애를 달래고 약 먹이고 할 적에 귀찮은 생각이 날 적마다,

"원수엣 자식, 원수엣 자식."

하며 혼자 중얼대니까 자기 딸을 보면 더욱 화가 치밀며,

'무슨 업원_{전생에서 지은 죄로 말미암아 이승에서 받는 괴로움}으로 자식은 낳아가지고 구차한 살림에 저 혼자 고생을 하는 것도 아니요, 늙은 에미까지 이 고생을 시키는고?'

하는 생각이 나서 차마 인정에 산 자식 죽으라고는 못하지마는 어떻든 원수 같은 생각이 나서 못 견딜 지경이다.

수님이는 오늘도 목사 오기를 기다린다.

"어째 여태까지 오시지를 않을까요?"

"내가 아니? 못 오게 되니까 못 오는 게지"

수님이는 어머니의 성미를 알므로 거슬릴 필요는 없어 아무 말 없이 앉아 있다가,

"어서 저녁이나 해 먹읍시다. 기저귀는 내 개킬게 어서 나가셔서 쌀이나 씻으시우."

어머니는 화풀이로 하다못해 잔말이라도 하고 싶어서 말마다 불복이다.

"무슨 밥을 벌써 해. 두부장수도 가지 않았는데. 그리고 오늘만 먹으면 제일이냐. 내일 생각은 하지 않고……."

"그럼 어떻게 하우. 어떻든지 저녁을 해 먹고 내일을 걱정이라도 해야 하지 않소. 내일은 내일이고 오늘 저녁은 오늘 저녁이지요."

"듣기 싫다. 내일은 무슨 뾰족한 수가 나니? 굶으면 굶었지 무슨 도리가 있어야지."

"글쎄 산 사람 입에 거미줄 치리까. 왜 글쎄 그러시우."

"뭘 그러느냐고? 내가 나쁜 말한 게 무엇이냐. 조금이라도 경우에 틀린 말했니?"

"누가 경우에 틀린 말하셨댔소. 이왕 일이 그렇게 된 걸 자꾸 그렇게 하면 어떻게 하란 말씀이오?"

이러자 다시 어린애는 어디가 아픈지 불로 지지는 것같이 파랗게 질리면서 숨이 넘어갈 듯이 운다.

수님이는 어린애 입에 이쪽 젖꼭지를 갈아물리면서,

"우왜, 우왜."

하며 달래는데 그 어머니는 그 옆에서 이 꼴을 보더니,

"망할 자식, 죽으려거든 얼른 죽어버리지, 애비 없는 자식이 살아서 무슨 수가 있겠다고 남 고생만 시키니. 에미나 고생하지 않게 죽으려거든 진작 죽어라."

하며 옆의 담뱃대를 질화로 <small>질흙으로 구워 만든 화로</small> 전에다가 탁탁 턴다.

수님이는 누가 자기 아들을 잡으러 오는 듯이 어린애를 옆으로 안고 돌면서,

"어머니는 그게 무슨 말이오? 남들은 자식이 없어서 불공을 한 다, 경을 읽는다, 돈을 폭폭 써가면서 자식을 비는 사람들도 있는데 난 자식을 죽으라고 그래요? 이 애가 죽어서 어머니에게 금방 큰 복 이 내릴 듯싶소?"

"복이 내리지 않고. 내가 하루 잠을 자도 다리를 펴고 자겠다."

"잘도 다리를 펴고 주무시겠소. 마음을 그렇게 먹으면 하나님이 내릴 복도 도로 가져가신다우."

"듣기 싫다. 하나님이 무슨 엉덩이가 부러질 하나님이냐? 누가 하나님을 보았다드냐? 너 암만 하나님을 믿어보려므나. 하나님 믿 는다고 죽을 녀석이 산다드냐? 모두 팔자야, 팔자. 이 고생하는 것 도 내 팔자지마는 늦게 딸 하나 두었다가 덕은 못 보아도 요 모양이 될 줄이야 누가 알았어."

수님이도 계집 마음에 참을 수가 없는지 까만 눈에서 불같은 광 채가 나며 입술이 뾰족해지며 목소리가 높아간다.

"그래, 어머니는 딸 길러서 덕 보려 했습디까?"

"덕 보지 않고? 핏덩이서부터 열 팔구 세 거의 이십 살이나 되두 룩 기를 적에야 무슨 그래도 여망이 있기를 바라고 그 갖은 고생을 다해가면서 길렀지. 그래 어디서 어떻게 빌어먹는지도 모르는 방앗

간 놈에게 몸을 더럽히게 하려고 하였드냐? 내 그놈 생각을 할 적마다 이가 갈리고 치가 떨린다."

"왜 그이만 잘못했소? 그렇게 치가 떨리고 이가 갈리거든 나를 잡아 잡숫구려? 그것도 나를 방앗간에 다니게 한 덕분이죠. 나를 방앗간에만 다니지 않게 했더라믄 그런 짓을 하래도 하지 않았다우."

어머니는 잡아먹으려는 짐승을 어르는 암사자 모양으로 웅얼대며,

"응 그래도 서방 녀석 역성드는구나? 어디 얼마나 드나 보자. 네가 그 녀석 믿고 살다가 덩가마이나 탈 듯싶으냐? 그렇게도 찰떡같이 든 정을 왜 다 풀지 못하고 요 모양으로 요 고생이냐? 어서 그렇게 보고 싶고 못 있겠거든, 당장에라도 따라가서 호강하고 살아보아라. 서방 녀석밖에 네 눈에는 보이는 게 없고 어미년이 사람 같지도 않지?"

수님이는 성미를 못 이기는 중에 어머니 말이 야속하기도 하고 또 자기 신세가 어쩐지 비참한 듯하여 갑자기 눈물이 복받치며 울음이 나온다.

"왜 날마다 나를 잡아 잡숫지 못해서 이렇게 못살게 굴우? 그렇게 보기 싫거든 다른 데로 가시구려."

하고 감은 눈을 감았다 뜰 때 이슬 같은 눈물이 두 뺨 위로 대르륵 굴러 젖꼭지를 문 어린애 뺨 위에 떨어진다.

수님이는 우는 중에도 어린애 위에 떨어진 눈물을 씻어주는 것을 잊어버리지 않았다. 부드러운 살 위에 떨어진 눈물을 씻으면 또 떨

어지고 씻으면 또 떨어져 어머니의 따뜻한 눈물은 애기의 얼굴을 곱게 씻어놓았다. 그리고 가슴에서 뭉클한 감정이 울음에 씻겨 녹아 눈물이 되어 어린애 얼굴에 떨어질수록 귀여운 애기는 수님이를 울린다. 부드러운 손, 귀여운 얼굴, 조그마한 몸뚱이가 눈물 어린 그것을 통하여 희미하게 보이다가 눈물이 그 애기 뺨 위에 떨어지고 다시 똑똑하게 까만 머리, 까만 눈썹이 보이고 입과 코와 두 눈이 보일 때 수님이는 다시 어린애를 자기 가슴에 꼭 껴안아 가슴 복판에 어리고 서린 만단정회^{온갖 정과 회포}를 다만 어린애로 눌러서 짜내고 녹여내는 것 외에는 그에게 아무 위로가 없었다.

보습이 아버지와 같은 그 어린애를 자기 가슴에 안을 때 눈물의 하소연이 그 아이에게 하는 것이 아니라 지금에 여기 없는 그의 아버지에게 하는 것 같고 눈물 고인 흐릿한 눈으로 윤곽이 비슷한 그 애를 볼 때 그는 그 애아버지가 그 사내다운 얼굴에 애정이 넘치는 웃음을 띠고 자기를 어루만져 위로하는 듯하였다. 그는 그 애의 이름을 부르려 할 적마다 그 애아버지를 부르고 싶었고 그 아이를 자기 가슴에 안을 때 그 애가 안겨 울 곳 없는 것이 얼마나 자기에게 외로움을 주는지 알지 못하였다.

"너의 아버지가 있었드면?"

한 말이 입 밖으로 나오지 않지마는 그 말 밑에는 모든 해결과 끝없는 행복이 달린 것 같았다.

수님이는 떨리는 긴 한숨을 쉬고 땅이 꺼져 사라질 듯이 가슴을 내려앉혔다. 우는 꼴을 보는 어머니는 속으로는 가엾은 생각이 없는 것은 아니었지마는 짓궂은 고집을 풀지 못하고서 다시 응얼대는 소리로,

"울기는 다 저녁때 왜 여우같이 쪽쪽 우니? 계집년이 그러고서 집안이 흥할 줄 아느냐? 얘, 될 것도 안 되겠다. 울지나 마라. 방자스럽다."

그러나 수님이는 들은 체도 하지 않고 흐르다 남은 눈물방울이 기름한 속눈썹 위에 떨어지려다가 걸친 두 눈으로 먼 산만 바라보고 앉아서 콧물만 마시고 앉아 있다.

그때 누구인지 바깥에서 인기척이 나더니,

"수님이 있니?"

하는 사람은 그의 오라버니였다. 수님이는 얼른 눈물을 씻고 방문을 열면서,

"오라버니 오세요?"

하는 소리는 아직까지도 목멘 소리다.

오라버니라는 사람은 나이가 삼십이 남짓해 보이는 노동자로 깎은 머리를 수건으로 동이고 무명 저고리 위에는 까만 조끼를 입고 짚세기 신은 발에 종아리에는 누런 각반을 쳤다. 얼굴이 둥글넓적한데다가 눈이 조금 큼직하나 결코 불량하여 보이지는 않고 두 뺨에는 술기운이 돌아 검붉게 익었다.

방 안으로 들어앉으며 어머니^{아버지의 첩}를 보고 인사를 하고 윗목

에 가 쭈그리고 앉으며,

"애가 좀 어떠냐?"

하고 수님이가 안고 앉은 어린애를 구부정하고 들여다본다.

수님이는 뻘건 눈을 비벼 눈물을 씻고 코를 풀면서,

"마찬가지여요. 점점 더해가는 모양이어요."

하고 또 한 번 떠는 한숨을 쉰다. 오라버니는 속마음으로 어린 계집
애가 자식이 앓으니까 걱정이 되어서 우는 줄 알고,

"울기는 왜 울었니? 울기는 왜 울어. 운다고 어린애 병이 낫는다
더냐! 어떻게 주선을 해서라도 고칠 도리를 해야지. 남의 자식을 낳
다가 기르지도 못하고 죽이면 그런 면목도 없고 넌들……."

말이 채 그치지도 않아서 그의 어머니가 그래도 양심이 간지럽던지,

"아니라네, 내가 하도 화가 나서 잔말을 좀 했드니 그렇게 쪽쪽
울고 앉았다네."

하며 자기 허물을 자백이나 하는 듯이 말을 한다. 오라버니는 주머
니에서 마코^{담배 이름} 한 갑을 꺼내서 대물부리<sup>대로 만든 담배를 끼워서 빠는
물건</sup>에 담배를 끼워 붙여 물더니,

"어머니 걱정을 듣고서 울기는 무얼 울어? 나는 무슨 일인가 했지?"

하고 시비곡직^{옳고 그르고 굽고 곧음}을 그대로 쓸어버리는 듯이 말머리를
돌려서,

"어린애 약은 먹였니?"

"먹였어요."

"무슨 약을? 그 약국에서 지어오는 조선약?"

"네?"

"안 된다, 그것을 먹여서는. 요새는 양약을 먹여야 한다. 요새 시대에는 서양 의술이 제일이야. 나는 하도 신기한 일을 보았기에 말이지, 참, 내 그렇게도 신기한 일은 처음 보았어."

옆에 앉았던 어머니가 얼른 말틈을 타서 빗대놓고 수님이를 책망 비슷하게 수님의 오라버니더러 들어보라는 듯이,

"약은 먹여 무얼 해. 예배당인지 빌어먹은 데인지 있는 목사나 불러다가 날마다 엎드려서 기도만 하면 거기서 밥도 나오고 떡도 나오고 모든 일이 다 만사형통할걸!"

하고서 입을 삐쭉하고서 고개를 숙인다.

"너 예수 믿니?"

하고 오라버니는 수님을 보더니,

"허허, 그것도 하는 것이 좋기는 좋지마는 나는 그 속을 모르겠더라. 무엇이든지 믿으면 안 믿는 것보담은 낫겠지마는. 예수, 예수, 남들은 하나님 앞에 기도하면 병도 낫는다고 그러드라마는 나는 서양 의술만큼 신기하게 알지는 못하니까. 글쎄 나 다니는 일본 사람의 집 와타나베상이라고 하는 이의 여편네가 첫애를 낳는데 어린애가 손부터 나오고는 그대로 들어가지도 않고 나오지도 않는구나. 지금 나이가 스물셋 된 여편넨데. 그래서 나는 그 소리를 듣고서 꼭 죽었나보다 하고 속으로 죽을 줄로만 알고 있지를 않았겠니?"

늙은 노파가 이 이야기를 듣더니,

"저런 그래, 어떻게 했어!"

하면서 눈을 크게 뜨고 담뱃대를 놓으면서 말하는 수님이 오라버니를 쳐다본다.

"그러자 주인 되는 사람이 전화를 해요. 전화한 지 삼십 분쯤 되어서 ××병원 의사 한 사람하고 간호부라고 하는 일본 여편네 둘이 인력거를 타고 오더니 조금 있다가 어린애 우는 소리가 나지 않겠습니까. 그저 의원이 들어가자 잠깐 사이예요. 그래서 하도 신기하기에 그 집 하인더러 물으니까 기계로 끄집어내서 아주 산모도 괜찮고 어린애도 괜찮다고. 나는 이 소리를 듣고 거짓말같이 생각이 되지 않겠니."

하고 다시 수님 쪽으로 말머리를 향한다.

노파는 고개를 끄떡끄떡하며,

"엉 저런, 참 요새는 사람을 기계로 끄낸다. 그런데 그 난 것이 딸야 아들야?"

"아들예요."

"저런 그 자식이야말로 두 번 산 놈이로군!"

"참 세상이란 알 수 없는 세상이에요. 서양서는 기계로 사람을 다 만든답니다그려……."

"에끼, 그럴 수가 있나? 거짓말이지. 아무튼 타국 사람들은 재주가 좋아 못하는 것이 없이 허다못해 공중을 날러다니지마는 어떻게 기계로 사람을 만드나? 거짓말인 게지."

"아녜요, 정말이요. 신문에도 났어요."

"신문에! 신문인들 어디 똑바른 말만 내나. 거기도 거짓말이 섞였지."

하는 노파의 성미가 조금 풀어진 모양인지 말소리에 부드러운 맛과 웃음 냄새가 약간 섞여서,

"그러나저러나 저것 때문에 나는 큰 걱정일세. 애비도 없고 자식을 낳아가지고는 그나마 성하게 자랐으면 좋겠지마는 저렇게 앓기만 하니 참, 형세나 넉넉했으면 또 모르지. 구차하기란 더 말할 수 없는 집에서 이 모양을 하고 사네그려. 자식이나 없으면 얼핏 마땅한 데가 있거든 다시 시집을 가서라도 그저 저 고생하지나 말고 살면 늙은 내 마음이라도 놀 테야. 저 모양으로 오늘 죽을지 내일 죽을지 모르는 것을 끼고만 앉았으니 참 딱해서 볼 수가 없네그려. 저도 전정앞길이 구만 리 같은 새파랗게 젊은 년이 어디 가면 서방 없겠나. 그저 허구헌 날 어디로 들고 사렸는지도 모르는 그놈만 생각을 하고 앉았으니 어림없는 수작이지. 벌써 싫증나서 잊어버린 지가 오랜 놈을 생각만 하면 무얼 하나? 자식은 저의 할미가 서울 살아 있다니까 아범 집으로 보내버리고 나는 저 애를 다른 데로 보내버리는 수밖에 없다고 생각하네."

오라버니는 무슨 엄숙한 사실을 당한 것처럼 한참 눈 하나 깜짝거리지 않고 그 말을 듣고 있더니 무슨 사리를 분명히 해석할 줄 안

다는 어조로,

"글쎄, 그렇지 않아도 나도 날마다 생각을 하고 언제든지 걱정을 하는 바이지마는 일이 너무나 어렵게 되어서. 어떻든 어린애는 고쳐야 할 것이니까 병이 낫거든 자기 애비의 집이 있으니까 그리로 보내고 다른 데로 보낼 도리를 해야죠."

하니까 노파는 걱정스럽고 시원치 못한 상으로,

"그렇지만 여기서야 어린애 병을 고칠 수 있어야지. 날마다 밥도 못 끓여 먹는 형편에 어린애 약인들 먹일 수 있나. 이건 참 죽기보다도 어려우이그려. 암만 생각을 하니 옴치고 뛸 수가 있어야지^{꼼짝} _{할 수 없다는 뜻의 관용구.}"

오라버니는 모든 일을 내가 해결할 만큼 세상에 대한 경험이 있으니까 내 말을 들으라는 듯이 수님이를 향하여,

"수님아, 네 생각은 어떠냐? 너도 나이가 열아홉이나 된 것이 그만하면 시집살이할 나이가 넘었다고 할 수 있어. 그런데 이렇게 그야말로 닭 쫓던 개 지붕 쳐다보기지, 이러고 앉았기만 하면 어떻게 하니…… 그런데 대관절 네 생각은 어떠냐? 그래도 그 사람을 기다리고 앉았을 모양이냐. 다른 데로 갈 마음이 있니?"

수님이는 한참이나 맥없이 앉았다가 횡 하고 모든 말이 시덥지 않다는 듯이 코웃음을 한번 웃더니,

"아무 데도 가기는 싫어요. 모세^{어린애의 세례명} 아버지가 아니면 다른 곳으로 가기는 싫어요."

하는 목소리는 이상하게도 힘 있는 목소리다. 모든 신앙과 자기의 희생을 결심한 뜨겁고도 매운 감정에서 우러나오는 목소리였다.

"아따, 그래도 모세 아버지야."

노파는 자기 딸을 흘겨보며 비웃는 듯이 말을 한다.

"네 오라버니 말이 조금도 그르지 않으니라. 설마 너를 잘되라고는 못할망정 못되라고 할 듯싶으냐!"

"그래도 나는 다른 데로 가기는 싫어요. 나 혼자 평생 지내더래도 또 다른 사람에게 가기는 싫어요."

오라버니는 타이르는 어조로,

"그야 낸들 다시 다른 곳으로 가라기가 좋아서 그러는 것은 아냐. 그렇지만 너도 늙은 어머니 생각도 해야 하지 않니. 서양에는 부모를 위하여 몸을 파는 계집애들도 있는데. 또 너의 전정 생각을 해야지. 그것도 모세 아비가 지금이라도 너를 생각하고, 또 다음에라도 만나 살 여망이 있으면 오래비 된 나래도 왜 이런 말을 하겠니. 그렇지만 모세 애비는 벌써 너를 잊어버린 사람야. 사내 마음이란 그런 것이다. 모두 욕심들만 가진 개 같은 놈들야."

수님이는 그래도 부인한다는 듯이,

"그래도 제가 한 말이 있으니까 설마 나를 내버리기야 할까요."

"저런 딱한 애가 있나. 그것 참 말할 수가 없네. 글쎄, 그런 놈의 말을 어떻게 믿니?"

"믿어야죠. 지가 비 오던 날 방앗간 모퉁이에서 날더러 하는 말이 일평생 나를 잊지 못하겠다 하였는데요. 저도 그이를 잊을 수 없어요."

하며 얼굴빛이 조금 불그레해지며 부끄러운 생각이 나서 고개를 숙이고 어린애 머리만 쓰다듬는다.

"아따, 빌어먹을 년. 믿기는 신주 믿듯 잘도 믿는다. 쪽박을 차고 빌어먹으러 나가도 그 녀석만 믿으면 제일이냐?"

어미는 열화가 벌컥 나서 덤벼들 듯이 소리를 질렀다. 이 소리에 어머니 품에 안겨 편안히 잠들었던 어린애가 눈을 갑자기 뜨면서 숨이 넘어갈 듯이 까르르 쟁개비에 찌개 끓듯이 운다. 수남이는 어린애를 뭉뚱그려 안고 일어서며,

"우지 마, 우지 마."

하며 달래면서 서성거린다. 어린애는 다시 보채면서 눈동자를 허옇게 뒤집어쓰며 죽어가는 듯이 운다.

"에구, 오라버니, 이 애 눈 좀 보시우. 왜 이렇게 허옇소. 아마 죽으려나 보."

하며 오라버니 편으로 어린애를 내밀면서,

"죽으면 어떻게 해요."

하면서 또다시 눈물이 비오듯 한다.

오라버니는 어린애를 들여다보더니,

"에구, 애가 대단하구나! 약도 없니? 의원이 무슨 병이라 하든. 요새 염병^{장티푸스}이 매우 돌아다닌다는데, 그 병이나 아닌지 모르겠

다……."

하고 다시 몸을 만져보더니,

"에구, 이 몸 좀 보게. 열이 대단하이."

하며 우는 애를 한참 들여다본다. 노파는,

"약이 다 무언가, 의원을 보였어야 무슨 병인지 알지. 그저 약국에 가서 말만 하고 약을 지어다 먹이니까 병명인들 알 수가 있나!"

"그러면 안 되겠습니다그려. 어떻게 해서든지 의원을 보여야죠."

"의원도 거저 봐주나. 돈 들어야 할 일이지. 밥도 못 해 먹는 집에서 의원이 다 무어야."

"그래서 되나요. 우선 산 사람은 살리고 볼 일이니까 가만히 계십쇼. 내가 어떻게 해서든지 서양 의술 하는 의원을 불러 오지요."

"그러면 돈이 많이 들걸. 넉넉지 않은 형세에 돈을 써서야."

"무얼요, 어떻든 살리고 보아야죠."

하며 오라버니는 황망히 밖으로 나간다.

수님이는 속으로 다행하기도 하고 미안하지마는 어떻든 자기의 모든 해결과 행복의 실오라기인 이 모세의 생명을 구하는 것이 첫째 의무인 동시에 또한 급무^{빨리 처리해야 할 일}이다. 그리고 자기 오라버니가 그렇게까지 신기함을 이야기하는 소리를 들었으므로 의원만 오면 모세는 곧 나을 줄로 믿었다. 그래서 아무 말 없이 오라버니 나가는 것을 보고만 있었다.

방 안은 조금 고요하였다. 수님이는 조금 울음을 그치고서 깽깽

앓는 소리를 하고 누워 있는 어린애를 앞에다 놓고 꿇어앉았다. 그러고는 괴로워하는 어린애를 내려다보며 두 주먹을 쥐고서 입 밖으로 나오지 않지마는 입속으로 '모세야 죽지 말고 살아라' 하고 온 전신의 모든 정성과 힘을 합하여 속으로 부르짖었다. 그러고는 그 말이 떨어지며 기적과 같이 그 아이가 낫기를 바랐다. 그는 주먹을 쥐고 몸을 떨면서 다시 하늘을 쳐다보고 또다시 모든 정성과 힘을 합하여 '하나님, 모세를 데려가지 마시고 이 죄인의 품에 안겨두옵소서' 하는 비는 말이 떨어지자 그 아이의 병이 기적과 같이 물러가기를 빌었다. 그러나 그에게 기적을 하나님은 내리지 않았다. 그는 자기를 못 믿었다. 그가 기적처럼 어린아이의 병이 낫기를 바랐으나 그것이 기적처럼 낫지 않을 때 수님이는 다시 목사를 기다렸다.

'목사가 오셔서 하나님께 기도를 해주시면 이 아이의 병이 얼른 나을걸! 예수가 앉은뱅이와 문둥병자를 고친 것처럼 이 아이의 병이 목사의 기도와 함께 나을 수가 있을걸!'
하고 그는 목사 오기만 기다렸다.

혈루병자_{만성 자궁출혈을 앓는 사람}가 예수의 옷 한번 만져보기를 애씀과 같은 그만한 믿음으로써 목사를 기다렸다.

'어째 오실 시간이 늦었는데 어찌 오지를 않나.'

막달라 마리아가 자기 오라비의 죽음을 다시 살게 할 수 있을 줄을 믿음과 같이 수님이는 목사 오기를 기다렸다.

그런데 어린애는 또 울기 시작하였다. 어린애 울음소리는 우중충

한 방 안에 흐리터분한 공기를 날카롭게 울리면서 자기의 참담한 현상을 정해놓은 곳 없이 부르짖어 호소하는 듯하였다.

털부털부하는 문구멍, 거미줄 걸린 천장, 신문지로 바른 담벼락, 못이 다 빠지고 장식이 물러난 다 깨어진 석유 궤짝으로 만든 농장^{장롱}까지 어린애의 울음소리가 스칠 적마다 더러운 개천물에 일어나고 사라지는 물결처럼 모든 가난과 불행과 질병과 탄식이 한꺼번에 춤을 추고 일제히 그 작은 방 가운데서 움직거리는 것 같았다.

평화와 행복의 여신은 눈물을 흘리고 그 자리를 떠난 지가 오래고 줄기차게 오랜 생명을 가진 마신^{재앙을 주는 신}이 이 집 문과 장과 구석과 모퉁이에 서고 안고 드러눕고 기대인 것 같았다.

가난과 질고는 노파의 얼굴에 주름살과 증오로 탈을 씌워놓은 것 같이 보기 싫은 얼굴로 한참이나 앉았다가 부스스 일어서며,

"에그, 난 모르겠다. 죽든지 살든지 마음대로들 해라."

하고는 밥을 하려는지 바깥으로 나아간다.

삼십 분쯤 지났다. 서산으로 넘는 해는 가뜩이나 우중충한 방을 어둠침침하게 만들어놓았다. 수님이는 방에 어린애를 안고서 오라버니 오기만 기다린다.

그때 누구인지 문 앞에 와 서며 불을 때는 노파에게,

"모세 어머니 있어요?"

하는 나이 스물대여섯 살 되어 보이는 목소리로 묻는 소리가 난다.

"있소."

하는 어머니의 소리와 함께,

"쇠劍 어머니요?"

하고 수님이는,

"들어오시우. 웬일요? 저녁은 해 먹었소?"

하며 반가이 맞아들였다. 그 쇠 어머니는,

"애가 좀 어떻소?"

하며 어린애를 들여다보니까 수님이는 새삼스럽게 걱정스러운 얼굴로,

"점점 더한 모양이에요. 그래서 제 외삼촌이 의원을 부르러 가셨어요."

하며 내놓았던 젖을 다시 집어넣었다. 그 쇠 어머니는 코를 손으로 이리 쓱 씻고 한 번 들이마시고 저리 한 번 쓱 씻고 들이마시면서,

"오늘 목사님이 오지 않으셨지?"

하며 목사님 오시지 않았느냔 말을 물으면서 무슨 말을 하려고 할 때 바깥에서 부산한 소리가 나더니 수님의 오라버니가 문을 열며,

"이 방이올시다."

하고 가방을 옆에 들고 양복 입은 의사에게 말을 한 후 제가 먼저 들어와 방에 놓여 있는 것을 이 구석 저 구석에다 쓸어박으면서 의원에게 들어오기를 청한다.

수님이와 쇠 어머니는 부산하게 일어섰다. 그리고 의원이 들어와 앉은 뒤에 수님이 혼자 저만큼 비켜 앉아 의원의 거동만 본다.

의원은 들어와 앉더니 누워 있는 채 어린애를 한참 들여다보다가 두말없이,

"이 애가 언제부터 이렇소?"

하고 수님의 오라버니를 돌아본다. 수님의 오라버니는 다시 수님에게 물어보는 듯이 수님을 보았다. 수님은 얼른,

"한 대엿새 되었어요."

의사는 어린애 몸을 풀으라 하더니 가방을 열고 기계를 꺼내더니 진찰을 다 그친 뒤에,

"다 보았소."

하고 방 안을 둘러보며,

"요새 이 병이 퍽 많은데 병원으로 데려다 치료를 해야지, 이대로 이런 데 두면 어린애에게도 이롭지 못하거니와 다른 사람에게까지 전염이 되니까 병원으로 데려가게 해야겠소."

하고 일어서니까 수님 오라버니는 그저 멀거니,

"네."

하고 서 있고 수님이는,

"데려가요?"

하고 의사와 싸움이라도 할 듯한 살기 있는 눈으로 의원을 둘러보았다. 그러고는 다시 어린애 편으로 달려들어 어린애를 휩싸 안고서 아무 말 없이 돌아앉더니 눈물 고인 목소리로 혼잣말처럼,

"죽여도 내 품에서 죽일 터예요."

하고는 어린애 위에 엎드려져 운다.

2

　모세를 병원으로 데려간 지 열흘 되던 날이다. 아침부터 퍼부은 눈이 저녁때나 되어서 겨우 끝났다. 수님이는 날마다 병원에를 갔다. 그러나 병원에서는 수님이에게 모세를 보이지 않았다. 병원 문간에 서서 하루 종일을 지내다가 아무 소식도 듣지 못하고 그대로 온 날도 있었다.

　오늘도 아침밥도 먹지 못하고 병원으로 향해간다. 전차도 타지 못하고 십 리나 되는 병원으로 가는 길은 자기 오라버니가 일을 하는 일본 사람 집 앞을 지나게 되므로 갈 적 올 적 들른다.

　오라버니를 찾아가니 마침 곳간에서 숯을 쌓고 있었다. 수님이는 머리에 쓴 수건을 벗어서 둘둘 말아 옆에다 끼고서,

　"오라버니."

하고 곳간 옆에 가서 부르니까 오라버니는 얼굴과 콧구멍과 두 손이 숯가루가 묻어서 새까매가지고서 자기 누이를 보더니,

　"가만있거라. 요것 마저 쌓고……."

하고 쌓던 것을 마저 쌓고 나오면서,

　"병원에 가니?"

하고서 몸을 탁탁 턴다.

"네, 병원에 가요. 그런데 오라버니, 당최 병원에서 어린애를 보이지 않으니 어떻게 된 일예요."

"어저께는 무엇이라고 그러든?"

"어저께요? 어저께는 아무도 만나보지 못했어요. 그저 아무 염려 말고 가라구만 하는데 그래도 그대로 올 수가 있어야죠. 하루 종일 병원 문간에서 서성대다 늦어서야 왔어요. 날이 어두워서 집에 들어오면 어린애 우는 소리가 나는 듯 나는 듯하고 밤에 잠을 자도 꿈마다 모세가 와서 어머니를 부르는데 잠을 잘 수가 있어야죠. 아마 죽으려나 봐."

"에라, 미친 애. 죽기는 왜 죽어. 어떻든 염려 말어라. 의원이 오죽 잘 생각하고 잘 고치겠니? 너를 보지 못하게 하는 것도 그것이 전염병이니까 옳을까 봐서 그러는 것이야. 염려 말고 있어. 그러면 내 뒷담당은 해줄게……."

"그래도 내 생각 같아서는 아무리 해도 못 믿겠어요. 나는 걔가 죽으면 나도 따라죽을 터이야. 모세를 죽이고는 모세 아버지에게도 이 뒤에 만나서 얼굴을 들 수 없거니와 나도 살아갈 재미가 없어요. 세상에서는 나를 망한 년, 더러운 년, 서방질한 년이라고 욕들만 하고 어머니는 날마다 다른 데로 시집가지 않는다고 구박만 하고, 다만 그 것 하나만 믿고 사는데 만일 그것이 죽으면 나는 살아서 무엇하우."

하고서 치맛자락으로 눈물을 씻는다. 오라버니는 선웃음을 껄껄 웃

으며,

"허허, 왜 마음을 그렇게 먹고서 자꾸 속을 졸여. 그까짓 남이 무엇이라고 그러든지 말든지 상관할 게 무어며 어머니신들 오죽 화가 나셔야 그러시겠나? 너를 미워서 그러실 리가 없으니까 아무 염려 마라. 그리고 어린애는 아무 걱정이 없어. 병원에서 그까짓 병쯤 고치기를 그러니. 그 이상 가는 병이라도 제꺽제꺽 고치는데. 해묵은 병 아주 못 고친다고 단념한 병을 고치고 완인이 된 사람이 얼만지 모른다. 아무 염려 말어……."

수님이는 또다시 오라버니를 믿었다. 그리고 오라버니는 모든 것이 저보다 많이 아는 사람이고 세상 격난^{매우 심한 난관}을 많이 해본 사람이니까 믿음직한 사람인 동시에 근자에 모세가 병원으로 간 뒤에 집안 식량과 살림 일체를 대어주는데 얼마나 많은 감사와 믿음이 생기는지 알 수 없었다.

수님이는 조금 생각을 하는 듯이 땅만 내려다보고 섰다가,

"그러면 나는 오라버니 말씀을 믿어요."

하고 조금 근심이 풀린 것처럼 두 눈에 따뜻한 광채로 자기 오라버니를 쳐다보았다.

"글쎄 염려 말어……."

하고 오라버니는 다시 곳간 옆으로 비켜서더니,

"그런데 수님아, 내 잘 봤는지는 모르겠으나 어저께 저녁에 친구들과 술을 먹고 너의 집으로 가려니까 웬 사람 하나가 너의 집 앞에

서 서성서성하더니 나를 보고는 줄달음질을 해가지 않겠니……."

수님이 눈이 똥그레지며,

"그래서요, 도둑놈이든 게지. 어떻게 됐어요?"

"도둑놈은. 너의 집이 무엇이 그리 집어갈 것이 많아서 도둑놈이 엿을 봐. 글쎄 내 말을 들어. 그래 하도 수상하기에 홍녕게 ^{부리나케} 쫓아가지를 않았겠니……."

"네."

"쫓아가다가 거의 다 쫓아가서 골목쟁이 하나를 휙 돌아서는데 눈결에 흘끗 보니까 암만해도 모세 애비 같지 않겠니. 그래서 더 속히 따라가보니까 어디로 갔는지 골목으로 들어갔는데 아무리 헤맨들 찾을 수가 있어야지……."

수님이는 무슨 경이^{놀랍고 신기한 일}나 당한 듯이 눈을 크게 뜨고,

"그래서 어떻게 했어요?"

하고 온몸을 옹송그리고 오라버니의 입에서 떨어지는 수수께끼 같은 말의 순서를 기다린다.

"그래 온통 큰길로 골목으로 헤매면서 돌아다니나 어디 있어야지. 그래 하는 수 없이 집으로 바로 가서 자버렸어."

수님이는 거짓말과 참말, 믿음과 의심, 그 경계선을 밟고서 이리 기울어져 보기도 하고, 저리 기울어져 보기도 하는 듯한 감정으로,

"그럼 그게 모세 아버질까요? 모세 아버지 같으면 들어오기라도 하였을 터인데. 오라버니가 잘못 보신 게지."

하고서 나타났다 사라졌다 하는 좋은 희망을 머릿속에 그리면서 오라버니에게 그것이 모세 아버지니 믿으라는 단정이 나오기를 기다리고 섰다.

"글쎄 나도 알 수는 없어. 어떻든 알 수 없는 일야. 일전에도 누구한테 들으니까 모세 애비가 전라도 목포 항구에서 일본 사람의 방앗간에서 일을 하면서 너의 소식을 묻고 모세도 잘 자라느냐고 묻고 며칠 안 되면 서울로 다시 오겠다 하더란 말을 들었는데 서울로 왔는지도 모르지……."

"왔으면 집에 올 텐데 오지 않았길래 오지 않았죠."

수님이는 아무 말이 없다가 또다시 말머리를 돌려서,

"그런데 오라버니, 나는 예수 믿은 것이 아무리 생각을 해도 헛짓을 한 것 같애. 우리 집에 와서 기도해주던 목사 있지 않아요……."

"그래."

"그 목사도 모세 병처럼 앓는데 죽게 되었대요."

"그런 것야. 그 병은 전염병인 까닭에 옮겨가기가 쉬운 것야. 그러게 병원에서는 너도 들어오지 못하게 하지 않니?"

"그런가 봐. 그 목사는 약도 쓰지 않고 날마다 모여서 기도들만 하는데 점점 더하면 더했지, 조금도 낫지를 않는대요. 어떤 사람들은 우리 집 칭원_{원통함을 들어서 말함}들을 하면서 죄인 아들이 되어서 하나님이 벌을 주시려고 그런다고……."

"다 쓸데없는 것야. 병은 의술로 고쳐야 하는 것이지, 기도가 무슨 기도냐 글쎄."

"그렇지만 기도를 하고 나면 마음이 조금 시원한 듯해서 나도 날마다 기도는 하지요."

오라버니는 픽 웃더니,

"시원하기는 무엇이 시원해. 대관절 또 병원으로 가는 길이냐?"

"네."

"가서는 무엇하니. 가서 보지도 못하는걸."

"그래도 문간에 섰다 오드래도 가지 않으면 궁금해서 견딜 수가 있어야죠."

"아무 염려 말어 글쎄. 병원에 가기만 하면 낫는다니까 그러니. 집에 가 있거라. 내 이따가 전화로 물어봐다 줄게……."

"그래도 난 가볼 테야. 찻삯^{차비}이나 좀 주시우."

오라버니는 백통 쇠사슬 달린 가죽 지갑에서 돈을 꺼내면서,

"갈 것이 없다니까 그러네. 정 가고 싶은 것 억지로 막을 수는 없지마는……."

하고 수님에게 찻삯을 주었다.

3

또 닷새가 지났다. 어저께 목사의 죽은 장례가 나갔다. 수님이는

한번 아니 놀랄 수가 없었다. 그 놀라운 가슴이 가라앉기 전에 수님에게는 세상에 가장 엄숙하고 자기에게 가장 절망되는 소식을 들었다. 그것은 모세가 병원에서 죽었다는 것이다. 오라버니가 다 저녁때 힘없이 수님의 집으로 들어오더니,

"수님아."

하고 차마 나오지 않는 목소리는 벌써 번갯불같이 수님의 머리에 무슨 불상사를 이르는 듯하였다.

"네."

하는 수님이는 다른 날보다도 더 무서운 사실을 당하는 것처럼 달려나갔다. 그리고 오라버니의 기운 없고 낙망하는 얼굴을 쳐다보며,

"왜 그러세요? 병원에서 무슨 소식이 왔어요?"

하며 달려들 듯이 오라버니 앞에 섰다. 오라버니는 한참이나 말이 없이 방에 들어와 쓰러지듯이 앉더니,

"놀라지 말어라."

하고,

"모세가 죽었단다."

하였다. 수님이의 가슴은 그 소리가 날카로운 칼로 찌르는 듯하였다. 그러나 그 찌르는 듯한 것이 변하여 다시 그 사실을 부인하는 듯이 자기 오라버니를 쳐다보며 깔깔 웃지 않을 수 없었다.

"거짓말, 오라버니는 왜 그런 말씀을 하시우. 남 놀라게."

할 만치 그에게는 그 사실이 너무나 거짓말 같았다. 그리고 만일 그

사실이 참말이라 할지라도 수님이는 그 사실을 참으로 인정할 수 없었다. 이 말을 들은 그 옆에 앉아 있는 노파는 도리어 그 사실을 그 사실대로 들었다.

"저런."

노파의 눈에는 가엾은 일은 일이지마는 숙명적으로 그 사실이 있을 것이요, 또는 그 사실이 있어야 할 것을 미리 알고 있었던 것처럼 다만 입맛만 다시면서,

"가엾기는 하지마는 팔자 좋게 잘 죽었느니라."

하였다. 수님이는 다시 물었다.

"정말이에요, 오라버니?"

하는 말에 오라버니의 얼굴은 엄숙한 사실을 거짓말로는 꾸밀 수 없다는 듯이,

"정말야, 지금 병원에서 전화가 왔어."

수님은 이제 몸부림해서 울지 않을 수가 없다. 그는 자기 오라버니에게 달려들었다.

"나를 죽여주. 나를 죽여요. 죽여도 내 품에 안고 죽일 걸 왜 오라버니는 병원으로 데려다가 죽는 것도 보지 못하게 하였소! 그렇게 잘 고친다는 병원에서 왜 죽였소. 내 아들 찾아놓소. 그 자식이 어떤 자식인 줄 알구 그러우. 내 목숨보다도 중한 자식요."

하고는 방바닥에 엎드러져 울면서,

"모세야, 모세야. 네 어미까지 마저 데리고 가거라. 죽을 적에 어

미의 젖 한 방울 먹어보지 못하고 어미의 품에 한번 안겨보지 못하고, 모세야, 모세야……."

하며 우는 꼴을 옆에서 보는 노파도 인생의 죽음이란 그것은 가장 슬픈 것인 것을 느꼈는지 주름살 잡힌 눈에서 눈물이 떨어진다. 오라버니도 좋지는 않은 얼굴로 멀거니 앉았다.

"아, 모세야, 나는 이제 죽는다. 나는 죽어야 한다."

한참 울 때 오라버니는 수님을 달래려고,

"우지 마라! 이왕 죽은 자식을, 울면 어떻게 하니. 고만 그쳐. 시끄럽다."

그렇지만 오라버니 입에는 수님이를 위로할 말이 없었다. 한 말 또 하고 한 말 또 하고 다만 '우지 마라, 우지 마라' 하는 말이 있을 뿐이었다.

노파는 울음을 그치고 머릿속으로는 하얀 관에 뭉친 어린애 주검을 장사할 걱정이 있고 또는 그 장사를 하려면 돈이 들 걱정이 있었으나, 수님의 머리와 피와 마음속에는 모세를 다시 살릴 수가 이 세상에는 있으리라는 알 수 없는 의심과 또한 본능적으로 모세는 다시 살지 못하리라는 의식이 그를 몸부림과 가장 큰 비통 속에 그의 모든 것을 집어던졌다.

날이 저물고 눈 위에 달이 차게 비치었다. 수님이와 오라버니는 모세의 송장을 찾으러 가려고 문밖으로 나섰다. 오라버니가 먼저 돈을 변통하러 가고 수님이는 눈물 가린 눈으로 흰 눈을 밟으면서 걸어간다.

수님이가 골목 모퉁이를 돌아서려 할 때 마침 저쪽에서 돌아들어오는 사람 하나와 딱 마주뜨리자 수님이는 얼굴을 쳐들어 그 사람을 보고는 그대로 멈칫하고 서서 그 사람을 붙잡으려는 채 못 미처 동작으로 달려들 듯하더니,

"아, 모세 아버지!"

하고서 두 손으로 얼굴을 가리고 서서 울었다. 모세 아버지란 그 사람도 껴안을 듯이,

"수님이."

하고 덤벼들려 하다가 그대로 한참 서 있다. 수님이는 목멘 소리에 무슨 죄악을 고백하는 듯이,

"모세는 죽었어요."

하고 울음소리는 더 높아졌다. 수님의 가슴은 죄지은 사람 모양으로 떨리고 할 말 없기도 하고 또는 오래간만에 모세 아버지를 만나매 반갑기도 하여 속에 있는 모든 감정이 실 엉키듯 엉키어 순서를 차려 먹었던 마음을 다 말할 수 없고 다만 울음으로써 그 모든 것을 애소_{슬프게 하소연함}도 하고 진정도 하는 수밖에는 없었다.

모세 아버지란 사람은 조금 창피함을 깨달은 듯이 골목 으슥한 곳으로 들어서며 검은 얼굴에 조금 더러운 웃음을 나타내며,

"모두 다 너 때문이다."

하며 멸시하듯 수님이를 보더니,

"내가 오늘 이렇게 밤중에 골목으로만 다니게 된 것도 너 때문이요, 남의 눈을 속이고 다니게 된 것도 다 너 때문이었다. 그러나 그래도 자식 생각을 하고서 서울 온 뒤 날마다 너의 집 앞에 와서 소식이나 들으려 하였더니, 모세가 죽었다니 이제는 너와 나와는 영이별인 줄 알아라……."

하는 말을 듣자 수님이는 옆의 담에 가서 그대로 고꾸라지며,

"모세 아버지! 나는 그래도 여태까지 당신을 믿었었지요!"

하고 느껴 울면서,

"왜 모두 내 탓을 하시우. 나는 그래도 당신만 믿고 바라고 여태까지 어린것을 기르고 있었지요. 모세 아버지, 정말 나를 버리실 터요?"

모세 아버지는 차디찬 목소리로,

"나는 너 때문에 몸을 버린 사람이다. 나는 나의 일생을 너 때문에 그르친 사람이다. 나는 지금 어디로 떠날는지 모르니까 마지막으로 잘 만났다. 자, 나는 간다."

하고 모세 아버지가 가려 하니까 수님이는 모세 아버지를 붙잡으며,

"어디로 가시우. 왜 전에 그 방앗간 옆에서 비오는 날 나를 일평생 잊지 않는다 하셨지요? 지금은 왜 그때 말씀을 잊어버리셨소. 가시려거든 나를 데리고 가시우."

하며 매달렸다. 모세 아버지는 껄껄 웃으며,

"나는 그때 사람이 아니다. 그때의 내가 아니란 말야. 자 놔라. 공연히 남에게 들키면 나는 내일부터 홍바지저고리를 입을 사람야."

수님이는 끌려가면서,

"정말 가시우?"

하며 애원하듯이,

"정말이오?"

한다. 그때 저쪽에서 누구인지 이쪽으로 오는 기척이 나니까 모세 아버지는 수님을 뿌리치고 저쪽으로 가버리고 수님이는 눈 위에 엎드려 운다.

수님이는 한참 울다 일어났다. 그의 눈에는 다시 목사의 상여가 보이고 어린애의 주검이 보였다. 그리고 혼자 머리를 쥐어뜯으며,

"아, 나에게는 예수도 없고 병원도 없고 모세 아버지도 없고 아무것도 없다."

하고는 다시 공중을 우러러보며,

"모세 아버지도 갔다. 나에게는 아무것도 없다."

소리를 지르고 사면을 돌아다볼 때 하얀 눈 위에 밝은 달이 차디차게 비치었는데 고요한 침묵으로 둘린 가운데 다만 자기 혼자 외로이 서 있는 것을 깨달았다. 그가 그렇게 분명히 그렇게 외로운 가운데서 자기를 찾아내기는 지금이 자기 일생에 처음이었다.

－1924년

꿈

1

자기 스스로도 믿지 못하는 일을 때때 당하는 일이 있다. 더구나 오늘과 같이 중독이 되리만큼 과학이 발달되어 그것이 인류의 모든 관념을 이룬 이때에 이러한 이야기를 한다 하면 혹 웃음을 받을는지는 알 수 없으나 총명한 체하면서도 어리석음이 있는 사람이 아직 의심을 품고 있는 이러한 사실을 우리와 같은 사람이 쓴다 하면 헤브라이즘_{고대 히브리인의 사상과 문화 및 전통}과 헬레니즘_{알렉산더 대왕의 동방 원정 이후 그리스 고유의 문화가 오리엔트 문화와 융합하여 이룬 문화} 서로 반대되는 끝과 끝이 어떠한 때는 조화가 되고 어떠한 경우에는 모순이 되는 이 현실 세상에서 아직 우리가 의심을 품고 있는 문제를 여러 독자에게 제공하여 그것을 해석하고 설명해내는 데 도움이 되거나 그렇지 않으면 아주 사실을 부인해버리게 되고, 또는 그렇지 않음을 결정해낼 수 있다 하면 쓰는 사람이나 읽는 이의 해혹^{의혹을 풀어 없앰}이 될까 하는 것이다.

이러한 사실을 믿거나 믿지 않거나 그것은 해석하는 이의 마음대로 할 것이요, 쓰는 이의 관계할 바가 아니니, 쓰는 이는 문제를 제공하는 것이 그것을 해석하는 것보다 더 큰 천직인 까닭이다.

더구나 이야기는 실지로 당한 이가 있었고 또는 쓰는 나도 믿을 수도 없고 아니 믿을 수도 없는 까닭이다.

2

내가 열아홉 살이 되던 해다. 세상에는 숫자를 무서워하는 습관이 있어 우리 조선서는 석 삼三 자와 아홉 구九 자를 몹시 무서워한다. 석 삼 자는 귀신이 붙은 자라 해서 몹시 꺼리며 아홉 구 자, 즉 셋을 세 번 곱한 자는 그 석 삼 자보다도 더 무서워한다. 더구나 연령에 들어서 그러하니 아홉 살, 열아홉 살, 스물아홉 살, 서른아홉 살…… 이렇게 아홉이라는 단수가 붙은 해를 몹시 경계한다. 그래서 다만 홀어머니의 외아들인 나는 열아홉 살이 되는 날부터 마치 죽을 날이나 당한 듯이 무서움과 조심스러움으로 그날그날을 지내지 않으면 안 되었다.

이곳에서 저곳을 떠날 일이 있어서도 방위를 보고 벽에 못 하나를 박아도 손을 보며 생일 음식을 먹으려 해도 부정을 염려하며 더구나 혼인 참례나 조상집에는 가까이 하지도 못하였으며 일동일정_{모든 동작}을 재래의 미신을 따라서 하지 않은 것이 없었다. 하다못해 감기가 들어서 누웠더라도 무당과 판수_{남자 무당}가 푸닥거리와 경을 읽었다.

나는 어릴 때라 그렇게 구속적이요, 부자유한 법칙을 지키기도 싫었을 뿐 아니라 그때 동리에 있는 보통학교에를 다닐 때이므로 어머니의 말씀과 또는 하시는 일을 어리석다 해서 여간한 반대를 하지 않은 것이 아니었다. 그러나 그것이 어리석은 일인 줄은 알고 자기도 그것이 옳지 않은 일인 줄은 알면서도 그것을 단단히 믿지 않을 수는 없었다. 제사 음식이 눈에 보이면 거기 귀신이 붙은 것 같기도 하여 어째 구미가 당겨지지를 아니하고 길에서 상여를 만나면 하루 종일 자기 생명이 위태한 것 같아서 아니 본 것만 못하였다. 장님을 보면 돌아가고 예방해 내버린 것을 볼 때는 자연히 침을 뱉었다.

쉽게 말하면 이 무서운 인습적 미신을 완전히 깨뜨려버릴 수가 없다는 말이다.

3

나는 지금 그때를 돌아보면 여러 가지 행복을 아니 느낄 수가 없다.

아버지가 끼쳐주고 돌아가신 넉넉한 재산과 따뜻한 어머니의 자애로 무엇 하나 불만족한 것이 없이 소년 시대를 지내오며 따라서 백여 호밖에 되지 않는 촌락에서 가장 재산 있고 문벌 있는 얌전한 도령님으로 지내던 생각을 하면 고전적 즐거움을 아니 느낄 수가 없다.

더구나 지금도 거울을 앞에 놓고 내 얼굴을 들여다보면 그때에 보로통하고 혈색 좋던 얼굴의 흔적은 숨어버렸으나 잘 정제된 모습이라든지 정기가 넘치는 눈이라든지 살적이 뚜렷한 이마라든지 웃음이 숨은 듯 나타나는 듯한 입 가장자리에 날씬날씬한 팔다리와 가는 허리를 아울러 생각하면 어디를 내놓든지 귀공자의 태도가 있었다. 그래서 동리에서는 나를 사위를 삼으려는 사람이 퍽 많았었다. 하루에도 중매를 들려고 오는 사람이 두셋씩 있을 때가 많아서 그 사람들은 서로 눈치들만 보고 서로 말하기를 꺼려 그대로 돌아간 일이 한두 번이 아니었다.

그래서 어머니는 어느 것을 택해야 좋을는지 몰라서 적지 아니 헤매신 모양이요, 또는 그 까닭으로 열네 살부터 말이 있던 혼인이 열아홉 살이 되도록 늦어진 것이다.

4

동리 처녀들 중에 내 말을 듣거나 또는 담틈으로나 울 너머로 나를 본 처녀는 모두 나를 사모하게 되었던 모양이다.

우리 집에서 셋째 집 건너편에 있는 열여덟 살 먹은 처녀 하나는 내가 학교를 갈 적이나 집으로 돌아올 적에는 반드시 문틈으로 내가 지나가기를 기다리는 것을 나는 본 일이 있었다. 어떠한 날은 대담하게도 내가 지나가기를 기다려 자기의 노랑 수건을 내 앞에 던진 일까지 있었다. 또 어떤 처녀 하나는 자기 부모에게 자기가 나를 사모한단 말을 하여 직접 통혼까지 한 일이 있었으나 그 집안 문벌이 얕다는 이유로 어머니에게 거절을 당한 후에 그 여자는 병이 들었더니 그 후에 다른 데로 시집을 갔다고 할 적에는 나는 공연히 섭섭한 일도 있었다.

그중에 가장 내가 귀찮게 생각한 것은 우리 동리에서 조금 떨어진 곳에 주막이 하나 있었는데 그 주막에 술 파는 여자가 나에게 반하였던 일이다. 그것도 내가 학교에 가는 길가에 있는 곳인데 하루는 학교에서 운동을 하고 집에 돌아오는 길에 어떻게 목이 말랐던지 일상 어머니가 '물 한 그릇이라도 남의 집에서 먹지 말라'는 경계를 어기고 그 주막에 들러서 그 술 파는 여자에게 물 한 그릇을 얻어먹은 일이 있었다. 그 여자란 것은 나이가 스물 두서넛이 되어 보이는 남편이 있는 여자인데 눈이 크고 검으며 살이 검누르고 통통

한 여자로 사람을 보면 싱글싱글 웃는 버릇이 있어 얼핏 보면 사람이 좋아 보이지마는 어디인지 음침한 빛이 있다.

그 이튿날 나는 무심히 그 주막 앞을 지내려니까 그 여자는 나를 보고 싱글 웃었다. 그날 저녁에도 싱글 웃었다. 그 웃음이 어떻게 야비한지 나는 그 웃음을 잊으려 하였으나 잊으려 하면 더 생각이 나서 못 견디었다. 그렇지만 그 앞을 아니 지날 수가 없어서 그 웃음을 보지 않으려고 고개를 돌리고 지나간 지 이틀 만에 그 여자는 내가 학교에서 돌아오기를 기다렸던지 문간에 나섰다가 나를 불렀다.

나는 질겁을 하여 머리끝이 으쓱하였다.

"여보시소, 서방님네."

"왜 그러는고?"

나는 돌아보며 물었다.

"사내가 와 그렇게 무정한 게요?"

나는 사면을 둘러보았다. 그 말하는 그 사람은 그만두고 그 말을 듣는 내가 몹시 더럽고 부끄러운 것 같은 까닭이었다. 나는 아무 말도 못하고 그대로 돌아서 가려 하니까 그 여자는 나의 손목을 잡아 끌고 자기 집으로 끌고 들어가려 하였다. 그는,

"술이나 한잔 자시고 가시소."

하며 잡아당겼다. 술? 나는 말만 들어도 해괴하였다. 학교 규칙, 어머니, 학생, 계집, 주정, 음란, 이 모든 것이 번득번득 연상이 되어서 온몸이 떨렸다.

"이 손 못 놓겠는게요."

나는 손을 뿌리쳤다. 그리고,

"나는 학생이래서 술 못 먹는지러."

하고 뒤로 물러서며,

"나중에는 얄궂은 일을 다 당하는게로."

하며 앞만 보고 달려왔다.

집에 와서는 얼른 손을 씻어 그 여자의 손때를 떨어버리고 옷까지 바꾸어 입었다. 그 음탕한 눈이며 살냄새가 눈에 보이고 코에 맡히는 것 같아서 못 견디었다.

5

그 후부터는 그 길로 학교를 갈 수가 없어서 길을 돌아가는 수밖에 없었다. 그전 길로 가면 오 리밖에 되지 않는 길을 십 리나 되는 산길을 돌아다녔다. 그런데 다행히 그 길 중턱에는 우리 집 논이 있고 그 논 옆에는 우리 마름^{지주를 대리하여 소작권을 관리하는 사람}이 살므로 적이 안심이 되었다.

첫날 그 집 앞을 지날 때 나는 주인 된 자격으로라고 하는 것보다도 반가운 마음으로 그 집에를 들어가지 않을 수가 없었다. 처음에 그 집 싸리짝^{사립짝} 문을 들어서니 집 안이 너무 적적하였다. 이십 년

동안이나 우리 집 땅을 부쳐 먹는 사람 좋은 늙은 마름도 볼 수가 없고 후덕스러워 보이는 그의 마누라도 볼 수가 없다. 하다못해 늙은 개까지도 볼 수가 없었다.

나는 의아하여 고개를 기웃기웃하려니까 그 집 봉당^{안방과 건넌방 사이의 마루를 놓을 자리에 마루를 놓지 아니하고 흙바닥 그대로 둔 곳} 방문이 열리며 기웃이 고개를 내미는 사람은 그 집 딸인 임실이었다. 임실이는 어렸을 때 앞치마 하나만 두르고 발바닥으로 어머니를 따라서 우리 집에 드나든 일이 있으므로 나는 그 얼굴을 잘 알뿐더러 어려서는 같이 장난까지 한 일이 있었다. 그러나 근 삼 년이나 보지를 못하였다. 어렸을 적에 볼 때에는 머리가 쥐꼬리 같고 때가 덕지덕지하며 코를 흘리던 것이 지금 보니까 제법 머리를 치렁치렁 발뒤꿈치까지 땋아 늘이고 얼굴에 분칠을 하였는데 때가 쏙 빠졌다.

그는 반갑다는 뜻인지 생긋 웃고 나를 보며 어서 오라는 듯이 나를 쳐다보았다. 그러고는 아무도 없는데 온 것이 미안한 듯이 황망해하며 어떻게 이 갑작스럽게 방문한 주인댁 도령님을 맞아야 좋을지 모르는 모양이다.

"죄다 어데 간는?"

나는 상전의 아들이 하인의 딸에게 향하는 태도로 물었다. 그는,

"들에 나갔는게로."

하며 다시 한 번 나를 곁눈으로 살펴보았다.

길게 있을 시간도 없거니와 이따가 하학할 때에는 또다시 들릴

터이니까 오래 있을 필요가 없어서 그대로 학교를 다녀 돌아올 적에 다시 들렀다. 그때에는 마름 내외가 나를 기다리고 있다가 점심 먹으라고 밀국수를 해주었다. 아마 그 계집애가 저희 부모에게 말을 했던 모양이다.

그 후에는 올 적 갈 적 들렀다. 그 계집애도 상전과 부리는 사람의 관계로 숙친해졌다 친분이 아주 가까워졌다. 어떤 때 나의 옷고름이 떨어지면 그것을 달아주고 혹 별다른 음식을 갖다가 내 앞에 놓을 때에는 이상한 미소를 띠고 나를 곁눈으로 쳐다보았다. 그 웃음이란 나의 눈에 보이기에도 몹시 유혹적이었으나 나는 실없는 계집년이란 생각밖에 나지 않았다.

6

그 후에 하루는 내가 학질말라리아 기운이 갑자기 생겨서 하학 시간도 채 마치지 못하고 어떻게든지 집으로 가려고 무한한 노력으로 줄달음질쳐 오다가 그 집 앞을 당도해보니까 여태까지 참았던 마음이 확 풀어지며 그대로 그 집 마루에 가 털썩 주저앉아버린 일이 있었다.

그것을 본 마름들은 나를 방으로 데려다 누이고 일변 집으로 통지를 하며 또는 물을 끓인다, 미음을 쑨다 하여 야단을 하는데 그중에 가장 난처하게 여기는 것은 나를 깔고 덮어줄 이불요 ^{이부자리}가 없어서 걱정인 것이다. 자기네들이 깔고 덮는 누더기를 주인 상전의 귀여운 아들, 더구나 유달리 위하는 아들의 몸에는 덮어주기를 꺼리는 모양이다. 염려하는 것을 본 그 처녀는 얼핏 자기 방—아랫방—으로 가서 새로이 꾸며둔 이불요 한 채를 가지고 왔다. 그것은 자기가 시집갈 때 가지고 가서 신랑과 덮고 잘 이불을 준비해둔 것이다.

그는 그것을 깔고 덮어준 후 발 아래를 잘 여미고 두덕두덕 매만져주었다. 촌 여자의 손이지만 어디인지 연하고 부드러운 맛이 있어서 몹시 육감적 자극을 전하는 듯하였다. 그러고는 그 처녀는 내 앞을 잘 떠나지 않고 자기의 가장 아끼는 이불요를 꺼내 덮어준 것이 퍽 만족하다는 듯이 항상 이불과 요를 매만졌다. 어떠한 때에는 나의 이마도 눌러주고 시키지도 아니하였는데 나의 베개를 바로 베어주기도 하고 흐트러진 옷고름을 매주기까지 하였다.

그때 그 당시로 말하면 내가 그 임실이쯤은 다른 의미로 생각할 여지가 없었고 더구나 임실이를 이성으로 생각한다는 것으로는 마음이 끌리지 아니하였으니 그와 나의 지위의 간격이 너무 멀었음이 첫째 원인이며 하고많은 여자를 다 제쳐놓고 임실이에게 마음을 끌린다는 것은 그때 나의 관념으로도 우스운 일일 뿐 아니라 그런 일이 있다 하면 그것은 자기의 명예라든지 여러 가지의 사정을 생각하여 으레 있지 못할 일이었으므로, 더구나 임실이가 나에게 마음

을 둔다 하면 그것은 마치 파수 병정이 나라의 공주에게 반하는 것
이나 마찬가지인 까닭이었다. 그러나 파수 병정이 공주를 사모한
일이 만일 있었다 하면 그것이 대개는 불행으로서 끝을 마치는 것
과 같이 임실이가 나를 사모한 것도 그러하였으니 그때는 그것을
깨닫지 못하였으나 그 후에 그것을 깨달았을 때 나는 가슴이 몹시
아픔을 깨닫지 아니치 못하였다.

7

　병이 나아서 다시 학교를 다닌 지 한 달 남짓한 때 나는 그 집을 들
렀다가 그 집에서 마누라쟁이가 소리를 질러 떠드는 소리를 들었다.
　"이 경칠 가시내야, 죽어도 대답을 못 하겠는가?"
하며 임실이를 두들겨주는 꼴을 보았다. 계집애는 죽어도 못 하겠
소 하는 듯이 입을 다물고 돌아앉아서 눈물만 흘리고 느껴가면서
울 뿐이다.
　"말해라, 그래도 못 하겠는게로?"
하고 그의 손에 든 방치^{다음잇방망이}가 임실의 등줄대를 내리갈겼다.
　임실이는 그대로 엎드려져서 등만 비비며 말이 없다.
　어미는 죽어라 하고 두어 번 짓이기더니 나를 보고 물러섰다.
　그 까닭은 이러한 것이었다. 임실이를 어떠한 촌에 사는 늙수그

레한 농부가 후실로 달라고 하는데 그 농부인즉 돈도 있고 땅도 많고 소도 많아 살기가 넉넉하나 상처를 하여 다시 장가를 들 터인데 만일 딸을 주면 닷 마지기 땅에 소 두 마리를 주겠다는 말이 있음이다. 그러나 임실이는 죽어도 가기 싫다 하니까 그렇게 수가 나는 것을 박차버리는 것이 분하고 절통한 일이 되어서 지금 경찰이 고문이나 하는 듯이 딸에게 대답을 받으려 함이었다.

나도 그 말을 듣고는 임실이를 철없는 계집애라 하였다. 그렇게 하면 부모에게도 좋은 일이요, 자기 신상에도 괜찮을 것이라 하였다.

나도 어미 편을 들었다. 그랬더니 어미는 더욱 펄펄 뛰면서 자 도련님 말씀을 들어보라고 야단이다.

그러나 지금 생각하니 그 무심히 한 말이 그 계집애에게 치명상을 줄 줄을 누가 알았으랴. 지금도 생각만 하면 모골이 송연하다^{몸이 으쓱하고 털끝이 쭈뼛해진다}.

8

그 후에는 임실이가 몸이 아파서 누웠단 말을 들었다. 나는 여러 가지로 생각을 하여, 즉 말하자면 주인 된 도리로나 날마다 지나다니며 폐를 끼치는 것으로나 또는 내가 앓을 적에 제가 해주던 공으로나 약 한 첩 아니 지어다 줄 수 없어서 그 병을 물어보았으나 다만 몸살이라고 할 뿐이므로 무슨 병인지 몰라서 그것도 하지 못하였다.

그 후 한 보름은 무심히 지나갔다. 임실이 병이 어찌 되었느냐고 물어보지도 않았다. 그렇게 무심히 지내던 어떠한 날 저녁에 나는 어머니와 단둘이 방에서 잠을 자고 있었다. 날이 몹시 침울하고 흐려서 안개가 자욱이 낀 밤이었다. 척척한 기운이 삼투를 하여 방 안으로 스며들었다.

나는 잠이 들었다가 깨었다. 깨기는 깨었으나 분명히 깨지도 못하였다. 눈에는 방 안에 있는 것이 분명히 보이나 정신은 잠 속에 잠겨 있었다. 시계 소리가 들리었으나 그것이 생시에 듣는 것 같기도 하고 꿈속에 듣는 것 같기도 하였다. 누구든지 가위를 눌릴 때 당하는 것같이 몸은 깨려 하고 정신은 깨지 않는 것과 같았다. 띵한 기운이 머릿속에 가득 차고 온몸이 녹는 듯이 혼몽하였다.

그러자 누구인지 문을 열었다. 석유불을 켜놓은 등잔불이 더욱 밝아지더니 눈이 부신 햇빛같이 환해졌다. 나는 이상하지도 않고 무섭지도 않았다. 생시나 같이 예사로웠다.

문이 열리더니 들어오는 사람이 있었다. 그것은 분명한 임실이었다. 그는 하얗게 소복을 입었다. 그의 손에는 이상한 꽃가지를 들었다. 문을 닫더니 내 앞에 와서 섰다. 그는 울음을 참는 사람처럼 처창하게 몹시 구슬프고 애달프게 입을 다물었다. 그는 누구와 이별하는 것 같이 몹시 슬픈 낯으로 나를 보았다. 그의 옷빛은 똑똑하고 선명하게 내 눈에 비치었다. 그는 한참이나 나를 보고 있더니 눈에서 구슬 같은 눈물을 흘리더니 나의 가슴에 엎드려 울었다. 생시나 꼭 마찬 가지 목소리로 나를 향하여,

"저는 지금 당신을 이별하고 영원히 갑니다. 생시에는 감히 말씀을 못 하였으나 지금 마지막 당신을 떠나갈 때 제가 얼마나 당신을 사모하였는지 알 수 없던 그 간곡한 정이나 알려 드릴까 하여 가는 길에 들렀사오니 영영 가는 혼이나마 마지막으로 저를 한번 안아주세요."

하고 가슴에 안겼다. 나는 벌떡 일어나며 임실이를 물리치며,

"버릇없는 가시네년, 누구에게 네가 감히 이따위 버르장을 하니."

하고 꾸짖었다. 그랬더니 임실이는 돌아서서 원망스럽게 나를 흘겨 보면서 그러면 이것이 마지막이니 안녕이나 계시라고 어디로인지 사라졌다. 나는 그 사라지는 것이 연기와 같이 허무한 것을 보고 공 연히 섭섭한 생각이 나고 가슴속이 미어지는 듯하여 그렇게 준절히 매우 위엄이 있고 정중하게 꾸짖은 나로서 다시,

"임실아! 임실아!"

하고 부르면서 따라 나가려 하였다. 그러니 정녕코 생시요, 모든 것이 분명하고 똑똑한데 다리를 떼어놓으려면 다리가 떼어지지 않고 무엇이 꽉 붙잡는 것 같으며 입을 벌리려면 혀가 굳어서 말이 나오지를 아니하여 무한히 고생을 하고 애를 쓰려 하였으나 마음대로 되지를 않았다. 그러자 누구인지 내 몸을 흔드는 듯해서 눈을 떠보

니까 나는 자리 속에 누웠고 옆에 어머니가 일어나 앉으셔서,

"왜 그러는?"

하고 물어보신다. 여러 가지를 종합해보아서 내가 꿈을 꾸었던 것이다. 꿈은 꿈이나 그것이 너무 역력한 까닭에 어머니께 그런 말씀도 하지 못하고 이상하다 하는 생각으로 그날 밤을 지내었다.

9

그 이튿날 아침에 학교를 갈 적에는 만사를 제쳐놓고 그 집부터 들렀다. 들르기도 전에 멀리서 나는 가슴이 서운해지지 않을 수가 없었다.

"먹을 것도 못 먹고 입을 것도 못 입고…… 임실이가 죽단 말이 웬 말이냐. 어미 애비 내버리고 네 혼자 어드메로 간단 말고, 애고 애고 임실아……."

하며 어미의 우는 소리가 적적한 마을 고요한 공기를 울리고 내 귀에 들려왔다. 공중에서 날아왔다 날아가는 제비 새끼라든지 다 익은 낟알이 바람에 불려 이리 물결치고 저리 물결치는 것이든지 그 울음소리에 섞여 몹시 애처로운 정서를 멀리멀리 퍼뜨리는 것 같다.

나는 그 집에 들어가기 전에 벌써 직감적으로 무슨 일이 생긴 것을 알게 되었다. 더구나 시집도 가지 않은 처녀가 원한 품고 죽었구

나 하는 생각을 함에 무서운 생각도 나고 으스스한 느낌이 생겼다.

　어미는 머리를 쥐어뜯어가며,

　"임실아! 가려거든 같이 가지, 너 혼자 간단 말고."

하며 통곡을 한다. 마름은 옆에 앉아 눈물을 씻고 있다. 농후한 애
수가 그 집을 싸고돈다.

　마누라는 나를 보더니,

　"도련님, 임실이가 죽었소."

하며 푸념 겸 하소연을 한다. 아랫방 임실의 누운 방문은 꼭 닫혀 있
고, 그 앞에는 임실이가 신던 신짝이 나란히 놓여 있다.

　나는 이것이 정말이라 하면 너무 내 꿈이 지나치게 참말이요, 거
짓말이라 하면 이렇게 애통한 광경을 믿지 않아야 할 것이다. 꿈이
이렇게 사실과 결합되는 일이 세상에 어디 있으랴.

　"몇 시쯤 하여 그랬는고?"

　나는 생각이 있어서 시간을 물어보았다. 마름은 눈을 끔벅끔벅하
고 먼 산을 바라보고 꺼질 듯한 한숨을 내쉬더니,

　"오경새벽 세 시에서 다섯 시 사이은 되었을게로."

하며 대답을 하였다. 나는 눈을 더 한 번 크게 뜨지 않을 수가 없었
다. 그러면 분명히 임실의 혼이 임실의 몸에서 떠날 때 나에게 즉시
다녀간 것이 틀림없었다.

　나는 그날 학교를 그만두었다. 집에 돌아 와서 몸이 아프다는 핑계를 하고 종일 드러누워 생각함에 실없이 임실이 생각이 나서 못 견디었다. 나에게 그렇게 구소 높은 하늘에 사무친 원한을 품고 세상을 떠난 것을 생각하매 내 사지 마디가 저린 것 같았다. 불쌍함과 측은한 생각이 나고 또는 적지 않은 미신적 관념이 공연히 나를 두렵게 하였다. 그리고 일상 나에게 하던 것이라든지 내가 아플 때 나에게 해준 것이라든지 또는 시집가기 싫어하던 것이든지 병들었던 것을 생각하고 임실의 마음을 추측하매 임실이는 속으로 몹시 나를 사모하였던 것이 틀림없었다. 그러나 나는 상전이요, 자기는 부리는 사람의 딸이었다. 고귀한 집 도령님을 사모한다고 말로는 차마 하지 못하였으나 그는 속으로 혼자 가슴을 태웠던 것이다. 골수에 사무치도록 나를 생각하였던 것이다. 입이 있고 말을 하나 차마 가슴속에 든 것을 내놓지 못하였던 것이다.

　그 모든 것을 생각할 때 나는 죽어간 임실을 몹시 동정하게 되었다. 다시 한 번 만날 수가 있어 그의 진정을 들었으면 좋을걸 하는 생각까지 나고 나중에는 제가 생시에 그런 말을 하였다면 들어주기라도 하였을걸 하는 마음까지 났다. 말하자면 나는 임실이가 죽어간 뒤에 분한 마음이 변하여 사랑하는 마음이 되었다는 것이다.

　그날 저녁에 나는 잠을 자려 하나 잘 수가 없었다. 어머니는 무슨 영문도 모르시고 가지각색 약을 갖다가 나를 권하셨다. 그러시면서 내가 어제저녁에 꿈에 가위를 눌리더니 몸에 병이 생겼다 하시면서 매우 걱정을 하셨다. 그런데 나는 오늘 아침 임실이가 죽었다는 말을 하지 못하였다. 만일 그 집에를 들렀다는 말을 하면 처녀 죽은 귀신이 씌었다고 당장에 집안이 뒤집힐 터인 까닭이다.

나는 온종일 임실이 생각만 하다가 자리 속에 누웠다. 때는 자정이 될락 말락 하였다. 어머니는 내가 잠들기를 기다리시느라고 옆에서 바느질을 하시고 계셨다. 사면은 고요하였다. 멀리서 닭 우는 소리가 들렸다. 나는 눈이 또렷또렷 잠 한잠 자지 못하고 누워 있었다. 그런데 누구인지 문간에서 문을 두드렸다. 어머님도 바느질하시던 것을 그치시고 귀를 기울이셨다. 나도 고개를 돌렸다.

"도련님!"

분명히 임실의 소리다. 어머니와 나는 서로 쳐다보았다. 서로 의아한 것을 깨치기 위함이다. 어머니 한 사람이나 나 한 사람만 듣는 것이 아니라 서로 다 듣는다는 것을 알 때 나는 온몸이 으쓱하였다.

"도련님!"

목소리가 더 똑똑하고 날카로웠다. 나는 무의식하게 벌떡 일어나며 대답을 하려 하였다. 그러자 어머니는 얼핏 나에게로 달려드시며 쉬— 입을 막으라고 손짓을 하셨다.

"도련님!"

세 번째 소리가 날 때 나는 아무 말이 없었다. 그때 나는 등에서

땀이 나도록 무서운 생각이 나서 얼른 자리 속으로 들어왔다.

어머니는 그게 누구 소리냐고 날더러 물어보셨다. 나는 어제저녁 꿈 이야기로부터 오늘 이야기를 아니할 수가 없었다. 내일이면 온 동리가 다 알 것을 속인들 소용이 없음이었다. 나는 그 이야기를 모조리 하였다. 그랬더니 어머니는 나를 책망을 하셨다. 그렇게 생명에까지 관계되는 것을 이야기하지 않으니 어찌 자식이며 어미냐고 우시기까지 하셨다. 나는 참으로 말 안 한 것을 후회하였다. 그것은 귀신이 다녀간 것이라 하셨다. 세 번 부르기 전에 만일 대답을 하였다면 내가 죽을 것을 요행히 괜찮았다고 하셨다.

그날 저녁은 무사히 넘어갔다. 그 이튿날 어머니는 무당을 불러 오셨다. 무당이 내 말을 듣더니 처녀 죽은 귀신이 되어서 그렇다고 그 귀신을 모셔다가 아무 이러이러한 나무 위에 모셔놓고 일 년에 한 번씩 제사를 지내주라 하였다. 어머니는 그렇게 하기로 결정을 하셨다. 그 이튿날 임실이는 공동묘지에 갖다가 묻었다. 나는 서운한 생각으로 그날을 지냈다. 더구나 이 사람으로서는 믿을 수 없는 일을 자기가 직접 당하고 보니 이상하게 마음이 편치 못하였다. 더구나 처녀 귀신이 자기를 찾아다니는 것을 생각하고 여러 가지 미신을 종합해 생각할 때 적잖이 불안하였다.

그날 밤에도 임실이가 꿈에 보였다. 이번에는 아주 다른 세상으로 가서 모든 세상의 더러운 것을 깨끗이 씻어버리고 선녀처럼 어여쁜 얼굴과 고운 단장을 하고 찾아왔다. 나는 그의 손을 잡고 퍽 반가움을 금치 못하여 이번에는 내가 임실이를 생각하는 것이 분수에 과한 것같이 임실이는 숭고해졌었다. 나는 꿈속에서 임실이를 사모한다 하였다. 그러나 임실이는 조금 비웃는 듯이 나를 보더니 만일 당신이 나를 사모하거든 지금이라도 같이 가자고 하였다. 그러면서 손을 잡아끌었다. 어제저녁 찾아갔을 때 왜 대답도 아니하였느냐 하며 자 어서 가자고 손을 끌었다. 그때 잠깐 나는 꿈속에서나마 생시에 먹었던 정신이 들었던 모양이다. 임실이가 참 정말 임실이가 아니요, 귀신 임실이라는 생각이 들더니 만일 임실이를 따라가면 자기도 죽는다는 생각이 나서 손을 뿌리치는 바람에 잠이 깨었다.

잠은 깨었으나 눈앞에 보던 기억이 역력하다.

가기 싫다고 손을 뿌리쳤으나 임실이 모양이 얼마나 숭고하고 어여뻤는지 옆엣집 계집애가 노랑 수건을 던져주던 따위로는 비길 수 없이 나의 정열을 일으켰다. 일이 허황된 일이라면서도 꿈에 보던 임실이를 잊을 수 없다. 어떠한 경우에 사람이 추상적 환상에 반하는 일이 있는 것이나 마찬가지로 나는 꿈속에 임실이 혼에게 반하였던 모양이다. 나는 잊으려 하나 잊을 수가 없었다. 속으로 자기를 비웃으면서도 가슴속은 무엇에 취한 것 같았다.

어머니는 이 말을 들으시더니 더욱 근심을 하시면서 얼핏 장가를 들여야겠다 하셨다. 그리고 유명한 무당과 판수에게는 날마다 다니시다시피 하셨다.

그 이튿날 또 그 이튿날 꿈에는 임실이가 보이지 않았다. 꿈속에서 다시 한 번이라도 만나보았으면 할 때는 정작 오지를 않았다. 꿈을 꾸어서 만나보고 싶은 생각이 처음 날 그 이튿날까지는 그리 대단치 않더니 날이 지날수록 심해져서 어떻게 꿈속에서 한번 만나보나 하는 생각이 간절해졌다. 그래서 하루 종일 임실이 생각만 하면 혹시 꿈속에서 만나볼 수가 있을까 하여 일부러 생각만 하였었으나 허사였다.

그 후부터 날마다 학교는 가지마는 그 집에는 자주 들르지를 않았다. 첫째 나 때문에 자기 딸이 죽었다는 칭원을 할까 겁나는 까닭이요, 둘째로는 그 죽은 방이 보기 싫은 까닭이었다. 그러나 아무리 해도 잊히지를 않으므로 이번에는 잊어보려고 애를 썼다. 어떤 때는 혼자 눈을 딱 감아보기도 하고 어떤 때는 혼자 고개를 흔들어 눈 앞에 보이는 것을 깨뜨려보려 하였으나 더욱 분명히 보일 뿐이다. 그래서 이것도 귀신이 나의 마음을 이렇게 만들어놓은 것이라고 해서 몹시 괴로웠다.

11

하루는 토요일이다. 임실을 잊어버리려 하나 잊어버릴 수 없는 생각이 나를 공동묘지까지 끌어갔다. 풀이 우거져서 상긋한 냄새가 온 우주의 생명의 냄새를 나의 콧구멍으로 전해주는 듯하였다. 익어가는 나락^벼들은 무거운 생명의 알갱이를 안은 채 고개를 숙이고 있다. 널따란 벌판에는 생명 기운이 넘쳐흐른다. 땅에서 솟아오르는 흙의 냄새가 새로이 나의 정신을 씻어주는 듯하였다. 먼 산에서 바람에 흔들리는 소나무들은 꿈틀꿈틀한 줄기와 뻣뻣한 가지로 힘 있게 흩날린다. 맑게 갠 하늘에는 긴장한 푸른빛이 이쪽에서 저쪽까지 한 귀퉁이 남겨놓은 것 없이 가득히 찼다. 길 가는 행인들까지 걷어 올린 두 다리에 시뻘건 근육이 힘 있게 꿈틀거린다. 들로 나가는 황소 목에 달린 종소리까지 쨍쨍한 음향으로 공기를 울린다.

공동묘지는 우리 동리에서 북쪽으로 십오 리나 되는 산등성이에 있었다. 내가 묘지에를 가는 것은 임실의 실체를 만나보려 하는 것도 아니요, 꿈속같이 임실의 혼을 만나려는 것도 아니다. 임실이가 나를 그렇게까지 사모하다가 말 한마디 하지 못하고 그대로 원혼이 되어 갔으며, 또는 그 원혼이 그래도 나를 못 잊고 꿈속에까지 나를 못 잊어 내 눈에 보이며, 또 그 원혼이 밤중에 나를 찾아왔다 하면 그 간곡한 마음을 다만 얼마라도 위로하는 것이 나의 의리 있는 짓이라고 하는 생각까지 난 까닭이었다. 그러면 사람이라는 것은 이상한 것이 되어 어떠한 물건에 의지하지 아니하면 그 마음이라든지 그 정성을 다하지 못하는 것이므로 부처를 생각하매 흙으로 빚어 만든 불상이거나 예수를 경배하매 쇠로 만든 십자가가 아니면 그 마음을 한곳에 붙이지 못하는 것과 같이 내가 임실이를 생각하매 그의 몸을 묻어놓은 흙덩이 무덤이 아니면 나의 마음을 부쳐 보낼 수 없음이었다.

나는 이 무덤 저 무덤을 찾아서 임실의 무덤 앞에 섰다. 무덤이 무슨 말이 있으랴마는 나의 심정은 무엇으로 채우는 듯이 어색해졌다. 죽은 사람의 무덤 위에는 새로 생명으로 솟아오르는 풀들이 파릇파릇 났다. 나는 세상에 가장 애처로운 정서로 얽어놓은 이 무덤 속에 잠들어 있는 임실이를 위하여 무엇이라고 해야 좋을지 알지 못하였다. 처녀로서 순결한 마음으로 일평생 한 번밖에 그의 정을 주어보지 못한 임실의 깨끗한 몸이 여기에 놓여 있고, 그 순진한 심정에서 곱게 피어오른 사랑의 꽃이 저 심산 속에 피었다 사라진 이름 모를 꽃 같은 것을 생각할 때 나의 마음은 숭고하고 결백함으로 찼었다. 그러나 한 번밖에 피지 못하는 꽃이 나로 말미암아 피었고 그것이 나로 인하여 꺼져버린 것을 생각할 때 말할 수 없이 아까웠다. 더구나 그 꽃은 꺼졌으나 그 나머지 향기가 그렇게 쉽게 사라지지 않고 피었던 자리 언저리에 남아 있어 없어지기를 아까워하는 것을 생각할 때 얼마나 나의 마음이 에는 듯하였는지 몰랐다.

나는 무덤 가장자리를 돌아다녀보았다. 그의 무덤은 보잘 것이 없었다. 그의 무덤에는 찾아오는 이도 없었다. 그의 죽어간 뒤에는 그를 위하여 가슴을 태우는 이라고는 그의 어머니와 아버지가 있을 뿐이다. 그러나 죽어간 임실이가 그렇게까지 사모하던 내가 이 자리에 왔는 것을 아는지 모르는지 만일 참으로 넋이 있어 안다 하면 그가 그것을 만족히 여길는지 아닐는지. 나의 마음속에는 말할 수 없는 안타까움이 있을 뿐이었다.

나는 옆에 피어 있는 석죽꽃을 따서 그것으로 화환을 만들어 무덤 앞에 놓아주고 집으로 돌아왔다. 그 후에는 전과 다름없는 생활을 해왔다. 그리고 임실이도 꿈에 오지 아니하고 나도 임실의 생각을 잊어버렸다.

그러자 일 년이 지나간 어떤 날 또다시 임실이가 왔다. 그것은 바로 임실이가 죽은 지 일 년이 되던 날이다. 그 후에는 연연히 그 날이면 임실이가 보이더니 내가 서울 와서 공부하던 해부터는 그날이 되어도 오지 않았다. 지금은 아주 남의 이야기가 되어버린 것같이 잊어버렸으나 문득문득 그때 생각이 나면 그때 문간에서 나를 부르던 소리가 귀에 역력하여 온몸이 으쓱해진다.

−1925년

• • • •
물레방아

1

덜컹덜컹 홈통물이 흐르거나 타고 내리도록 만든 물건에 들었다가 다시 쏟아져 흐르는 물이 육중한 물레방아를 번쩍 쳐들었다가 쿵하고 확방아확. 절구의 아가리로부터 밑바닥까지의 부분 속으로 내던질 제, 머슴들의 콧소리는 허연 겻가루가 켜켜 앉은 방앗간 속에서 청승스럽게 들려 나온다.

쏼쏼쏼, 구슬이 되었다가 은가루가 되고 댓줄기대나무의 줄기같이 뻗치었다가 다시 쾅쾅 쏟아져 청룡이 되고 백룡이 되어 용솟음쳐 흐르는 물이 저쪽 산모퉁이를 십 리나 두고 돌고, 다시 이쪽 들 복판을 오 리쯤 꿰뚫은 뒤에 이방원李芳源이가 사는 동네 앞 기슭을 스쳐 지나가는데 그 위에 물레방아 하나가 놓여 있다.

물레방아에서 들여다보면 동북간으로 큼직한 마을이 있으니 이 마을의 가장 부자요, 가장 세력이 있는 사람으로 이름을 신치규라고 부른다. 이방원이라는 사람은 그 집의 막실살이[머슴살이]를 해가며 그의 땅을 경작하여 자기 아내와 두 사람이 그날그날을 지내간다.

어떤 가을밤 유난히 밝은 달이 고요한 이 촌을 한적하게 비출 때 그 물레방앗간 옆에 어떤 여자 하나와 어떤 남자 하나가 서서 이야기를 하는 소리가 들렸다.

그 여자는 방원의 아내로 지금 나이가 스물두 살, 한참 정열에 타는 가슴으로 가장 행복스러울 나이의 젊은 여자요, 그 남자는 오십이 반이 넘어 인생으로서 살아올 길을 다 살고서 거의거의 쇠멸의 구렁이를 향해가는 늙은이다.

그의 말소리는 마치 그 여자를 달래는 것같이,

"애, 내 말이 조금도 그를 것이 없지? 쇤네 할멈에게도 자세한 말을 들었을 터이지마는 너 생각해보아라. 네가 허락만 하면 무엇이든지 네가 하고 싶다는 것은 내가 전부 해줄 터이란 말이야. 그까짓 방원이 녀석하고 네가 몇백 년 살아야 언제든지 막실 구석을 면하지 못할 터이니…… 허허, 사람이란 젊어서 호강해보지 못하면 평생 호강 한번 해보지 못하고 죽을 것이 아니냐. 내가 말하는 것이 조금도 잘못하는 것이 없느니라! 대강 너의 말을 쇤네 할멈에게 듣기는 들었으나, 그래도 너에게 한번 바로 대고 듣는 것만 못해서 이리로 만나자고 한 것이다. 너의 마음은 어떠냐? 어디 허허, 내 앞이라고 조금도 어떻게 알지 말고 이야기해봐, 응?"

이 늙은이는 두말할 것 없이 신치규다. 그는 탐욕스러운 눈으로 방원의 계집을 들여다보며 한 손으로 등을 두드린다.

새침한 얼굴이 파르족족하고 기다란 눈썹과 검푸른 두 눈 가장자리에 예쁜 입, 뾰로통한 뺨이며 콧날이 오뚝한데다가 후리후리한 키에 떡 벌어진 엉덩이가 아무리 보더라도 무섭게 이지적인 동시에 또는 창부형으로 생긴 것이다.

계집은 아무 말이 없이 서서 짐짓 부끄러운 태를 지으며 매혹적인 웃음을 생긋 웃고는 고개를 돌렸다. 그 웃음이 얼마나 짐승 같은 신치규의 만족을 사게 되었으며 또한 마음을 충동시켰는지 희끗희끗한 수염이 거의 계집의 뺨에 닿도록 더 가까이 와서,

"응? 왜 대답이 없니? 부끄러워서 그러니? 그렇게 부끄러워할 일은 아닌데."

하고 계집의 손을 잡으며,

"손도 이렇게 예쁜 줄은 이제까지 몰랐구나. 참 분결^{분의 곱고 부드러운 결} 같다. 이렇게 얌전히 생긴 애가 방원 같은 천한 놈의 계집이 되어 일평생을 그대로 썩는다는 것은 너무 가엾고 아깝지 않으냐? 애."

계집은 몸을 돌리려고 하지도 않고 영감이 하는 대로 내버려두며 눈으로 땅만 내려다보고 섰다가 가까스로 입을 떼는 듯하더니,

"제 말이야 모두 쇤네 할멈이 여쭈었지요. 저에게는 너무 분수에

과한 말씀이니까요."

"온, 천만의 소리를 다 하는구나. 그게 무슨 소리냐. 너도 알다시피 내가 너를 장난삼아 그러는 것도 아니겠고, 후사^{한 집안의 대를 잇는}아들가 없어 그러는 것이니까 네가 내 아들이나 하나 낳아주렴. 그러면 내 것이 모두 네 것이 되지 않겠니? 자아, 그러지 말고 오늘 허락을 하렴. 그러면 내일이라도 방원이란 놈을 내쫓고 너를 불러들일 터이니."

"어떻게 내쫓을 수가 있어요?"

"허어, 그것이 그리 어려울 것이 무엇 있니. 내가 나가라는데 제가 나가지 않고 배길 줄 아니?"

"그렇지만 너무 과하지 않을까요?"

"무엇, 저런 생각을 하니까 네가 이 모양으로 이때까지 있었지. 어떻단 말이냐? 그런 것은 조금도 염려하지 말구. 자아, 또 네 서방에게 들킬라, 어서 들어가자."

"먼저 들어가세요."

"왜?"

"남이 보면 수상히 알게요."

"무얼 나하고 가는데 수상히 알 게 무어야. 어서 가자."

계집은 천천히 두어 걸음 따라가다가,

"영감!"

하고 무춤하고^{놀라거나 어색한 느낌이 들어 갑자기 하던 짓을 멈추고} 서 있다.

"왜 그러니?"

계집은 다시 말이 없이 서 있다가,

"아니에요."

하고,

"먼저 들어가세요."

하며 돌아선다. 영감이 간이 달아서 계집의 손을 잡으며,

"가자, 집으로 들어가자."

그의 가슴은 두근거리는지 숨소리가 잦아진다. 계집은 손을 빼려
하며,

"점잖으신 어른이 이게 무슨 짓이에요."

하면서도 그의 몸짓에는 모든 것을 허락한다는 뜻이 보였다. 영감
은 계집의 몸을 끌어안더니 방앗간 뒤로 돌아들어섰다. 계집은 영
감 가슴에 안겨서 정욕이 가득한 눈으로 그를 보면서,

"영감."

말 한마디 하고 침 한번 삼키었다.

"영감이 거짓말은 안 하시지요?"

"아니."

그의 말은 떨리었다. 계집은 영감의 팔을 한 손으로 잡고 또 한
손으로는 방앗간 속을 가리켰다.

"저리로 들어가세요."

영감과 계집은 방앗간에서 이삼십 분 후에 다시 나왔다.

2

사흘이 지난 뒤에 신치규는 방원이를 자기 집 사랑 마당 앞으로 불렀다.

"얘."

방원은 상전이라 고개를 숙이고,

"예."

공손하게 대답을 하였다.

"네가 그간 내 집에서 정성스럽게 일한 것은 고마운 일이지마는……."

점잔과 주짜를 빼면서 난잡하게 굴지 않고 짐짓 조촐한 체하면서 신치규는 말을 꺼내었다. 방원의 가슴은 이 '마는'이라는 말 뒤에 이어질 말을 미리 깨달은 듯이 온 전신의 피가 가슴으로 모여드는 듯하더니 다시 터럭이라는 터럭은 전부 거꾸로 일어서는 듯하였다.

"오늘부터는 우리 집에 사정이 있어 그러니 내 집에 있지 말고 다른 곳에 좋은 곳을 찾아가 보아라."

아무 조건이 없다. 또한 이곳에서도 할 말이 없다. 죽으라고 하면 죽는 시늉이라도 해야 하는 것이다. 주인은 돈 가지고 사람을 사고 팔 수도 있는 것이다.

방원은 가슴이 답답하였다. 자기 혼잣몸 같으면 어디 가서 어떻게 빌어먹더라도 살 수가 있지마는 사랑하는 아내를 구해갈 길이 막연하다. 그는 고개를 굽히고 허리를 굽히고, 나중에는 마음을 굽히어 사정도 해보고 애걸도 해보았다. 그러나 그것은 헛된 일이다. 주인의 마음은 쇠나 돌보다도 더 굳었다.

그는 하는 수 없이 자기 아내에게 그 이야기를 하였다. 그리고 아내더러 안주인 마님께 사정을 좀 하여 얼마간이라도 더 있게 해달라고 해보라고 하였다. 그러나 아내는 방원의 말을 들을 리가 없었다. 도리어,

"그러면 어떻게 한단 말이오. 이제부터는 나를 어떻게 먹여 살릴 터이오?"

"너는 그렇게도 먹고살 수 없을까 봐 겁이 나니?"

"겁이 나지 않고. 생각을 해보구려. 인제는 꼼짝할 수 없이 죽지 않았소?"

"죽어?"

"그럼 임자가 나를 데리고 이곳까지 올 때에 무어라고 하였소. 어떻게 해서든지 너 하나야 먹여 살리지 못하겠느냐고 하였지요?"

"그래."

"그래, 얼마나 나를 잘 먹여 살리고 나를 호강시켰소? 이때까지 이태나 되도록 끌구 돌아다닌다는 것이 남의 집 행랑이었지요?"

"애, 그것을 내가 모르고 하는 말이냐? 내가 하려고 하지 않아서 그렇게 된 것이냐? 차차 살아가는 동안에 무슨 일이든지 생기겠지. 설마 요대로 늙어 죽기야 하겠니?"

"듣기 싫소! 뿔 떨어지면 구워 먹지^{도저히 불가능한 일을 바라고 기다림을 비}
^{웃는 말}, 어느 천 년에."

방원이는 가뜩이나 내쫓기고 화가 나는데 계집까지 그리하니까 속에서 열화가 치밀어 올라왔다.

"이 육시를 하고도 남을 년! 왜 남의 마음을 글컹거리니^{자꾸 긁어 상}
^{하게 하니?}"

"왜 사람에게 욕을 해!"

"이년아, 욕 좀 하면 어떠냐?"

"왜 욕을 해!"

계집이 얼굴이 노래지며 대든다.

"이년이 발악인가?"

"누가 발악이야. 계집년 하나 건사 못 하는 위인이 계집 보고 욕만 하고 한 게 무어야? 그래, 은가락지 은비녀나 한번 사주어보았어? 내가 임자 하자고 하는 대로 하지 않은 것은 없지!"

"이년아! 은가락지 은비녀가 그렇게 갖고 싶으냐? 이 더러운 년아."

"무엇이 더러워? 너는 얼마나 정한 놈이냐!"

계집의 입속에서는 놈 소리가 나오기 시작한다.

"이년 보게! 누구더러 놈이래."

하고 손길이 계집의 낭자^{시집간 여자가 뒤통수에 땋아서 틀어 올려 비녀를 꽂은 머리털}를 휘어잡더니 그대로 집어들고 두어 번 주먹으로 등줄기를 후렸다.

"이 주릿대를 안길 년!"

발길이 엉덩이를 두어 번 지르니까 계집은 그대로 거꾸러졌다가 다시 일어났다. 풀어 헤뜨린 머리가 치렁치렁 끌리고 씰룩한 눈에는 독기가 섞였다.

"왜 사람을 치니? 이놈! 죽여라 죽여! 어디 죽여보아라. 이놈, 나 죽고 너 죽자!"

하고 달려드는 계집을 후려서 거꾸러뜨리고서,

"이년이 죽으려고 기를 쓰나!"

방원이가 계집을 치는 것은 그것이 주먹을 가지고 하는 일종의 농담이다. 그는 주먹이나 발길이 계집의 몸에 닿을 때 거기에 얻어맞는 계집의 살이 아픈 것보다 더 찌르르하게 가슴 한복판을 찌르는 아픔을 깨닫는 것이다. 홧김에 계집을 치는 것이 실상은 자기의 마음을 자기의 이로 물어뜯는 것이나 다름이 없는 것이다. 때리는 그에게는 몹시 애처로움이 있고 불쌍함이 있는 것이다. 그러나 자기의 화풀이를 받아주는 사람은 아직까지도 계집밖에는 없었다. 제일 만만하다는 것보다도 가장 마음 놓고 화풀이할 수 있음이다. 싸움한 뒤, 하루가 못 되어 두 사람이 베개를 나란히 하고 서로 꼭 끼고 잘 때에는 그렇게 고맙고 그렇게 감격이 일어나는 위안이 또다시 없음이다. 계집을 치고 화풀이를 하고 난 뒤에 다시 가슴을 에는 듯한 후회와 더 뜨거운 포옹으로 위로를 받을 그때에는 두 사람 아니라 방원에게는 그만큼 힘 있고 뜨거운 믿음이 또다시 없는 까닭이다.

계집은 일부러 소리를 높여 꺼이꺼이 운다.

온 마을 사람이 거의 귀를 기울였으나,

"응, 또 사랑싸움을 하는군!"

하고 도리어 그 싸움을 부러워하였다. 옆집 젊은것이 와서 싱글싱글 웃으면서 들여다보며,

"인제 고만두라구."

하며 말리는 시늉을 한다. 동네 아이들만 마당 앞에 죽 늘어서서 눈들이 뚱그레져서 구경을 한다.

3

그날 저녁에 방원은 술이 얼근하여 돌아왔다. 아까 계집을 차던 마음은 어느덧 풀어지고 술로 흥분된 마음에 그는 계집의 품이 몹시 그리워져서 자기 아내에게 사과를 할 마음까지 생겼다. 본시 사람이 좋고 마음이 약하고 다정한 그는 무식하게 자라난 까닭에 무지한 짓을 하기는 하나, 그것은 결코 그의 성격을 말하는 무지함이 아니다.

그는 비척거리면서 집으로 향하는 길에 거슴츠레하게 풀린 눈을 스르르 내리감고 혼잣소리로,

"빌어먹을 놈! 나가라면 나가지, 무서운가? 제집 아니면 살 곳이

없는 줄 아는 게로군! 흥, 되지 않게 다 무엇이냐? 돈만 있으면 제일이냐? 이놈, 네가 그러다가는 이 주먹맛을 언제든지 볼라. 그대로 곱게 뒈질 줄 아니?"

하고 개천 하나를 건너뛴 후에,

"돈! 돈이 무엇이냐?"

한참 생각하다가,

"에후."

한숨을 쉬고 나서,

"돈이 사람 죽이는구나! 돈! 돈! 흥, 사람 나고 돈 났지, 돈 나고 사람 났니?"

또 징검다리를 비척비척하고 건넌 뒤에,

"고 배라먹을 _{남에게 구걸하여 거저 얻어먹을} 년이 왜 고렇게 포달을 부려서 장부의 마음을 긁어놓아!"

그의 목소리에는 말할 수 없이 다정한 맛이 있었다. 그는 자기 계집을 생각하면 모든 불평이 스러지는 듯이 숙였던 고개를 쳐들어 하늘을 보면서,

"허어, 저도 고생은 고생이지."

하고 다시 고개를 숙인 후,

"내가 너무해. 너무 그럴 게 아닌데."

그는 자기 집에 와서 문고리를 붙잡고 흔들면서,

"애! 자니! 자?"

그러나 대답이 없고 캄캄하다.

"이년이 어디를 갔어!"

그는 문짝을 깨어지라 하고 닫은 후에 다시 길거리로 나와 그 옆집으로 가서,

"여보 아주머니! 우리 집 색시 어디 갔는지 보았소?"

밥들을 먹던 옆엣집 내외는,

"어디서 또 취했소그려! 애어머니가 아까 머리단장을 하더니 저 방아께로 갑디다."

"방아께로?"

"네."

"빌어먹을 년! 방아께로는 무얼 먹으러 갔누!"

다시 혼자 방아를 향해가면서 혼자 중얼거린다.

그는 방앗간을 막 뒤로 돌아서자 신치규와 자기 아내가 방앗간에서 나오는 것을 보았다.

"아!"

그는 너무 뜻밖의 일이므로 아무 말도 하지 못하고 그대로 한참이나 멀거니 서서 보기만 하였다. 그의 눈에서는 쌍심지가 거꾸로 섰다. 열이 올라와서 마치 주홍을 칠한 듯이 그의 눈은 붉어지고 번개 같은 광채가 번뜩거렸다.

그는 한참이나 사지를 떨었다. 두 이가 서로 맞춰서 달그락달그락해졌다. 그의 주먹은 부서질 것같이 단단히 쥐어졌다.

계집과 신치규는 방원이 와 선 것을 보고서 처음에는 조금 간담이 서늘해졌으나 다시 태연하게 내려앉혔다. 일이 이렇게 되었으매 할 대로 하라는 뜻이다.

방원은 달려들어서 계집의 팔목을 잡았다. 그리고 이를 악물고 부르르 떨었다.

"나는 네가 이럴 줄은 몰랐다."

계집은,

"무얼 이럴 줄을 몰라?"

하며 파란 눈을 흘겨보더니,

"나중에는 별꼴을 다 보겠네. 으레 그럴 줄을 인제 알았나? 놔요! 왜 남의 팔을 잡고 요 모양이야. 오늘부터는 나를 당신이 그리 함부로 하지는 못해요! 더러운 녀석 같으니! 계집이 싫다고 그러면 국으로 물러갈 일이지, 이게 무슨 사내답지 못한 일이야! 놔요!"

팔을 뿌리쳤으나 분노가 전신에 가득 찬 그는 그렇게 쉽게 손을 놓지 않았다.

"얘! 네가 이것이 정말이냐?"

"정말 아니구, 비싼 밥 먹고 거짓말할까?"

"네가 참으로 환장을 하였구나!"

"아니, 누구더러 환장을 했대. 온 기가 막혀 죽겠지! 놔요! 놔! 왜 추근추근하게 이 모양이야? 놔."

하고서 힘껏 뿌리치는 바람에 계집의 손이 쑥 빠졌다. 계집은 손목을 주무르면서 암상맞게 ^{암상궂게} 돌아섰다.

이때까지 이 꼴을 멀찌가니 서서 보고 있던 신치규는 두어 발자국 나서더니 기침 한번을 서투르게 하고서,

"얘! 네가 술이 취하였으면 일찍 들어가 자든지 할 것이지, 웬 짓이냐? 네 눈깔에는 아무것도 보이는 것이 없단 말이냐? 너희 연놈이 싸우는 것은 너희 연놈이 어디든지 가서 할 일이지, 여기 누가 있는지 없는지 눈깔에 보이는 것이 없어?"

짐짓 소리를 높여 호령을 하였다.

"엣, 괘씸한 놈!"

눈깔을 부라렸다. 방원은 한참이나 쳐다보고서 말이 없었다. 생각대로 하면 한주먹에 때려눕힐 것이지마는 그래도 그의 머릿속에는 아까까지의 상전이라는 관념이 남아 있었다. 번갯불같이 그 관념이 그의 입과 팔을 얽어놓았다. 어려서부터 오늘날까지 남을 섬겨보기만 한 그의 마음은 상전이라면 모두 두려워하는 성질을 깊이깊이 뿌리를 박아놓았다. 그러나 오늘부터는 신치규가 자기의 상전도 아니요, 자기가 신치규의 종도 아니다. 다만 똑같은 사람으로 마주 섰을 뿐이다. 아니다, 지금부터는 신치규는 방원의 원수였다. 그의 간을 씹어 먹어도 오히려 나머지 한이 있는 원수다.

신치규는 똑바로 쳐다보는 방원을 마주 쳐다보며,

"똑바루 보면 어쩔 터이냐? 온 세상이 망하려니까 별 해괴한 일이 다 많거든. 어째 이놈아!"

"이놈아?"

방원은 한 걸음 들어섰다. 나무같이 힘센 다리가 성큼 하고 나설때 신치규는 머리끝이 으쓱하였다. 쇠몽둥이 같은 두 주먹이 쑥 앞으로 닥칠 때 그의 가슴은 덜컥 내려앉았다.

"네 입에서 이놈이라는 소리가 나오지? 이 사지를 찢어발겨도 오히려 시원치 못할 놈아! 네가 내 계집을 뺏으려고 오늘 날더러 나가라고 그랬지?"

"어허, 이거 그놈이 눈깔이 삐었군. 얘, 나는 먼저 들어가겠다. 너는 네 서방하고 나중 들어오너라!"

신치규는 형세가 위험하니까 슬금슬금 꽁무니를 빼려고 돌아서서 들어가려 하니까 방원은 돌아서는 신치규의 멱살을 잔뜩 쥐어한 팔로 바싹 치켜들고,

"이놈, 어디를 가? 네가 이때까지 맛을 몰랐구나?"

하며 한번 집어치워 땅바닥에다가 태질을 한 뒤에 그대로 타고 앉아서 목줄띠를 누르니까, 마치 뱀이 개구리 잡아먹을 적 모양으로 깩깩 소리가 나며 말 한마디도 하지 못한다.

"이놈, 너 죽고 나 죽으면 고만 아니냐?"

하고 방원은 주먹으로 사정없이 닥치는 대로 들이팬다. 나중에는 주먹이 부족하여 옆에 있는 모루돌멩이를 집어서 죽어라 하고 내리친다. 그의 팔, 그의 온몸에는 끓어오르는 분노가 극도에 달하자 사람의 가슴속에 본능적으로 숨어 있는 잔인성이 조금도 남지 않고 그대

로 나타났다. 그의 눈은 마치 펄떡펄떡 뛰는 미끼를 가로차고 앉은 승냥이나 이리와 같이 뜨거운 피를 보고야 만족하다는 듯이 무섭게 번쩍거렸다. 그에게는 초자연의 무서운 힘이 그의 팔과 다리에 올라 왔다.

이 꼴을 보는 계집은 무서웠다. 끔찍끔찍한 일이 목전에 생길 것 이다. 그의 맥이 풀린 다리는 마음대로 놓이지 아니하였다.

"아! 사람 살류! 사람 살류!"

적적한 밤중의 쓸쓸한 마을에는 처참한 여자 목소리가 으스스하 게 울렸다. 이 소리를 들은 방원은 더욱 힘을 주어서 눈을 딱 감고 죽어라 내리 짓찧었다. 뼈가 돌에 맞는 소리가 살이 을크러지는 소 리와 함께 퍽퍽 하였다. 피 묻은 돌이 여기저기 흩어지고 갈가리 찢 긴 옷에는 살점이 묻었다.

동네 편 쪽에서 수군수군하더니 구두 소리가 나며 칼 소리가 덜 거덕거렸다. 방원의 머리에는 번갯불같이 무엇이 보였다. 그는 손 에 주먹을 쥔 채 잠깐 정신을 차려 그쪽으로 귀를 기울였다.

"순검……."

그는 신치규의 배를 타고 앉아서 순검의 구두 소리를 듣자 비로 소 자기가 무슨 짓을 하였는지 깨달았다. 그는 미친 사람처럼 일어 났다. 그러고는 옆에 서서 벌벌 떠는 계집에게로 갔다.

"애! 가자! 도망가자! 너하고 나하고 같이 가자! 자! 어서어서!"

계집은 자기에게 또 무슨 일이 있을까 하여 겁을 내어 도망을 하

려 한다. 방원은 계집을 따라가며,

"애! 애! 네가 이렇게도 나를 몰라주니? 내가 너를 어떻게 생각하는지 알지를 못하니? 자! 어서 도망가자, 어서어서. 뒤에서 순검이 쫓아온다."

계집은 그대로 서서 종종걸음을 치며,

"싫소! 임자나 가구려! 나는 싫어요, 싫어."

"가자! 응! 가!"

그는 미친 사람처럼 계집의 팔을 붙잡고 끌었다. 그때 누구인지 그의 두 팔을 마치 형틀에 매다는 것같이 꽉 뒤로 껴안는 사람이 있었다.

"이놈아! 어디를 가?"

그는 뒤를 돌아보지 않고도 그가 누구인지 알았다. 그는 온 전신에 맥이 풀리어 그대로 뒤로 자빠지려 할 때 어느덧 널판 같은 주먹이 그의 뺨을 사정없이 갈겼다.

"정신 차려."

"네."

그는 무의식하게 고개가 숙여지고 말소리가 공손해졌다.

땅바닥에서는 신치규가 꿈지럭거리며 이리저리 뒹군다. 청승스러운 비명이 들린다.

방원은 포승 지인 채 계집은 그대로 주재소로 끌려가고, 신치규는 머슴들이 업어 들였다.

4

　석 달이 지났다. 상해죄로 감옥에서 복역을 하던 방원은 만기가 되어 출옥을 하였다. 그러나 신치규는 아무 일 없이 자기 집에서 치료하고 방원의 계집을 데려다 산다. 신치규는 온몸이 나은 뒤에 홀로 생각하였다.

　'죽는 줄만 알았더니 그래도 이렇게 살아 있으니!'
하고 얼굴에 흠이 진 곳을 만져보며,

　'오히려 그놈이 그렇게 한 것이 나에게는 다행이지, 얼굴이 아프기는 좀 하였으나! 허어, 어떻게 그놈을 떼어버릴까 하고 그렇지 않아도 걱정을 하던 차에 잘되었지. 그놈 한 십 년 감옥에서 콩밥을 먹었으면 좋겠다.'

　방원은 감옥 속에서 생각하기를 나가기만 하면 연놈을 죽여버리고 제가 죽든지 요절을 내리라 하였다. 집에서 내쫓기고 계집까지 빼앗기고, 그것을 생각하면 이가 갈리고 치가 떨렸다. 그것이 모두 자기가 돈 없는 탓인 것을 생각하매 더욱 분한 생각이 났다.

　'에, 더러운 년.'

　그는 홍바지에 쇠사슬을 차고서 일을 할 때에도 가끔 침을 땅에다 뱉으면서 혼자 중얼거렸다.

　'사람이 이러고서야 살아서 무엇하나. 멀쩡한 놈이 계집 빼앗기고 생으로 콩밥까지 먹으니……'

그가 감옥에서 나올 때에는 감옥소를 다시 한 번 둘러보고, 내가 여기서 마지막으로 목숨을 잃어버리든지 그렇지 않으면 내가 내 손으로 내 목을 찔러 죽든지 무슨 요절이 날 것을 생각하고, 다시 온몸에 힘을 주고 쓸쓸한 웃음을 웃었다.

그는 이백 리나 되는 길을 걸어서 계집이 사는 촌에를 왔다.

그러나 아무도 그를 아는 척하는 사람이 없었다. 전에 친하게 지내던 사람들도 그를 보고 피해갔다. 마치 문둥병자나 마찬가지 대우를 하였다. 감옥에서 나온 뒤로부터는 더욱 이 세상이 차디차졌다. 자기가 상상하던 것보다도 더 무정해졌다. 그는 하는 수 없이 밤이 될 때까지 그 근처 산속으로 돌아다녔다. 그래서 깊은 밤에 촌으로 내려왔다. 그는 그 방앗간을 다시 지나갔다. 석 달 전 생각이 났다. 자기가 여기서 잡혀갔다는 것을 생각할 때 더욱 억울하고 분한 생각이 치밀어 올라왔다. 그는 한참이나 거기 서서 그때 일을 생각하고 몸서리를 친 후에 다시 그전 집을 찾아갔다.

날이 몹시 추워지고 눈이 쌓였다. 옷은 입은 것이 가을에 입고 감옥에 들어갔던 그것이므로 살을 에는 듯한 것이로되 그는 분한 생각과 흥분된 마음에 그것도 몰랐다.

'연놈을 모두 처치를 해버려?'

혼잣속으로 궁리를 하다가,

'그렇지, 그까짓 것들은 살려두어 쓸데없는 인생들이야.'

하면서 옆구리에 지른 기름한 단도를 다시 만져보았다. 그는 감격스러운 마음으로 그것을 쓰다듬었다.

그는 신치규의 집 울을 넘어 들어갔다. 그의 발은 전에 다닐 적같이 익숙하였다. 그는 사랑을 엿보고 다시 뒤로 돌아서 건넌방 창 밑에 와 섰었다. 귀를 기울였으나 아무 말도 들리지 않았다. 그는 손에 칼을 빼 들었다. 그러고는 일부러 뒤 창문을 달각달각 흔들었다.

"그 뉘?"

하고 계집의 머리가 쑥 나오며 문이 열렸다. 그는 얼른 비켜섰다. 문은 다시 닫히고 계집은 들어갔다.

방원의 마음은 이상하게 동요가 되었다. 어여쁜 계집의 목소리가 오래간만에 귀에 들릴 때, 마치 자기가 감옥에서 꿈을 꿀 적 모양으로 요염하고도 황홀하게 그의 마음을 꾀는 것 같았다. 그는 꿈속에 다시 만난 것 같고 오래간만에 그를 만나보매 모든 결심은 얼음같이 녹는 듯하였다. 그래도 계집이 설마 나를 영영 잊어버리랴 하고 옛날의 정리를 생각할 때 그것이 거짓말이 아니고 무엇이랴는 생각이 났다. 아무리 자기를 감옥에까지 가게 하였다 하더라도 그는 감히 칼을 들어 죽이려는 용기가 단번에 나지 않아서 주저하기 시작하였다.

'아니다, 다시 한 번만 물어보자!'

그는 들었던 칼을 다시 집고 생각하였다.

'거짓말이다. 거짓말이다! 그럴 리가 없다.'

그는 반신반의하였다.

'그렇다. 한 번만 다시 물어보고 죽이든 살리든 하자!'

그는 다시 문을 달각달각하였다. 계집은 이번에 다시 문을 열고 사면을 둘러보더니 헌 짚신짝을 신고 나왔다.

"뉘요?"

그는 방원이 서 있는 집 모퉁이를 돌아서려 할 제,

"내다!"

하고 입을 틀어막고 칼을 가슴에 대었다.

"떠들면 죽어!"

방원은 계집의 입을 수건으로 틀어막고 결박을 한 후 둘러업고서 번개같이 달음질하였다. 그는 어느 결에 계집을 업어다가 물레방아 앞에 내려놓은 후 결박을 풀었다. 그리고 한숨을 쉬었다.

"나를 모르겠니?"

캄캄한 그믐밤에 얼굴을 바싹 계집의 코앞에 들이대었다. 계집은 얼굴을 자세히 보더니,

"아!"

소리를 지르더니 뒤로 물러섰다.

"조금도 놀랄 것이 없다. 오늘 네가 내 말을 들으면 살려줄 것이요, 그렇지 않으면 이것이야!"

하고 시퍼런 칼을 들이대었다. 계집은 다시 태연하게,

"말이요? 임자의 말을 들으렬 것 같으면 벌써 들었지요, 이때까지 있겠소? 임자도 남의 마음을 알 거요. 임자와 나와 이 년 전에 이곳으로 도망해올 적에도 전남편이 나를 죽이겠다고 칼로 허리를 찔러

그 흠이 있는 것을 날마다 밤에 당신이 어루만지었지요? 내가 그까 짓 칼쯤을 무서워서 나 하고 싶은 짓을 못 한단 말이오? 힝, 이게 무슨 비겁한 짓이오, 사내자식이! 자, 찌르려거든 찔러보아요. 자, 자."

계집은 두 가슴을 벌리고 대들었다. 방원은 너무 계집의 태도가 대담하므로 들었던 칼이 도리어 뒤로 움찔할 만큼 기가 막혔다. 그는 무의식하게,

"정말이냐?"

하고 한 걸음 더 가까이 나섰다.

"정말이 아니고? 내가 비록 여자이지마는 당신같이 겁쟁이는 아니라오! 이것이 도무지 무엇이오?"

계집은 그래도 두려웠던지 방원의 손에 든 칼을 뿌리쳐 땅에 떨어뜨렸다. 이 칼이 땅에 떨어지자 방원은 여태까지 용사와 같이 보이던 계집이 몹시 비겁스럽고 더러워 보이어 다시 칼을 집어들고 덤볐다.

"에잇! 간사한 년! 어쩔 터이냐? 나하고 당장에 멀리멀리 가지 않을 터이냐? 자아, 가자!"

그는 눈물이 어린 눈으로 타일러보기도 하고 간청도 해보았다.

"자아, 어서 옛날과 같이 나하고 멀리멀리 도망을 가자! 나는 참으로 나의 칼로 너를 죽일 수는 없다!"

계집의 눈에는 독이 올라왔다. 광채가 어두운 밤의 번개같이 번쩍거리며,

"싫어요. 나는 죽으면 죽었지, 가기는 싫어요. 이제 나는 고만 그렇게 구차하고 천한 생활을 다시 하기는 싫어요. 고만 물렸어요."

"너의 입으로 정말 그런 말이 나오느냐? 너는 나를 우리 고향에 다시 돌아가지도 못하게 만들어놓고, 나의 모든 것을 다 잃어버리게 한 후에, 또 나중에는 세상에서 지옥이라고 하는 감옥소에까지 가게 하였지! 그리고도 나의 맨 마지막 원을 들어주지 않을 터이냐?"

"나는 언제든지 당신 손에 죽을 것까지도 알고 있소 자! 오늘 죽으나 내일 죽으나 언제든지 죽기는 일반, 이렇게 된 이상 나를 죽이시오."

"정말이냐? 정말이야?"

"정말요!"

계집은 결심한 뜻을 나타내었다. 방원의 손은 떨렸다. 그리고 그는 눈을 꽉 감고,

"에, 여우같은 년!"

하고 칼끝을 계집의 옆구리를 향하고 힘껏 내밀었다. 계집은 이를 악물고,

"사람 죽인다!"

소리 한 번에 그 자리에 거꾸러졌다. 칼자루를 든 손이 피가 몰리는 바람에 우르르 떨리더니 피가 새어 나왔다. 방원은 그 칼을 빼어 들더니 계집 위에 거꾸러져서 가슴을 찌르고 절명해버렸다.

-1925년

• • • • • • •
젊은이의 시절

아침 이슬이 겨우 풀끝에서 사라지려 하는 봄날 아침이었다. 부드러운 공기는 온 우주의 향기를 다 모아다가 은하 같은 맑은 물에 씻어 그윽하고도 달콤한 내음새를 가는 바람에 실어다 주는 듯하였다. 꽃다운 풀 내음새는 사면에서 난다.

작은 여신의 젖가슴 같은 부드러운 풀포기 위에 다리를 뻗고 사람의 혼을 최면제의 마약으로 마비시키는 듯한 봄날의 보이지 않는 기운에 취하여 멀거니 앉아 있는 조철하趙哲夏는 그의 핏기 있고 타는 듯한 청년다운 얼굴은 보이지 않고 어디인지 찾아낼 수 없는 우수의 빛이 보인다.

그는 때때로 가슴이 꺼지는 듯한 한숨을 쉬었다. 그는 몸을 일으켜 천천한 걸음으로 시내가 흐르는 구부러진 나무 밑으로 갔다. 흐르는 맑은 물은 재미있게 속살대며 흘러간다. 푸른 하늘에 높다랗게 떠가는 흰 구름이 맑은 시내 속에 비치어 어룽어룽한다.

꾀꼬리 한 마리는 그 나무 위에서 울었다. 흰 나비 한 마리가 그 옆 할미꽃 위에 앉아 그의 날개를 한가히 좁혔다 폈다 한다. 철하는 속으로 무슨 비애가 뭉킨 감상의 노래를 불렀다.

사면의 모든 것은 기꺼움과 즐거움이었다. 교묘하게 조성된 미술이었다. 음악이었다.

그러나 그의 입속으로 부르는 노랫소리나 그의 눈초리에 나타나는 표정은 이 모든 기꺼움과 즐거움과 아름다운 포위^{주위를 에워쌈} 속에서 다만 눈물이 날 듯한 우수와 전신이 사라지는 듯한 감상뿐이었다.

그는 속마음으로 부르짖었다.

하나님이여! 하나님은 나에게 가슴을 뭉클하게 하고 말할 수 없이 갑갑하게 하며 아침날에 광채 나는 처녀의 살빛 같은 햇볕을 대할 때나 종알거리며 경쾌하고 활발하게 흐르는 시내를 만날 때나 너울너울 춤추는 나비를 볼 때나 웃는 꽃이나 깜박이는 별이나 하늘을 흐르는 은하를 볼 때, 아아 나의 사지를 흐르는 끓는 핏속에 오뇌의 요정을 던지셨나이까? 감상의 마액을 흘리셨나이까?

아아 악마여, 너는 나의 심장의 붉고 또 타는 것을 보았는가? 나의 심장은 밤중에 요정과 꿀 같은 사랑의 뜨거운 입을 맞추고 피는 아침의 붉은 월계보다 붉고 나의 온몸을 돌아가는 피는 마왕의 제단에 올리려고 잡는 어린 양의 애처로운 피보다도 정精하였다. 또

정하다. 아아 너는 그것을 빼앗아 가려느냐? 너는 그것을 너의 그치지 않는 불꽃 속에 던지려느냐?

이 젊은 청년은 어렸을 때부터 저녁 해가 뉘엿뉘엿 서산으로 넘으려 할 때 붉은 석양에 연기 낀 공기를 울리며 그의 대문 앞을 지나 멀리 가는 저녁 두부장수의 슬피 부르짖는 '두부 사려!' 하는 소리나 집터를 다지는 노동자들의 '얼널널 상사두야' 소리를 들을 때나 한적한 여름날에 처녀 혼자 지키는 집에 꽹매기^{꽹과리} 두드리며 동냥하는 중의 소리를 들을 때나, 더구나 아자^{我子}의 영원히 떠남을 탄식하며 눈물지어 우는 어머니의 울음을 조각달이 서산으로 시름없이 넘어가는 새벽 아침에 들을 때나, 아아 하늘 위에 한없이 떠가는 흰 구름이여, 나의 가슴속에 감춘 영혼과 그의 지배를 받는 이 나의 육체를 끝없는 저 천애^{하늘의 끝}로 둥실둥실 실어다 주어지라! 나는 형적도 없고 보이지도 않는 그 소리 속에 섞이고 또 섞이어 내가 나도 아니요, 소리가 소리도 아니요, 내가 소리도 아니요, 소리가 나도 아니게 화하고 녹아서 괴로움 많고 거짓 많고 부질없는 것이 많은 이 세상을 꿈꾸는 듯 취한 듯한 가운데 영원히 흐르기를 바란다 하였다.

그는 어렸을 때부터 자연의 미묘한 소리에 한없는 감화를 받았다. 그는 홀로 저녁 종소리를 듣고 눈물을 씻었으며 동요를 부르며 지나가는 어린 계집아이를 안아주었다.

그는 가끔 음악에 대한 서적도 많이 보았다. 더구나 예술의 뭉치인 가극이나 악극을 구경할 때에 그 무대에 나타나는 여우의 리듬

맞춘 경쾌하고 사랑스럽고 또 말할 수 없는 정욕을 주는 거동을 볼 때나 여신같이 차린 처녀의 애연한 소리나 황자皇子 같은 배우의 매력을 가진 목소리가 모든 것과 잘 조화되어 다만 그에게 주는 것은 말하기 어려운 환상뿐이었다. 넘칠 듯한 이상뿐이었다. 인생의 비애뿐이었다.

그는 지금 나무 밑에 서서 주먹을 단단히 쥐고 공중을 치며,

"음악가가 되었으면! 세상에 가장 크고 극치의 예술은 음악이다. 나는 음악가가 될 터이다."

그는 한참 있다가 다시,

"아니 아니 '음악가가 될 터이야'가 아니다. 내가 나를 음악가라 이름 짓는 것은 못난이 짓이다. 아직 세상을 초탈하지 못한 까닭이다. 그렇다. 다만 내 속에 음악을 놓고 내가 음악 속에 들 뿐이다."

그의 표정에는 이 세상 모든 것을 조소하는 웃음이 넘치는 듯하였다. 그는 한참 가만히 있었다. 그러다가 그는 갑자기 눈에 희미한 눈물방울을 괴었다. 그리고 다시 주먹을 쥐고,

"에…… 가정이란 다 무엇이야. 깨뜨려버려야지. 가정이란 사랑의 형식이다. 사랑 없는 가정은 생명 없는 시체다. 아아 이 세상에는 목숨 없는 송장 같은 가정이 얼마나 될까? 불쌍한 아버지와 애처로운 어머니는 왜 나를 나셨소. 참진리와 인생의 극치를 바라보고 가려는 나를 왜 못 나가게 하세요. 어머니 아버지가 나를 낳아 기를 때에 얼마나 애끓이는 생각을 하셨어요. 어머니는 나를 업고 어떠한

날 새벽에 우리 집에 도적이 들어오니까 담을 넘어 도망을 하시려다 맨발바닥에 긴 못을 밟으시어…… 아아 어머니, 나는 지금 그것을 생각만 해도 가슴을 찌르는 듯합니다. 그러하나 어머니, 어머니의 그와 같은 자비와 애정은 헛된 것이 되었습니다. 나는 차마 못 하는 눈물을 흘리고서라도 가정을 뒤로 두고 나 갈 곳으로 갈까 합니다."

이렇게 흥분하여 있을 때에 누구인지 뒤에서,

"그러면 같이 갑시다……."

하는 고운 여성의 목소리가 들린다. 그는 돌아다보고 눈물 괸 두 눈에 웃음을 띠었다. 두 눈에 괸 눈물은 더 또렷하게 광채가 났다. 눈물은 그의 뺨으로 흘러 떨어졌다.

"아아 누님, 아아 영빈英彬 씨."

하고 그는 손을 내밀었다. 누님은 그의 동생의 눈물을 보고 아주 조소하듯,

"시인은 눈물이 많도다……."

하고 하하 하고 웃는다. 누님하고 같이 온 영빈이란 청년은 껄껄 하고 어디인지 아주 불유쾌한 표정을 나타내며,

"눈물은 위안의 할아버지요, 허허허."

철하는 눈물을 씻고 아주 어린아이같이 한번 빙긋 웃고,

"왜 인제 오세요, 네? 나는 한참 기다렸어요. 그러나 그것은 어찌 나 되었어요?"

이 말대답을 영빈이가 가로맡아서 대답하였다.

"다 틀렸어요. 실업가의 아드님은 부모에게 정신 유전을 받는 것 같이 직업이나 학업도 유전적으로 해야 한다고 당당한 다윈의 학설을 주장하시니까요. 저는 더 말할 것 없습니다마는…… 제삼자가 되어서…… 매씨남의 손아래 누이께서도 퍽 말씀을 하셨으나 무엇무엇 당초에……."

철하는 이 소리를 듣고 과도의 실망으로부터 나오는 침착으로 도리어 기막힌 웃음을 띠고,

"아아, 제2세 진화론자의 학설은 꽤 범위가 넓구먼……."

그러하나 그의 누이 경애瓊愛는 상냥하고도 부드러운 표정을 하고 그에게로 가까이 가서,

"무엇 그렇게까지 슬퍼할 것은 없을 듯하다. 아주머니도 네가 날마다 울고 지내는 것을 보시고 아버지께 자주자주 여쭙기는 하나 본래 분주하시니까 여태껏 자세히는 못 여쭈어보신 모양인데 무엇 아무렇기로 너 하나 음악 공부 못 시키겠니. 아버지가 안 시키면 아주머니라도 시키겠다고 하셨는데…… 아무 염려 마라, 응! 너의 뒤에는 부드러운 햇솜 같은 여성의 후원자가 둘이나 있으니까. 무얼 아버지도 한때 망령으로 그러시는 것이지, 사회에 예술이 얼마나 유익한 것인지 아주 모르시지도 않은 것이고…… 자…… 너무 그러지 말고 천천히 집으로 들어가자. 그리고 오늘 저녁에는 중앙극장에 오페라 구경이나 가자. 이것은 무엇이냐, 사내가 눈물을 자꾸 흘리며…… 실연했니? 하하하 자, 어서 가자 어서."

아지랑이 같은 부드러운 경애의 마음이여, 천사의 날개에서 일어나는 바람결같이 가벼운 그의 음조. 공중으로 떠오르는 듯한 철하의 가슴속에 있는 모든 열정의 뭉친 의식을 그의 누님의 그 마음과 음조는 모두 다 녹여버렸다. 그 녹은 것은 눈물이 되어 솟아나왔다.

"누님, 저의 마음은 자꾸만 외로워져요. 아버지, 어머니 다 믿을 수 없어요. 나는 누구를 믿을까요? 나는 누님밖에 믿을 사람이 없습니다. 나의 가슴에 보이지 않게 뭉친 것은 누님만 알아주십니다."

그의 애원하는 정은 그의 가슴에 복받쳐 올라와 눈물지으면서 그의 누이의 손을 쥐었다. 그러나 여성의 손을 잡는 감정적에 그는 아무리 자기의 누님이라 할지라도 알지 못하게 가슴을 지나가는 발랄한 맛을 보았다. 그는 얼른 손을 놓았다.

저녁 해가 질 만하여 그들은 넓고 넓은 들 언덕을 걸어간다. 경애는 파라솔을 접어 풀밭을 짚으면서 구두 끝으로 앞 치맛자락을 톡톡 차면서 걸어가고, 영빈은 무슨 책인지 금자로 쓴 커다란 책을 들고 그 옆을 따라가며, 철하는 두 사람보다 조금 앞서서 두 사람을 가지 못하게 막는 듯이 걸어간다. 동리에 저녁 안개는 공중에 퍼져 그 맑던 공기를 희미하게 하고 땅에 난 선명하게 푸른 풀은 회빛으로 물들인다. 경애는 다시 말을 내어 영빈에게,

"저는 예술이란 것을 알지 못합니다마는 예술가들은 다 저 모양입니까?"

하며 자기 오라비 동생을 가리킨다. 영빈은 기침을 두어 번 하고,

"그렇지요, 예술을 맛보려 하는 사람은, 더구나 예술의 맛을 본 사람은 처녀가 사랑을 맛보려는 것이나 맛을 안 것과 같습니다." 하고 무심히 경애의 얼굴을 들여다본다. 그 들여다보는 것에는 무슨 의미가 있는 듯하였다. 경애는 그 뚫어지게 들여다보는 영빈의 눈을 피하여 다시 철하를 바라보며 '참으로 그러한가?' 하는 듯하였다. 그리고,

"나는 너를 다시 동정하겠다. 지금까지는 다만 남매의 정으로 동정해왔지마는 지금부터는 참으로 너의 괴로운 가슴을 동정하리라." 하였다. 왜 그런고 하니 그는 사랑으로 인하여 마음의 견디기 어려운 괴로움을 당해본 까닭이었다.

사랑은 이 세상 모든 것에서 떠나고 뛰어넘는 것이고 벗어난 것이다. 문학가가 신의 부르는 영(靈)의 곡을 받아서 써놓은 것이나, 음악가·미술가·배우 들이 그 예술 속에 화하여 이 세상 모든 것으로부터 떠나는 것과 같은 경우를 생각하고 시기를 생각하는 것은 참 사랑이 아니다.

경애는 영빈을 사랑한다. 영빈도 경애를 사랑한다고 한다. 경애는 사랑이요, 사랑은 경애요, 영빈은 사랑이요, 사랑은 영빈이라. 사랑과 영빈과 경애는 한 몸이다. 세 사람은 어떠한 요릿집에서 저녁을 먹고 철하는 두 사람에게 작별을 하고 어디로인지 혼자 가버렸다.

두 주일이 지났다. 철하는 날마다 자기 방에 앉아 울었다. 그는 다만 자기 희망의 머리카락만 한 것은 자기의 누님으로 생각하였다.

자기의 누님은 예술이란 것을 이해하고 자기의 마음을 알아주고 자기를 위해준다 하였다. 아아 하늘의 선녀여, 바닷가의 정이여, 그대는 나를 위하여 나를 쌀 것이다. 숭엄하고 순결한 것이라야 숭엄하고도 순결한 것을 싸나니 그대는 나를 싸줄 것이다. 예술이란 숭엄하고도 순결하니까.

그는 저녁마다 꿈을 꾸었다. 꿈마다 천사와 만난 그는 천사에게 아름다운 음악을 들려 받았다. 그 음악 소리는 그의 모든 것을 여름날 지평선 위로 떠오르는 흰 구름같이 희고, 그 뒤에는 봄날의 아지랑이같이 희고, 그 뒤에는 한줄기의 외로운 바이올린 같은 선으로 떨려 오르는 세장하고 가늘고 길고 유원한 심오하여 아득한 음악 소리로 화하였다. 그는 그 음악 소리를 타고 한없는 곳으로 영원히 흐르는 듯하였다. 조그마한 근심도 없고 다만 아름다움과 말하기 어려운 즐거움뿐으로…… 그가 그 음악 소리를 타고 흐를 때 우리가 땅 위에서 무엇을 타며 다니는 것과 같이 규칙 없는 박절로써 흐르는 것이 아니라 간단없고 끊임없고 한결같아 그의 기꺼움은 있다 없다 하는 웃음으로 나타나지 않고 그의 자는 얼굴에는 빛나는 미소로 찼었으며, 빛나는 달빛이 창으로 새어들어 그의 얼굴을 한층 더 빛나게 하였다.

그가 한참 흘러가다가 멈칫하고 쉴 때에는 잠을 깨었다. 괴로움과 원망함이 다시 생겼다. 그가 창을 열고 달빛이 가득 찬 마당을 볼 때 차디찬 무엇이 그의 피를 식혀버리는 듯하였다. 그는 또다시 울었다. 그의 울음은 결코 황혼에 쇠북종 소리를 듣는 듯한 얼없이 조금

^{도 틀림이 없이} 가슴 서늘한 설움에서 나오는 것이 아니라 파란 물 위에서 은빛 물결이 뛸 때 강 언덕마을 집에서 일어나는 젊은 과부의 창자를 끊는 듯한 울음소리 같은 슬픔으로 나오는 울음소리였다. 그는 머리를 팔에 대고 느껴가며 울었다.

그는 속마음으로 '천사여' 하고 불렀다. 또 '미녀여' 하고 불렀다. 너희는 무엇들을 하는가? 달이 빛을 내리쏘는 것이나 별들이 속살대는 것이나 모래가 반짝거리는 것이나 나뭇잎에 이슬이 달빛을 반사하여 번쩍거리는 것이나 나의 전신의 피를 식히는 듯이 선뜩하게 하는 것이나 나의 가슴속을 괴롭게 하는 것이 천사여 너나 마녀여 너나 누구의 술법으로써 나를 괴롭게 하는 것이라 하면, 혹은 지나간 세상에서 나에게 실연을 당한 자가 천사가 되고 마녀가 되어 나를 괴롭게 하는 것이면 누구든지 그중에 힘센 자는 나를 가져가라. 천사나 마녀나 그리고 너의 가장 지독한 복수의 방법을 취하라. 그러나 데려다가 못 견딜 빨간 키스는 하지 말 것이다. 그렇지 않고 둘이 다 세력이 같거든 나는 둘에 쪼개가라. 아니 아니, 잠깐 가만히 있거라. 나는 조그마한 희망이 있다. 나의 누님이시다.

그는 다시 잤다.

그 이튿날 경애는 일어나 세수를 하고 근심이 있는 듯이 자기 오라비 아우에게로 왔다. 그가 드러누워 있는 아우의 자리로 가까이 와,

"어서 일어나거라, 무슨 잠을 여태 자니."

"가만히 계세요. 남은 지금 재미있는 꿈을 꾸는데."

"무슨 꿈을?"

하고 경애는 조금 말을 그쳤다가,

"그런데 영빈 씨는 웬일이냐. 그 후 한 번도 만나보지 못하고 또 편지 한 장 없으니…… 어디가 편치 않은지도 몰라. 벌써 두 주일이나 되었지? 그러나 무엇 다른 일 없겠지. 너 오늘 좀 가보렴, 아침 먹고……."

철하는 빙그레 웃으며 고개를 돌려 벽을 향해 드러누우며,

"싫어요. 나는 그런 심부름만 한답디까? 영빈 씨인지 무엇인지 무엇을 아는 척 그까짓 게 예술가가 무엇이야. 어떻게 열이 나는지, 지금 생각해도 분하거든. 남은 한참 누님 오기만 기다리고 있는데…… 무슨 좋은 소식이나 올까 하고…… 묻지 않는 말을 꺼내어 '다 틀렸어요, 실업가의 아드님은……' 어찌하고 알지도 못하고 떠드는 것은 참 볼치^{볼따구니}를 지지르고 싶거든. 망할 자식."

감상적인 철하는 생각나는 대로 말을 다 하고 다시 돌아누웠다. 그의 누님은 얼굴이 빨갰다 파랬다 한다. 아무리 자기의 동생일지라도 자기 정인에게 치욕을 주는 것은 그대로 견뎌내기 어려웠다. 그러하나 무엇이라 말을 할 수도 없고 억지로 분함을 참으면서,

"어디 너 얼마나 그러나 보자. 내 말을 듣지 않고 무엇이 될 줄 아니? 고만두어라."

일어서 나아간다. 철하는 돌아누운 채 속으로 혼자 웃으면서 일부러 부르지도 아니하였다. 그러나 경애는 철하가 다시 부르려니

하였다. 그것이 여성의 약하고도 아름다운 점이었다.

철하는 아침을 먹고 대문을 나섰다. 정한 곳 없이 걸어갔다. 그는 어떠한 네거리에 왔다. 거기에는 전차를 기다리는 사람이 많이 서 있었다. 그 어떠한 여자 하나가 거기 서서 전차를 기다리고 있는 것을 보았다. 그 여자는 자기 누이보다 더 예쁘지는 못하나 어디인지 자기 누이가 갖지 못한 미점이 있는 여자라 하였다. 그는 한참 보다가 다시 두어 걸음 나아가 또다시 돌아보았다. 그는 그 옆에 영빈이가 서 있는 것을 보았다. 영빈은 그 여자와 무슨 이야기를 하고 서 있었다. 철하는 다만 반가움을 못 이기어,

"야! 영빈 씨, 오래간만이십니다그려. 그렇게 한 번도 아니 오세요. 저의 누님은 매우……."

"네…… 네…… 어디로 가십니까?"

영빈은 아주 냉담하였다. 철하를 아주 싫어하는 듯하였다. 그리고 전차가 얼른 왔으면 하는 듯이 저편 전차가 오는 곳을 바라본다. 철하는 그래도 여전하게 반가이,

"네, 아무래도 좋지요. 참 오래간만입니다. 마침 좀 만나뵈려 하였더니 잘되었습니다. 바쁘지 않으시거든 우리 집까지 좀 가시지요."

그전 같으면 가자기 전에 먼저 나설 영빈이가 오늘은 아주 냉정하게,

"아녜요, 오늘은 좀 일이 있어요. 일간 한번 들르지요."

그때 전차가 달려온다. 영빈은 그 여자와 함께 전차를 타며 모자

를 벗는 둥 마는 둥 하더니,

"또 뵙겠습니다."

한다. 철하는 기막힌 듯이 가만히 서 있었다. 전차는 떠났다. 멀리 달아나는 전차만 멀거니 바라보는 철하는 분한 생각이 갑자기 나서,

"에! 분해……."

사람의 본능이여, 아침에 방에 드러누워서는 일부러 장난으로 자기 누이에게 영빈과의 사랑을 냉소하였으나 지금은 다만 자기 누이의 불행을 위하여 눈물을 흘리고 가슴을 쓰리게 하지 아니치 못하였다. '나의 가장 사랑하는 누이가 영빈이란 가假예술가, 부랑자, 악마 같은 놈에게 애인이란 소리를 들었던가?' 하는 생각을 할 때 그는 기어코 원수를 갚아야 하겠다 하였다. 그는 부리나케 전차가 간 곳으로 향해갔다.

그는 주먹을 쥐고 무엇이라 중얼중얼하였다. 또다시 정처 없이 갔다. 그는 하루 종일 집에 돌아가지 않고 돌아다녔다. 만난 사람도 별로 없다. 저녁이 거의 되었다. 전등은 켜졌다. 철하는 영빈에게 꼭 원수를 갚으리라 하고 그의 집 대문으로 들어섰다.

"이리 오너라……."

하고 불렀다. 하인이 나와 보다가 아무 말도 아니하고 들어가더니 영빈이가 나오며,

"아! 아까는 대단히 실례했습니다. 이리로 들어오시지요."

하고 그전과 같이 반갑게 맞아준다. 철하는 '그러하면 내가 공연히

영빈을 의심하였다' 하는 생각이 들며 하루 종일 벼르던 분한 생각
이 반이나 사라진다.

철하는 방문에 버티고 서서 방 안을 들여다보며,

"아녜요. 잠깐 다녀오라고 해서 왔어요."

"아까 매씨도 다녀가셨습니다."

영빈은 무슨 하지 못할 말을 억지로 하는 듯하였다. 그의 얼굴에
는 무슨 죄악의 그림자가 보이는 듯하였다. 철하의 분한 마음은 자
기 누이가 다녀갔다는 말에 다 날아가버렸다. 그러나 그의 머릿속
에는 아무도 없는 영빈의 방에 자기 누이인 여성이 다녀갔다는 말
을 들을 때에 여자를 입 맞추는 것, 음란한 행동의 환영이 보이고 또
사랑의 귀여움도 생각하였다. 그는 미소를 띠며,

"네, 그래요? 그러면 제가 오히려 늦었습니다그려. 그러면 가보
겠습니다."

"왜 그렇게 들어오지도 않으시고 가세요."

"아녜요. 관계치 않습니다. 얼핏 가보아야지요."

철하는 대문에까지 나와 다시 무엇을 생각한 듯이 영빈에게,

"아까 그 여자가 누구입니까?"

하였다. 영빈은 주저주저하다가,

"네…… 네…… 저의 사촌 누이예요."

"네…… 그러세요. 그러면 내일 한번 우리 집에 놀러 오시지요.
안녕히 주무십쇼."

철하는 휘적휘적 자기 집으로 돌아갔다. 철하가 안마루 끝에 구두끈을 끄를 때에 경애가 자기 아우가 돌아옴을 보고 반겨 나오면서도 어쩐 까닭인지 그전에 없던 부끄러움을 띠고,

"어디 갔다 인제야 오니?"

"공연히 돌아다녔죠."

철하는 자기 누이의 부끄러움을 알지 못하였다. 철하는 도리어 자기 누이에게,

"누님은 오늘 어디 갔다 오셨어요?"

하고 물었다. 경애는 주저주저하며 황망히,

"응, 우리 동무의 집에 잠깐……."

"또요."

"없어."

이 말을 듣는 철하의 가슴은 선뜩하였다. 그리고 자기 누이를 한번 쳐다보며.

"정말 없어요?"

"왜 그러니……."

"왜든지요."

철하의 눈에서는 눈물이 날 듯 날 듯하다. 알지 못하는 원망의 마음과 가슴을 뻗대는 듯한 슬픔은 철하를 못 견디게 하였다.

'아…… 왜 나의 또다시 없는 사랑하는 누이가 나를 속이노? 사랑이라는 것이 형제의 의리까지 없이한다 하면? 아…… 나는 사랑을 하

지 않을 터이야. 우리 누이는 평생에 처음으로 나를 속이었다. 나는 이제 믿을 사람이 하나도 없다. 영빈에게 갔다 왔다고 하면 어때서 나를 속일까? 거기에 무슨 죄악이 들어 있나? 비밀이 감추어 있나?'

경애는 가까스로 참다 못하는 듯이,

"그이 집에."

하고 얼굴이 발개진다.

"그의 집이 누구의 집예요? 그이가 누구예요?"

"영빈 씨 말이야."

"네…… 영빈이요, 그러면 왜 아까는 속이셨어요? 에…… 나는 인제는 믿을 사람이 하나도 없어요."

그는 갑자기 눈물이 솟구쳤다. 그는 아무 소리 없이 자기 방으로 뛰어들어갔다.

"이 세상에는 한 사람도 믿을 사람이 없어……."

그는 엎드려서 느껴가며 울었다.

전깃불은 고요히 온 방 안을 비추었다.

경애는 자기의 잘못으로 인하여 가뜩이나 울기 잘하는 철하가 우는 것을 보고 얼마큼 불쌍하고 또 사랑의 참정이 복받쳐 올라왔다. 그는 철하의 방문을 열었다. 철하는 눈물을 흘리고 이불도 덮지 않고 드러누워 있었다. 만일 영빈이가 이렇게 하고 있는 것을 보았다면? 경애의 마음은? 껴안고 입이라도 맞추었을 것이지만 그렇게 할 수 없는 철하에게는 가만히 전깃불을 반사하는 철하의 아래 눈썹에 괸 눈물을 그의 수건으로 씻어주었다. 철하는 잠이 들었다. 가끔가끔 긴 한숨을 쉬며 부드러운 입김을 토하였다.

경애는 왜 내가 한 번도 거짓말을 하여보지 못한 나의 오라비에게 거짓말을 하였을까? 아…… 육체의 쾌락은 모든 것의 죄악이다. 아무리 사랑하는 자에게 안김을 받은 것일지라도 죄악이다. 그 죄는 나로 하여금 가장 사랑하는 나의 아우를 속이게 하였다.

그는 자기 아우의 파리해가는 얼굴을 들여다보며 자꾸자꾸 울었다. 그러하나 그는 감히 그날 지낸 것을 자기 아우에게 이야기할 용기는 없었다. 그는 붓과 종이를 들어 그날 하루의 지낸 쾌락을 쓰려 하였다. 그는 썼다.

철하는 자다가 일어났다. 희망 없는 사람이다. 도와주는 사람은 없다. 하나님을 믿을까? 의지할까? 도와주심을 빌까? 그러나 만일 신이 실재가 아니라 하면? 그렇다. 하나님도 믿을 수 없고 의지할 수 없었다. 그의 가슴속에는 신앙이 없었다. 그의 가슴에는 하나님의 위안이 없었다. 하나님의 위안은 있는 사람에게 있고, 없는 사람에게는 없다. 또 있는 것을 없이할 필요도 없는 것을 일부러 있게 할 것도 없다 하였다.

그는 밤새도록 울었다. 오늘 저녁에는 엊저녁같이 아름다운 꿈을 꾸지 못하였다. 그는 새벽에 그의 누이가 써놓은 글을 읽었다. 그러나 그는 그리 괴이하게 읽지 않았다.

영빈은 경애를 그의 침상에서 맞은 것이었다. 뭉킨 사랑은 파멸을 당하였다. 익고 또 익어 농익은 앵두같이 얇아지고 또 얇아진 사랑의 참지 못하는 껍질은 터지었다. 그러나 터진 그때부터 그 사랑은 귀여운 사랑이 아니었다. 사랑이 터진 후로부터 경애는 알 수 없는 무슨 괴로움을 깨달았다. 순간적인 쾌락이 언제까지든지 계속하겠지, 하고 영원한 희망을 갖고 있는 그는 그 순간이 지난 후부터 무슨 비애와 부끄러움이 그의 가슴에 닥쳐왔다. 그리하고 가장 사랑하는 자기 오라비를 속이게 되었다. 그리고 그 이튿날도 종일 눈물을 흘리게 되었다. 그는,

'하나님이여, 어찌하여 나를 약한 자로 세상에 오게 하셨나이까? 운명의 신이여, 어찌하여 나를 이브의 후예로 나게 하였나이까? 부드럽고 연한 살과 욕정을 품은 붉은 입술과 최음의 정을 감춘 두 눈과 끓는 피가 모다^{모두} 부끄러움과 강한 자의 미끼를 위하여 만들어지지 않지는 못할 것입니까?'
하고 혼자 가슴이 답답하였다.

철하는 경애의 고백문 같은 것을 읽고 아무 말도 없이 다만 사랑의 결과는 찢어졌구나, 그러하나 아무것도 부끄러울 것이 없지 아니한가, 부정이란 치욕만 없으면 그만이지, 영구한 사랑만 있으면 그만이지, 영빈과 누님이 영원한 한 사람이면 그만이지. 그러나 여자는 약하다. 그 순간의 쾌락을 부끄러워서 나를 속이었구나.

아침이 되었다. 해는 아침 안개 속으로 온통 붉은빛을 내리쏟는다. 하인들은 들락날락, 부엌에서는 도마에 칼 맞는 소리가 난다.

아름다운 아침이었다. 분주한 아침이었다.

경애는 일어나며 철하의 방으로 갔다. 창틈으로 자고 있는 철하를 들여다보았다. 철하는 곤하게 자고 있었다. 경애는 멀거니 공중만 바라보며 아무 소리도 없이 서 있었다.

철하는 겨우 눈을 뜨고 하품을 하였다. 밖에 섰던 경애는 깜짝 놀라서 저리로 뛰어갔다. 철하는 창을 열고 경애를 바라보며,

"왜 거기 가 계세요? 들어오시지 않고."

그는 조금도 다른 기색이 없이 평상시와 같았다. 경애는 오히려 부끄러워 바로 철하를 보지 못하였다.

"무얼 그러세요, 거기 앉으시지."

"누웠잖니?"

하며 어색한 말씨로,

"나는 니가 너무 울기만 하니까 대단히 염려가 되더라."

"염려되신다는 것은 고맙지만 어쩔 수 없는 일이지요. 그러나 아버지는 또 무엇이라세요?"

"무얼 무어라서, 언제든지 그렇지."

"그러세요."

하고 그는 한참 생각하듯이 고개를 숙이고 있다가 갑자기 고개를 들고,

"누님, 나는 그러면 맨 나중 수단을 쓰는 수밖에 없습니다. 내가 부모를 바라는 것이 잘못이지요. 나는 나의 하고 싶은 것을 하지 못

하고 이렇게 쓸데없는 시일을 보낼 수가 없어요. 집에 있어야 울음뿐입니다."

"그러면 어떻게 한단 말이냐?"

"저는 갈 터입니다. 정처 없이 가요."

"얘가, 또 미친 소리 하는고나. 가면 어디로 가니?"

"날더러 미쳤다고요! 흥!"

"그런 소리 말고 조금만 더 참아보아라. 나하고 아주머니하고 어떻게든지 해볼 터이니 마음을 안정하고 조금만 더 참으렴. 또 네가 정처 없이 간다니 가면 어디로 가니? 가다가 거지밖에 더 되니? 너만 어렵다. 니가 무엇이 있니? 돈이 있니? 학식이 있니?"

"네, 저는 거지가 되렵니다. 거지가 더 자유스러워요, 더 행복스러워요. 지금 저는 거지 아닌 듯싶으십니까? 아버지의 밥을 얻어먹고 있는 거지입니다. 그러나 마음은 항상 괴로워요. 차라리 찬밥 한 덩이를 빌어먹더라도 마음 편하고 자유로운 거지가 더 좋습니다."

그의 가슴에서는 한때 복받치는 결심의 피가 끓었다.

'나는 가정을 떠날 터이다. 차디찬 가정을. 그리하고 또 되는대로 가는 대로 흐를 터이다. 적적하게 빈 외로운 절 기둥 밑에 이슬을 맞으며 자고 한 뭉치 밥을 빌어 찬물에 말아먹고, 아아 그리운 방랑의 생활, 길가에 핀 한 송이 백합꽃이 아무러하지 않고도 그같이 고우며, 열 섬의 쌀을 참새 하나가 한꺼번에 다 못 먹는다. 불쌍한 자들아! 어리석은 자들아! 오늘 근심은 오늘에 하고 내일 근심은 내

일에 하라. 아아, 어두운 동굴 속에도 나의 자리가 있고 해골이 쌓인 곳에도 나의 동무가 있다. 오막살이 초가집에도 하늘의 천사에게 향연을 베풀며 망망한 대양에 반짝거리는 어선의 등불 밑에도 달콤한 정화가 있지 아니한가. 한 방울의 물로 그 대양 됨을 알지 못하나니, 사람이 무엇으로 크다고 하며 무엇으로 제인 체하느뇨. 재산은 들고 가려느냐, 땅은 사서 메고 가려느냐, 죽어지면 개미가 엉기는 몸뚱이에 기름을 바르는 여자들아, 분 바르고 기름칠하면 땅속에서 썩지 않고 다시 산다더냐? 떠나라! 거짓에서 떠나고 사랑 없는 곳에서 떠나라! 너의 갈 곳은 이 세상 어디든지 있고, 너의 몸을 묻을 한 뼘의 작은 터가 어느 산모퉁이든지 있느니라. 아! 갈 것이다. 심령의 오로라여, 나를 이끌라. 진리의 밝은 별이여, 그대는 어디든지 있도다. 아! 갈지라, 나는 갈지로다.'

그는 이렇게 결심하였다. 그러나 그는 눈물을 아니 흘리지 못하였다. 육체인 그는, 감정의 그는 울지 아니하지 못하였다.

"누님, 저는 갈 터입니다. 삼각산 높은 봉에 쉬어 넘는 구름과 같이 가요. 붉은 해가 서산을 넘어가기만 하고 오지 않는 것같이 가요. 산 넘고 물 건너 걷기도 하고 배도 타고 얼음 나라도 가고 수풀 사이로 흐르는 시냇가에도 가고 인도에도 가고 애급^{이집트}에도 가고 예루살렘에도 가고 이태리에도 가고 어디든지 갈 터입니다."

이때 하인이 편지 한 장을 갖다가 경애 앞에 놓았다. 그는 반가워 뜯어보았다.

경애여, 그대의 오라비는 나를 욕보였다. 진실한 사랑을 의심하여 나에게 치욕을 주었다. 나는 다시 그대의 남매를 보지 않을 터이다. 그대의 오라비는 나를 의심하여 '그 여자가 누구입니까?' 하던 그 여자는 참으로 나의 정인이다. 너의 연한 살과 부드러운 입술과 너의 육체의 아무것으로라도 흉내내기 어려운 사랑의 애정인 그의 두 눈의 광채를 보라. 타는 가슴에 불이 붙는 것의 상징인 그의 뺨을 보라. 그는 참으로 산 자이다. 그러나 너는 죽은 자이다. 죽은 자는 죽은 자라야 사랑한다. 그만.

                                                    - 영빈

경애는 땅에 엎디어 울었다. 그는 편지를 북북 찢으며,

"예술가? 예술이 다 무엇이냐, 죽음을 저주하는 주문이냐, 마녀의 독창이냐, 보기에도 부끄러운 음화냐, 다 무엇이냐. 사랑 같은 예술이 어찌 그 모양이냐? 아 분해, 너도 예술 다 고만두어라. 예술가는 다 악마다. 다 고만두어라."

그는 자꾸자꾸 느껴 운다. 그는 자꾸자꾸 분한 마음이 나며 또 한 옆으로 자기 누이가 그리하는 것을 보매 실망되는 생각이 나서 마음은 자꾸 괴로워진다.

"누님, 무엇을 그러세요."

"무엇이 무엇이냐. 나는 예술가에게 더러움을 당하였다. 속았다. 다 고만두어라, 예술가는 다 독사다. 악마이다. 여호아를 속인 뱀과

같다. 다 고만두어라."

철하의 마음은 갑갑할 뿐이었다. 쉬일 새 없이 흐르는 그의 더운 피가 갑자기 꽉 막히는 듯하였다. 자기의 누님이, 가장 미덥고 가장 사랑하는 누님이 가자假着 예술가에게 독사에게 악마에게, 아! 그 곱고 정한 몸은 그 순간에 더럽혔다. 아니 아니, 그 순간이 아니다. 더럽힌 것이 그 순간이 아니다. 형식을 벗어난 사랑의 결과를 나는 책망하지 않는다. 그러나 영빈의 머릿속에는 벌써부터 나의 누이를 더럽히고 있었다. 보이지 않는 그의 머릿속에서는 몇만 번 나의 누님을 침상에서 맞았다. 그의 머릿속에 있던 음욕의 환영은 몇천 번인지 모른다. 아아 악마, 독사, 너는 옛적에 에덴에서 이브를 꼬이던 뱀이다. 거침없고 흠 없던 이브는 그 뱀으로 인하여 모든 세상의 괴로움을 깨달은 것과 같이 너는 나의 누님에게 고통을 주었다. 거리낌 없는 나에게 거짓말을 하게 되었다. 인생의 모든 것을 저주하게 되었다.

철하의 가슴은 갑자기 무엇이 터지는 듯하였다. 모였던 물이 터지는 듯하였다. 막혔던 피는 다시 높은 속도로 돌았다. 그의 천칭저울의 하나의 중심 같은 신경은 그의 뜨거운 피의 몰려가는 자극을 받아 한없이 흥분하였다. 그는 갑자기,

"누님!"

하고 부르짖으며,

"누님은 예술을 욕보였습니다. 예술이란 것이 어떠한 뭉치로나

부분의 한 개로 있는 것이 아니에요. 생이 있을 때까지는 예술이 없어지지 않아요. 아아, 누님은 생의 모든 것을 욕보였습니다. 누님은 누님 자기를 욕하고 가장 사랑하는 아우를 욕하고…… 아아, 나는 참으로 그 말을 그대로 듣고 있을 수 없어요. 나의 목을 누르는 듯한 누님의 말을 그대로 듣고 있을 수는 없어요. 아아, 내가 독사 악마라면 누님은 나보다 더 무엇이라 할 수 없는 요녀입니다. 사람의 육체를 앙상한 이빨로 뜯어먹는 요녀예요. 무덤 위로 방황하는 야차^{사람을 괴롭히거나 해친다는 사나운 귀신}십니다. 아아, 나의 가슴은 터지는 듯해요. 가슴에 뛰는 심장은 악마의 칼로 찌르는 듯해요. 아아, 어찌하면 좋을까요, 누님…… 네…….”

경애는 자기 오라비의 갑갑하여 어찌할 줄 모르는 것을 보고, 그가 엎드러져 가슴을 문지르며 우는 것을 보고, 또 자기에게 원망하는 듯하는 소리에 말하기 어려운 비애가 뭉친 것을 보고, 어디까지 여성인 그는 인자가 가득 찬 무엇이라 말할 수 없는 원망과 슬픔과 사랑과 어짊이 뒤섞인 마음이 생겨 그의 오라비를 눈물 괸 눈으로 바라보았다. 물끄러미 아무 말 없이 쳐다보는 그의 눈에는 사랑의 빛이 찼다. 그의 눈물이 하얀 뺨을 흘러 떨어질 때마다 그는 침을 삼키며 한숨이 가슴에 복받친다. 그는 메어가는 목소리로,

“철하야, 다 고만두자. 지나간 일은 잊어버리자. 나는 전과 같이 너를 사랑할 터이다. 나는 또다시 너를 속이지 않을 터이다. 아아, 그러하나 나는 분해. 참으로 분해…….”

"모두 다 한때의 감정이지요. 그러나 누님, 분해하는 누님을 보는 나는 더 분해요. 저는 누님보다 더 분해요…… 에…… 나는 그대로 참지는 못하겠어요. 참지 못해요. 내가 죽어 없어지기 전에는 참지 못해요. 그놈이 나의 누님의 원수라 함보다도 나의 원수입니다. 그놈은 예술을 욕보였습니다."

철하는 자기 누이의 사랑스러운 항복을 받고 갑자기 더욱 흥분되었다. 그리고 벌떡 일어났다.

"아녜요, 가만히 있을 수 없어요."

그의 누이는 그의 옷자락을 잡으며,

"어디를 가니?"

"놓으세요, 그놈을 그대로 두지 못해요. 독사 같고 악마 같은 놈을 그대로 둘 수는 없어요. 나의 손에 주정이 타는 듯한 날카로운 칼은 없지마는 그놈의 가슴을 이 손으로라도 깨뜨려버릴 터입니다. 놓으세요, 자…… 놓으세요."

경애의 손은 떨리며 나지막한 소리로 애원하는 정이 뭉친 듯하게 그를 쳐다보며,

"이 애, 왜 이러니, 그렇게 감정적으로 하면 안 된다. 자, 참아라. 참아……."

"그러면 누님은 나보다도 나의 생명보다도 영빈의 그 악마의 생명을 더 아끼십니까? 안 됩니다. 안 돼요."

경애의 마음은 어디까지 사랑스러웠다. 그의 마음에는 오히려 지

나간 흔적이 남아 있었다. 부질없는 지나간 때의 단꿈의 기억은 오히려 영빈을 호의로 의심하게 되었다. 자기의 불행을 조금 더 무슨 희망과 서광이 보이는 듯이 인정하게 되었다. 아무렇기로 영빈 씨가 그리하였으랴. 그것은 무슨 잘못된 일이 아닌가 하였다. 그리고 어떠한 때에는 자기 오라비에게 대한 사랑이 영빈의 그것과 대조하여 미치지 못하는 점이 있었다.

철하는 아주 냉담하게,

"저는 일어섰습니다. 누님을 위하여 일어섰으며 예술을 위하여 일어섰습니다. 저는 다시 앉을 수는 없어요."

"이 애, 너는 나를 위하여 한다 하면서 그러면 어째 나의 애원을 들어주지는 않니! 자아…… 앉아라, 앉아. 너무 그리 급히 무슨 일을 하다가는 무슨 오해가 생기기 쉬우니라. 응!"

"앉을 수 없어요. 만일 누님이 영빈이를 위하여 나에게 한번 일어선 마음을 꺾으라 하면 아…… 네, 알았습니다. 영빈에게는 가지 않겠습니다. 영빈을 위하여 가지 않는 것이 아니라 나의 누님을 위하여……."

"아아, 정말 고맙다. 그러면 여기 앉아라."

"그렇다고 앉지는 못해요. 나는 일어선 사람입니다. 혈기 있는 청년이에요. 나는 누님을 위하여 나의 몸을 바칠 터입니다. 자…… 놓으세요, 저는 저 가고 싶은 곳으로 갈 터입니다. 자…… 놓으세요."

경애는 어찌할 줄 몰랐다. 그는 철하의 옷자락을 어리광도 같고 원망하는 것도 같이 잡아당기며 거기 매달려 한참 엎디어 소리를 내어 울었다. 그 꼴을 보는 철하의 마음은 괴로웠다. 눈물은 한없이 흘렀다.

"누님, 그러면 어떻게 해요. 갈 수도 없고 있을 수도 없고, 어떻게 하란 말씀이오!"

"나는 어떻게 해야 좋을지 모르겠다. 그러나 너를 놓아줄 수는 없어. 놓을 수는 없어."

철하는 그대로 사라져버렸으면 하였다. 그러나 자기 누님의 눈물과 한숨을 보면 볼수록 자기의 마음은 약해졌다. 철하의 결심은 식어버리기 시작하였다. 그는 아주 단념한 듯이,

"그러면 놓으세요, 저는 다…… 고만두겠습니다. 아니 갈 터입니다……."

그가 다시 자기 책상 앞에 가서 '아하' 하고 한숨을 쉬고 팔을 모으고 고개를 대고 엎드리려 할 때 하인이 창을 열고,

"아가씨, 마님이 좀 들어오시라고요."

하고 의심스럽고 호기의 웃음을 띠고 쳐다본다. 경애는 눈물을 씻고 아무 소리 없이 나간다. 그의 몸을 슬쩍 돌릴 때에 그의 희고 고운 옷자락이 바람에 슬쩍 날려 그의 부드러운 육체의 윤곽이 선명하게 철하 눈에 보였다. 아아, 욕정! 그는 고개를 다시 내려 엎드려 책상 위에 엎드렸다. 그는 자꾸 울었다. 방 안은 고요하다. 그때는 철하의 머릿속에는 아무 의식도 없었다. 그는 깜박 잠이 들었다.

그는 고개를 땅에 대고 엎드려 있었다. 사면은 다만 지평선밖에 보이지 않는 넓고 넓은 사막이었다. 아무것도 보이지 않았다. 저쪽 우묵히 들어간 곳에는 도적에게 해를 당한 행려나그네의 주검이 놓여 있다. 어디서인지도 모르게 괴수의 울음소리가 들린다. 멀리 두어 개 종려나무가 부채 같은 잎사귀를 흔들었다. 적적하고 두려운 생각을 내는 적막한 것이었다.

그의 눈물은 엎디어 있는 팔 밑으로 새어 시내같이 흘렀다. 그는 목이 마르고 가슴이 답답하였다. 두려움이 생겼다. 조금도 눈을 떠 다른 곳을 못 보았다. 지나가는 바람 소리가 날 때 그의 머리끝은 으쓱으쓱해지고 귀신의 날개 치는 소리가 아닌가 하였다. 그러나 그의 울음은 그치지 않았다. 그의 울음은 극도의 무서움까지라도 그치게 하지 못하였다. 그는 자꾸 울었다.

그때 하늘 구름 사이로 황금빛이 나타났다. 온 사막은 기꺼움의 광채로 가득 찼다. 도적에게 맞아 죽은 주검까지 전신에 환희의 광채가 났다. 그 구름 위에는 이천 년 전에 갈보리 산 위에서 십자가에 돌아간 예수의 인자한 얼굴이 나타났다. 웃지도 않는 얼굴에는 측은하여 하는 빛과 사랑의 빛이 찼다. 그는 곧바로 철하의 엎디어 있는 공중 위에 가까이 왔다. 그는 한참 철하를 바라보더니 그의 바른손을 들었다. 그의 못 박힌 자국으로부터는 붉은 피가 하얀 구름을 빨갛게 적시며 철하의 머리털 위에 떨어졌다. 그리고 다시 하얀 모래 위에 발갛게 물들인다. 그때 모든 천사는 예수를 찬송하는 노래를 불렀다. 구름과 예수와 천사들은 다 사라졌다.

철하는 고개를 들어 쳐다보았다. 그러나 아무 위안을 주지 못하였다. 모래 위의 피는 다 사라졌다. 마음은 여전히 괴롭고 두려웠다. 그는 다시 엎드렸다. 어느덧 공중에 달이 솟았다. 온 사막은 차고 푸른빛으로 덮였다. 지평선 위 공중에서는 별들이 깜박거렸다. 아주 신비의 밤이었다.

어디서인지 장고와 피리 소리가 들렸다. 그 소리는 아주 향락적 음악을 아뢰었다. 그때 저쪽 어둠 속에서 아주 사람이 좋은 듯이 싱글싱글 웃는 마왕 하나가 피리와 장고의 곡조에 맞추어 덩실덩실 춤을 추며 이리로 가까이 왔다. 그의 몸에는 혈색의 옷을 입었다. 그가 밟는 발자국 밑 모래 위에는 파란 액체가 괴었다. 그는 달님과 별님에게 고개를 끄덕 인사를 하고 철하 앞에 와서 넘실넘실 춤을 추었다. 그는 유창하게 크게 웃었다. 아주 낙환樂歡의 마왕이었다.

"하― 하."

빙글빙글 웃는 달

나의 얼굴 밝히소서

첫날 저녁 촛불 밑에

다홍치마 입고서

비스듬히 기대앉아

아무 소리 아니 하고

신랑의 얼굴만
곁눈으로 흘겨보는
새색시의 얼굴 같은
달님의 얼굴빛을
나는 보기 원합니다

쌍긋쌍긋 웃는 별님
홍등촌 사창紗窓 열고
바깥 보고 혼자 서서
지나가는 손님 보고
치마꼬리 입에 물고
가는 허리 배배 꼬며
푸른 웃음 던지면서
부끄러워 창 톡 닫고
살짝 돌아들어가는
빨간 사랑 감춘
웃는 아씨 그것같이
나에게도 그 웃음을
던져주기 비옵니다
하하하 하하하하

하늘 위에 흐르는 물

은하수가 되었세라

인간에는 물이지만

하늘에는 술뿐이라

쉬지 않고 흐르는 술

인간에도 들이부어

눈물 없는 이 마왕과

한숨 없는 이 마왕과

원망 없는 이 마왕과

거짓 없는 이 마왕과

웃음뿐인 이 마왕과

즐거움만 아는 나와

사랑만 아는 나와

꿈속에서 아찔하게

영원토록 살려 하는

이 마왕의 모든 친구

모다 모시게 하옵소서

하하하하 하하하하하

마왕은 철하 귀에 입을 대고,

"철하."

하고 아주 유혹하듯이 나지막한 목소리로 불렀다.

"철하, 일어나게. 근심은 무엇이고 눈물은 왜 흘리나. 나는 여태 껏 그것을 몰라. 자— 일어나게. 내 그 눈물과 근심을 다 없이할 것을 줄 터이니."

철하는 가만히 눈을 들어보았다. 그는 조금 주저주저하였다.

"하하, 철하. 그대는 나를 알 터이지. 어여쁜 처녀의 붉은 입술같이 언제든지 짜르르하게 타는 달콤한 '술의 마왕'을! 자— 나의 동무가 되라. 나와 사귀면 근심을 모르는 눈물을 모르는 어느 때든지 저 달님과 별님과 같이 될 것이라. 자, 나와 같이 '술의 노래'를 부르며 춤추고 놀아보자. 하하하하하 하하하하하."

철하는 그의 손을 잡고 일어섰다. 마왕은 자기 발자국에 고이는 파란빛의 액체를 철하에게 먹였다. 철하는 모든 근심, 모든 괴로움을 잊어버리게 되었다. 그리하고 마왕과 함께 춤을 덩실 추었다. 그리고 그의 가슴에서는 뜨거운 정욕만 자꾸자꾸 일어났다. 그의 입술은 점점 붉어지고 온 전신은 열정으로 타는 듯하였다. 그는 부끄러움도 잊어버리고 옷을 벗었다.

그때에 누구인지 보드랍고 따뜻한 손으로 그의 손을 잡는 자가 있었다. 그의 가슴에 정욕은 더 높아졌다. 그는 돌아다보았다. 철하 뒤에는 눈썹을 푸르게 단장하고 가슴의 유방을 내어 보이며 입에는 말하기 어려운 정욕의 웃음을 띠고 푸른 달빛을 통하여 아지랑이 같은 홑옷 속으로 타는 듯한 육체의 말할 수 없는 부드러운 대리석

같은 살의 윤곽을 비추었다. 그의 벗은 발밑에서는 금강석 같은 모래가 반짝였다.

철하의 가슴속의 붉은 심장은 가장 높은 속도로 뛰었다. 그가 마왕에게 취한 게슴츠레한 눈으로 사랑의 이슬이 스미는 듯한 그의 입술을 바라볼 때 그는 알지 못하게 그 여자의 뭉클하고 부드러운 유방을 껴안았다. 그는 타는 듯한 입을 맞추었다. 초자연의 순간이었다. 그때 또다시 유창한 마왕의 웃는 소리가 들렸다.

"하하하하 하하하하하."

철하는 꿈같이 몇 시간을 보냈다. 이때 멀리 새벽을 고하는 종소리가 들렸다. 마왕과 그 여자는 깜짝 놀라서 손을 마주 잡고 여명 속에 숨어버렸다. 달은 서쪽 지평선 저쪽으로 넘어가며 얼굴이 노한 듯 불쾌하여 철하를 흘겨보는 듯하였다. 별들은 눈을 비비는 듯하였다. 철하는 혼자 남아 있다가 다시 엎디었다. 마음은 시끄러웠다.

아아, 사랑스러운 새벽빛이 동편 지평선의 저쪽으로 새어 들어왔다. 하늘은 파르스름하게 개었다. 그는 어디서 오는 것인지 길고도 그윽한 정신을 취하게 하는 바이올린 소리를 들었다. 천애 저쪽으로부터 들려오는 음악 소리에 화하여 처녀의 조금도 상치 않은 목소리가 들렸다. 그러나 그 소리가 어디서 오며 어디로 가는지 몰랐다. 그때 철하는 눈물을 흘리며 멀리 저쪽 하늘 끝을 바라보았다.

그 음악 소리는 산을 넘고 물을 건너 한없이 왔다. 그 보이지 않는 소리는 처음에는 아지랑이같이 희미하게 보이게 변하고 또 그다음에는 여름에 지평선 위로 떠오르는 흰 구름 같은 것으로 변하고 나중에는 육체를 가진 여신으로 변하였다. 그는 사막 위로 걸어 철하에게로 가까이 왔다. 철하가 그 여신의 빛나는 눈을 볼 때 아아, 모든 근심과 눈물은 사라졌다. 자기가 그 여신 같기도 하고 여신이 자기 같기도 하였다. 그러나 그 여신의 눈에는 눈물이 있었다. 새로운 아침빛이 그것을 비추었다. 음악의 여신은 아무 말도 없었다. 그는 다만 철하의 손을 잡고 물끄러미 쳐다볼 뿐이었다. 그 여신은 감정적인 여신이었다. 그의 눈에서는 눈물이 자꾸자꾸 흘렀다. 그 눈물은 철하의 손등에 떨어졌다. 그 여신은 철하를 껴안고 어머니가 어린 자식을 어루만지듯 하였다. 철하는 그 여신을 단단히 쥐었다. 그러나 그 여신은 돌아가려 하였다. 철하는 놓치지 않았다. 그때 여신의 몸은 구름같이 변하고 아지랑이같이 변하고 보이지 않는 소리로 변하였다. 그리고 저쪽 지평선으로 넘어갔다. 철하는 여신의 사라진 손만 쥐고 있었다. 그는 다시 엎드려 울었다.

철하가 눈을 떴을 때에는 그 여신을 잡았던 손에 자기 누이의 고운 손이 잡혀 있었다. 자기 누이는 자기 손을 잡고 그 위에 눈물을 뿌리고 있었다.

-1922년

1. 짧고도 불행했던 나도향의 생애

나도향의 본명은 경손慶孫이고 필명은 빈彬이다. 1902년 3월 30일에 서울 청파동에서 태어나 1926년 8월 26일에 겨우 스물다섯 살의 나이로 세상을 떠났다.

그는 배재고보를 졸업하고 경성의전에 입학했으나 중도에 그만두고 일본에 유학하여 문학인으로서의 길을 걷고자 했다. 그러나 경제적 사정이 좋지 않아 조선에 되돌아와 안동에서 보통학교 선생으로 지내는 등 방황하다 1921년경부터 소설가의 길을 걷기 시작했다. 1922년에는 박종화, 홍사용, 이상화, 현진건, 안석영 등과 함께 《백조》의 동인으로 활동하면서 본격적인 문학활동을 펼쳐나갔다.

그가 문단에 뚜렷한 존재로 부각된 것은 동아일보에 장편소설 《환희》1922. 11. 21~1923. 3. 21를 연재하게 되면서다. 본격적인 작가생활에 접어든 후에도 일본에 건너가 문학공부를 하고자 하였으나 지병이 악화되어 귀국, 한 달 만에 세상을 떠나고 말았다. 그를 죽음으로 몰고 간 병에 대해서는 대개 폐결핵으로 알려졌지만 당시 신문에는 '위장병'이라고 밝히고 있어 좀더 명확해야 할 필요가 있다.

나도향의 소설 세계는 흔히 낭만주의적 경향에서 사실주의적 경향으로 발전해나간 것으로 평가된다. 몇 년 안 되는 문학활동의 초기에 발표한 〈젊은이의 시절〉^{백조 창간호, 1922. 1}이나 〈별을 안거든 울지나 말걸〉^{백조 2호, 1922. 5}이 감상적인 낭만주의적 기질을 드러낸 반면, 〈여이발사〉^{백조 3호, 1923. 9}, 〈행랑자식〉^{개벽, 1923. 10} 같은 작품을 발표하면서부터는 사실주의 경향을 띠기 시작한 것으로 평가되며, 이 계열에서 〈자기를 찾기 전〉^{개벽, 1924. 3}, 〈벙어리 삼룡이〉^{여명, 1925. 7}, 〈물레방아〉^{조선문단, 1925. 9}, 〈뽕〉^{개벽, 1925. 12} 등에 이르면 이러한 경향이 완숙한 단계에까지 다다른 것으로 평가된다. 특히 〈지형근〉^{조선문단 14~16호, 1926. 3~5}은 그가 세상을 떠나기 두 달 전까지 발표된 작품으로 그의 문학이 낭만주의와 결별하고자 했음을 방증한다고 평가된다.

나도향은 일찍부터 문학적 재능을 드러냈으면서도 요절했던 까닭에 문인들의 안타까움을 샀다. 이은상은 그를 가리켜 '고독한 산보자'라고 하고, 또 '천재자'라 부르기를 주저하지 않았다. 나도향은 그다지 잘생긴 사람은 아니었다. 나중에 안석영은 그를 가리켜 대놓고 '추남'이라고까지 했다. 또 어떤 익명의 글쓴이는 도향을 가리켜 '허리 잘록한 먹통참외 같은 얼굴'을 가졌다고도 표현했다. 그러니 첫인상이 빼어난 편도 아니고, 여성들에게 인기가 있는 사람도 아니었다. 하지만 많은 사람이 지적하듯이 '사자수곡泗泚水曲'이라는 노래를 아주 빼어나게 부르는, 멋과 낭만이 가득한 사람이었다. 대중소설 세계를 개척한 방인근도 그를 가까이에서 접한 사람 가운데 하나였다. 그는 나도향을 슬프고 고독한 기질을 타고난 사람으로 회고하면서 다음과 같이 썼다.

> 군은 몹시 다정다한하였다. 싹싹할 때는 연한 배 맛이 들다가도 쌀쌀할 때는 서울 사람의 근성이 발로되고 찬바람이 돈다. 군이 늘 유쾌하게 상긋상긋 웃고 지내지만 마음 한 귀퉁이에 커다란 돌과 같은 번민이 매달리었으며 '사자수 나린 물에'란 노래를 늘 즐겨서 부르며 눈물을 머금은 것을 나는 여러 번 보았다. 그 노래가 지금도 가끔 내 귀에 들리며 군의 그 검은 건강한 얼굴 정답게 생긴 웃는 얼굴이 서울의 거리를 지날 때, 전차를 탈 때, 글을 읽을 때 문득 생각나서 못 견딜 때가 얼마나 많았는지 군은 알기나 하는가.

위의 인용문이 보여주듯이, 나도향은 애상적이면서도 그 이면에 차가운 이지를 가진 사람이었다. 그는 문학에만 열정을 불태운 나머지 세상을 떠날 때 애인도 옆에 없었으며, 문우들에 의해 이태원 공동묘지에 묻히는 고독한 삶을 살다 갔다고 한다. 안석영은 나중에 나도향과 '이단심'이라는 이름을 가진 기생의 사랑 이야기를 회고하고 있으나, 이 사랑은 물론 완성될 수 없는 것이었다. 이렇게 보면 나도향은 천재적인 문학적 재능을 타고난 사람으로서는 지극히 불행하게 타고난 천품을 다 드러내지 못하고, 평범한 사람의 인생살이의 행락도 알지 못한 채 세상을 떠난 셈이다.

그러나 이러한 나도향의 문학은 지금까지도 우리 문학사의 한 모서리에서 찬란하게 빛나고 있는데, 그것은 그의 작품들이 문학사의 어느 누구도 개척하지 못한 정염의 세계를 간명하면서도 극명하게 드러내 보여주고 있기 때문일 것이다. 이러한 그의 작품의 가치는 어디에서 연유한 것일까? 박종화는 나도향의 문학적 태도를 가리켜 "양심적인 천재작가 도향은 한 편 창작을 엮어나가다가 맘에 맞지 아니하면 광주리 속에 집어치워 내버리고 친우들에게도 이야기하지 않았다"라고 했다. 그는 섬세하고 다정다한하면서도 차가운 이지와 문학적 결벽증을 가진 인물이었다.

2. 삼부작에 나타난 인간의 자기의식

오늘날 나도향을 나도향으로 존재하게 하는 것은 물론 〈벙어리 삼룡이〉, 〈물레방아〉, 〈뽕〉으로 연결되는 삼부작이다. 이 작품들은 나도향 문학의 정점에 서 있으며, 그 이후에 쓴 작품들이 이보다 원숙하고 심원하다고 평가할 수 없다는 점에서 명실상부 나도향 문학을 대표한다고 할 수 있다.

이 작품들은 두 가지 분명한 공통점을 가지고 있다. 우선 화자가 모두 어디선가 이야기 소재를 취재해왔음을 명시적으로 드러내거나 암시하는 형식을 가지고 있다. 예를 들어 〈벙어리 삼룡이〉는 "내가 열 살이 될락 말락 한 때니까 지금으로부터 십사오년 전 일이다. 지금은 그곳을 청엽정이라 부르지마는 이때는 연화봉이라고 이름하였다"라고 시작한다. 이와 같은 시작 방법은 독자들로 하여금 해당되는 이야기가 실제로 있었던 일이라고 생각하게 하여 호기심을 품고 사건의 전말을 따라가도록 하는 효과를 자아낸다.

〈뽕〉은 이야기가 시작할 때 어느 곳, 어느 때 있었던 일인가를 밝히는 구성에서 조금 바뀌기는 했으나 하나의 장면을 제시한 뒤에 곧이어 어디 이야기인가를 밝히는 방법은 같다. 이 대목은 "강원도 철원 용담이라는 곳에 김삼보라는 자가 있으니, 나이는 삼십오륙 세나 되었고 키는 작달막하며 목은 다가붙고 얼굴빛은 노르께하며 언제든지 가죽 창 박은 미투리에 대갈 편자를 박아신고 걸음을 걸을 적마다 엉덩이를 내저으므로 동리에서는 그를 '땅딸보 김삼보', '아편쟁이 김삼보', '오리궁둥이 김삼보'라고 부르는데"라고 시작한다. 이처럼 나도향은 하나의 인물을 제시할 때도 아주 생생한 묘사력을 가지고 있었다.

〈물레방아〉도 마찬가지다. 여기서 화자는 물레방아 돌아가는 모양을 묘사해 보여준 후, 이야기에 등장하는 인물들에 대해 직접적으로 소개한다. "물레방아에서 들여다보면 동북간으로 큼직한 마을이 있으니 이 마을의 가장 부자요, 가장 세력이 있는 사람으로 이름을 신치규라고 부른다. 이방원이라는 사람은 그 집의 막실살이를 해가며 그의 땅을 경작하여 자기 아내와 두 사람이 그날그날을 지내간다"라고 시작한다. 이 작품 속의 이야기가 신치규와 이방원, 그리고 그의 아내에 관한 이야기가 될 것임을 미리 알려주고 있다.

다음으로 이 이야기들은 모두 하층민을 주인공으로 삼으면서도 그들을 하나의 계급이나 계층, 또는 특정한 신분을 가진 존재로서가 아니라 하나의 인간 개체로서의 욕망이나 정염, 또는 자기 인식을 가진 존재로 그려나간다는 공통점이 있다. 〈벙어리 삼룡이〉의 주인공은 주지하듯이 오생원 집의 말 못하는 벙어리 하인인 삼룡이다. 삼룡이는 신분이 하인일 뿐만 아니라 몹시도 못 생겨서 〈뽕〉에 묘사되어 있는 김삼보를 저리 가라 할 정도다.

"키가 본시 크지 못하여 땅딸보로 되었고 고개가 빼지 못하여 몸뚱이에 대강이를 갖다가 붙인 것 같다. 거기다가 얼굴이 몹시 얽고 입이 몹시 크다. 머리는 전에 새 꼬랑지 같은 것을 주인의 명령으로 깎기는 깎았으나 불밤송이 모양으로 언제든지 푸 하고 일어섰다. 그래서 걸어다니는 것을 보면 마치 옴두꺼비가 서서 다니는 것같이 숨차 보이고 더디어 보인다."

생긴 모습을 보아서는 한 사람의 인격을 갖추고 있을까 의심할 만한데, 바로 그와 같이 삼룡이는 충직한 하인일 뿐 자기 운명을 벗어난 삶이 있을 것이라 상상하지 못하는 인물이다. 모든 인간적인 욕구를 단념하고 자기를 벙어리로, 말하는 사람들과 같은 권리를 누릴 수 없는 존재로 파악하는 인물이 삼룡이다. 그러나 화자는 이 삼룡이가 망나니 같은 주인집 도령의 새아씨를 향한 동정을 품고, 이 동정이 사랑이 되어 자기 자신에 대한 자각과 주인집 도령에 대한 분노를 표현할 수 있게 되는 과정을 매력적인 문체로 전개시켜 보여준다. 남편의 학대에 못 이겨 자기 목숨을 버리려는 주인집 새아씨를 구하려다 그것이 의혹을 사 치도곤을 당하고 내침을 당하자 삼룡이는 마침내 새로운 인식의 단계로 뛰어오른다.

"그는 비로소 믿고 바라던 모든 것이 자기의 원수란 것을 알았다. 그는 모든 것을 없애버리고 자기도 또한 없어지는 것이 나은 것을 알았다."

삼룡이는 마침내 주인집에 불을 질러버린다. 그리고 이 불길 속에서 먼저 주인인 오생원을 구해놓고, 살려달라고 매달리는 주인집 도령은 젖혀놓은 채 이불을 쓰고 누워 있는 새아씨를 구해낸 후 목숨이 끊어지고 만다.

주인집 새아씨를 염려하는 마음이 그녀를 사랑하는 마음으로 전이되고, 다시 이것이 자기 자신과 자기를 둘러싼 환경에 대한 자각으로 연결되는 메커니즘은 나도향의 〈벙어리 삼룡이〉를 그와 비슷한 시기에 발표되었던, 이른바 신경향파 소설들과 구별할 수 있게 해주는 중요한 특질이다. 경제적 궁핍을 통해 계급적인 자각을 이룬다는 신경향파 소설의 일반적 문법과 동정과 사랑을 통해 자기 인식을 향해 비약하는 나도향 소설은 방화 같은 결말로 연결되는 외면은 비슷해 보일지 모르나 그 내적 동력학은 아주 다르다고 할 것이다.

〈뽕〉의 여주인공인 안협집은 이미 자기의식을 획득해 있는 상태를 보여준다는 점에서 벙어리 삼룡이와는 또 다른 면모를 가진 인물, 한 단계 앞선 자기의식을 가진 인물이다. 안협집은 노름꾼 남편인 김삼보가 이리저리 떠다니는 동안 마을의 남자들과 관계를 맺는 대가로 경제적 궁핍을 해결해나가는 억척스러운 여인이다. 그녀는 시골에서 아무렇게나 자란 데다 돈에 대한 인식이 철두철미한 여성으로 나타난다. "돈만 있으면 서방도 있고, 먹을 것 입을 것이 다 있지"라는 안협집의 사고방식은 불합리한 근대 세계에 적응된 여성의 한 전형을 보여주는 것이라고 할 만하다. 그러나 이렇게 정조가 헤픈 여성이건만 자기 마음에 들지 않는 남자와는 절대로 상관하지 않는 매몰찬 구석을 가진 인물이 또한 안협집이기도 하다. 맘에 드는 서방질은 부정한 일이 아니요, 죄가 아니요, 모욕이 아니라고 생각하는 안협집은 이 세계의 외면적 도덕률에 통용되거나 용납되지는 않을지언정 그녀 자신의 확고한 인생관을 가지고 있다고 말할 수 있으며, 그런 만큼 자기 삶을 스스로 장악하고 있는 인물이라고 할 수 있다.

우리가 나도향의 이 연작소설들에 관심을 가지고 또 이들을 높이 평가하게 되는 것은 이 작품의 인물들이 자기 삶에 대한 강렬한 애착을 지니고 있거나 또 지니게 되고, 누가 뭐라 해도 흔들리지 않는 삶의 태도를 드러내기 때문이다. 이 점에서 그들은 현대 생활을 해나가는 보통 사람들과는 다른, 지독한 에고이스트들이라고 할 수 있다.

〈물레방아〉에 등장하는 처참한 비극의 당사자인 이방원의 아내는 이 점에서 가장 극적인 면모를 지닌 인물이다. 묘사에 뛰어난 나도향은 이 여성을 "새침한 얼굴이 파르족족하고 기다란 눈썹과 검푸른 두 눈 가장자리에 예쁜 입, 뽀로통한 뺨이며 콧날이 오뚝한데다가 후리후리한 키에 떡 벌어진 엉덩이가 아무리 보더라도 무섭게 이지적인 동시에 또는 창부형으로 생긴 것"이라고 써놓았다. 성격이 강렬한 인물은 생긴 것도 남달라야 하기 때문일 것이다. 그래야 독자들을 무난히 설득할 수 있기 때문일 것이다.

이방원의 처는 주인집 부자인 신치규의 정욕을 이용하여 자신의 삶의 편리를 도모하는데 철저한 인물로 나타난다. 신치규로 하여금 애가 타도록 하여 장래의 복리를 약속하게 하고, 이를 위해 현재의 부부로 살고 있는 남편을 헌신짝 버리듯 버리는 인물이 바로 이방원의 처인 것이다. 그녀는 이미 이방원으로 하여금 모든 것을 버리고 그녀를 택하도록 했고, 그때도 이미 전남편으로부터 허리를 칼에 찔린 자국을 가지고 있다. 남성을 파멸시키는 파괴적 미를 간직한 한국형 팜므파탈의 전형이라 할 이방원의 처는 자기 삶의 편리, 복리를 위해서는 아무것도 거리껴 하지 않는 무서운 잔인성을 가지고 있다. 그런데 이 소설에서는 자기 아내를 죽여버리고 자기 자신 또한 자살해버리고 마는 이방원이라는 인물도 결코 범상치 않은 인물이라고 할 수 있다. 작가는 이 인물에도 상당한 배역을 할당했다. 그것은 파괴적인 매력을 간직한 아내에 대한 집착으로 말미암아 상전과 행랑 머슴이니, 순검이니 하는 계급과 신분, 제도적 메커니즘조차 감히 넘어서버리는 '정념형' 인물의 한 전형적 사례를 연기하도록 하는 것이다.

죽으면 죽었지 구차하고 천한 생활은 절대로 계속하지 않겠다는 이방원의 처와, 그러한 그녀를 절대로 포기하지 못하고 끝내 저 죽고 나 죽는 식의 비극적 처리를 감행하는 이방원의 형상은, 나도향 소설이 하층민들의 자기의식을 지극히 중요하게 다루었고, 또 불합리한 세계 구조를 변화시킬 힘을 그들의 고도한 의식에서 찾았음을 시사한다. 물론 이 소설들에서 그들의 자기의식은 불행을 낳고, 또 불행을 구해주지 못했다. 그러나 비록 비극으로 끝날지언정 인간은 자기 불행과 세계의 불합리를 감내하기만 하는 존재가 아님을 나도향은 분명하게 보여주었다.

3. 사실주의적 경향을 보여주는 작품 유형

나도향은 짧은 창작활동에도 불구하고 비교적 다양한 작품 유형을 시험한 작가였다. 이러한 작품 유형의 하나로 손꼽을 만한 것은 〈지형근〉, 〈행랑자식〉, 〈자기를 찾기 전〉 등으로 대표되는 사실주의적 현실 비판 경향의 소설들이다.

특히 〈지형근〉은 이러한 유형의 소설로서는 여러 가지로 주목할 만한 작품이다. 이 소설은 지형근이라는 농촌 태생의 스물두 살 청년이 어머니와 아내 곁을 떠나 노동자가 되어 돈을 벌기 위해 철원으로 가서 겪게 되는 사건을 그린 것이다. 〈지형근〉은 리얼리즘 소설의 문법적 규칙으로 설명할 만한 요소를 두루 갖추고 있다. 이른바 리얼리즘이란 무엇인가 하면, 그것은 디테일 묘사의 충실성 외에도 전형적 상황 아래서의 전형적 인물의 제시가 나타나 있는 작품을 가리킨다. 여기서 디테일, 즉 세부적인 묘사의 충실성이 무엇을 의미하느냐는 장황하게 설명할 필요가 없을 것이다. 그것은 인물이 살아 있는 것처럼 흥미를 가지고 읽어나갈 수 있게 구체적으로 제시된다는 것이다. 그렇다면 전형적인 상황이란 무엇인가? 그것은 〈지형근〉을 빌려 말하면, 식민지 시기의 철원이라는 구체적 시공간이 문제적인 사건이 일어날 만한 시공간으로 작동한다는 뜻이라고 할 수 있다. 또 전형적 인물이란 그러한 상황, 시공간에서 존재할 법한 인물, 나타날 법한 인물, 움직일 법한 사회적 근거를 가진 인물을 의미한다.

〈지형근〉을 보면 이 작품의 주된 사건이 발생, 전개되는 철원은 다음과 같이 설명되어 있는데, 이것은 이 공간이 식민지 시대의 인구이동과 집산을 보여주는 전형적 시례로 제시되고 있음을, 이곳에 간 주인공은 전형적 인물로 그려지고 있음을 의미한다.

그때 강원도 철원군에는 팔도 사람이 다 모여들었다.

그 모여드는 종류의 사람인즉 어떠냐 하면 대개는 시골서 소작농들을 하다가 동양척식회사에서 소작권을 잃어버린 사람이 아니면 일확천금의 꿈을 꾸고 허욕에 덤빈 사람들이었다. 그것은 철원에 수리조합이 생기며 그 개간농사로 노동자를 사용하는 까닭도 있지만 금강산 전기철도가 놓이며 철원은 무서운 속력으로 발전을 하는 데 따라서 다소간의 금융이 윤택해지며 멀리서 듣는 불쌍한 사람들의 마음을 충동이어 '나도 철원, 나도 평강' 하고 덤비게 된 것이다.

노동자가 모여 주막이 늘고 창기가 늘었다.

자본 있는 자들은 노동자가 많이 모여들수록 임금을 낮춰서 얼마든지 그들의 기름을 짜내었다. 그러나 그렇게 기름을 짜낸 돈은 또 주막과 창기가 짜내었다. 남은 것은 언제든지 빈주먹이었다.

평화스러운 철원읍에는 전기철도라는 괴물이 생기더니 풍기와 질서는 문란할 대로 문란해졌다. 그래도 경상도, 경기도 여기저기 할 것 없이 모든 것을 잃어버린 불쌍한 농민들은 그대로 요행을 바라고 철원, 평강으로 모여들었다. 지형근도 지금 그러한 괴물의 도가니, 피와 피를 빨아먹고 짓밟고 물어뜯고 볶는 도가니를 향해가며 가슴에는 이상의 꽃을 피게 하고 있는 것이나, 마치 절벽 위에서 신기루에 홀려서 한 걸음 두 걸음 끝을 향해 나가는 것이다.

말하자면 〈지형근〉에서 나도향은 철원을 식민지의 자본주의화를 보여주는 대표적 공간으로 제시하고자 했고, 또 친구의 돈을 훔치고도 '근대적' 죄의식을 갖지 못하는 지형근을 자본주의 이행 과정의 시대적 부산물로 제시하고자 했다. 이러한 문제의식 때문에 이 작품을 읽어나가는 독자들은 1920년대 농민의 탈농현상과 그들의 노동자화 또는 창녀화, 철원 같은 특수한 공간들의 노동현장화, 철원 경기를 움직이는 동력으로서의 일본인 자본, 이곳의 열악하기 짝이 없는 노동자 주거조건, 새롭게 형성되는 노동자 계층에 만연한 돈에 대한 환상과 도덕 불감증, 노동자들과 술집 여급들의 경기 순환적 관계 등과 같은 여러 사실들에 대한 '지식'을 얻을 수 있다.

　〈행랑자식〉이나 〈자기를 찾기 전〉의 경우에도 〈지형근〉과 같은 정보 획득적 요소들은 분명하다. 진태라는 보통학교 사년생을 주인공으로 내세운 〈행랑자식〉은 교장 집 행랑아범 아들의 내면세계를 통해서 1920년대 한국 사회에 만연한 가난과 굶주림, 상하 신분 계층의 서로 다른 삶의 조건들, 전당국을 비롯한 생활 장치들에 대한 이해와 더불어 그러한 삶의 구조에 대한 비판적 인식을 얻을 수 있다. 추위와 굶주림과 부모의 천대에 시달리는 아이의 외로움은 독자들로 하여금 그러한 삶이 지양되어야 함을 일깨우는 효과를 갖는 것이다.

〈자기를 찾기 전〉은 어린 나이에 유부남의 아이를 낳아 키우다 잃게 되는 수님이라는 여인의 이야기를 통해서 남성 중심적인 사회 속에서 여성, 특히 미혼모 여성이 겪게 되는 사회적 편견과 불합리를 드러낸 작품이다. 수님이는 평생 자신을 잊지 못하겠노라는 남자의 말을 철석같이 믿고 그의 아이를 낳아 정성껏 기르려 하지만, 자신을 이해해주지 않는 어머니 밑에서 구박을 받아야 하고, 자기 아이를 돌보러 오지 않는 아이 아버지로 말미암아 좌절을 겪게 된다. 장질부사에 걸려 앓고 있던 수님이의 아이는 결국 죽어버리고 수님이는 아이 아버지에게서조차 버림받은 나머지 외로운 자기, 혼자 서 있는 자신을 발견하게 된다. 이 소설 또한 〈지형근〉이나 〈행랑자식〉처럼 불합리한 사회구조에 의해 희생되는 주인공의 모습을 제시해 보임으로써 그러한 현실이 지양, 극복되어야 한다는 메시지를 전달한다.

4. 나도향의 경험이 담긴 초기 작품들

이러한 작품들과 함께 작가로서의 나도향의 특이성에 대해 새로운 이해를 가능하게 해주는 것은 〈여이발사〉, 〈젊은이의 시절〉, 〈별을 안거든 울지나 말걸〉 등과 같이 자전적 요소가 농후한 작품들이다.

〈젊은이의 시절〉, 〈별을 안거든 울지나 말걸〉, 〈여이발사〉의 세 작품은 모두 동인지 《백조》에 실린 것으로 나도향 초기 문학의 낭만주의적 경향을 대표하는 것으로 알려졌고, 이 가운데 〈여이발사〉는 주인공의 궁핍상이 나타나 있어 사실주의로의 이행을 보여주는 것처럼 논의되고 있으나 기본적으로는 세 작품 모두 자전적 소설의 맥락에서 다룰 만하다고 본다. 그러나 여기서는 자전적 소설로서의 특징들을 논증하기보다 이 작품에 나타난 작가의 문학관이나 세계관에 대해 검토해볼 것이다.

〈젊은이의 시절〉은 주인공인 조철하의 내면세계를 감상적인 문체로 묘사해나간 작품이라고 할 수 있다. 그는 음악을 하고자 하나, 실업가 집안의 자식은 사업을 해야 한다는 논리에 밀려 어떤 삶을 살아가야 할지 고민하는 인물이다. 실업가의 아들은 실업을 해야 한다는 '다윈의 학설'에 반대하여 철하는 누이 경애와 정신적 기조를 같이하면서 새로운 삶을 모색한다. 그러나 이러한 오누이의 생각과 노선은 경애의 애인인 영빈의 경애에 대한 배신, 영빈과의 관계를 속이려 드는 누이에 대한 철하의 환멸 등에 의해 시련에 직면한다. 사랑과 예술을 둘러싼 철하와 경애의 갈등은 작중 말미에 가서 결국 철하가 꾸는 꿈에 의해서 해결된다. 꿈속에서 철하는 예수와 마왕과 음악의 여신이 차례로 나타나는 꿈을 꾸며, 마지막에서 가서는 음악의 여신의 인도를 받게 된다. 그리고 꿈에서 깨어났을 때 그는 누이의 손을 잡고 있는 자신을 발견한다. "철하가 눈을 떴을 때에는 그 여신을 잡았던 손에 자기 누이의 고운 손이 잡혀 있었다. 자기 누이는 자기 손을 잡고 그 위에 눈물을 뿌리고 있었다"라는 결말은 사랑과 육체적 욕망을 예술 의지로 승화시킨다는 주제를 함축하고 있다. 예술이야말로 현실을 초극할 수 있는 유일한 구원의 길이라는 《백조》파 동인다운 예술관, 낭만주의적이고 예술지상주의적인 예술관이 잘 나타나 있는 작품이라고 할 수 있다.

〈별을 안거든 울지나 말걸〉 또한 그 연장선상에서 살펴볼 수 있다. 누님에게 보내는 편지 형식을 빌린 이 작품에서 화자이자 주인공인 DH는 삼각관계적인 사랑 때문에 고민하고 있다. DH는 '도향'의 약자일 수 있으므로 이 작품은 작가의 자전적 소설임을 표면에 내세우고 있다고도 말할 수 있다. 등장인물이나 작중 배경 공간이 모두 약자로 처리되어 있는 이 작품은 MP라는 여인을 둘러싼 친구 R과의 갈등이 사건의 중심내용을 이루고 있다. 우정과 사랑의 괴리에서 오는 고통을 작중 화자의 내면세계를 중심으로 그려나가면서 이 이야기는 DH에 대한 R의 중상에 초점이 맞추어진다. "DH는 미숙한 문사이오. 일개 부르주아에 지나지 못하는 사람이오"라는, MP에게 보내는 R의 편지 구절은 DH와 R의 사이를 결정적으로 갈라놓는다. 이러한 R의 증상에 대한 MP의 내적 반박논리는 이 작품을 쓴 나도향 문학을 이해하는 데 중요한 역할을 하는 것으로 보인다.

아아 누님, 저는 일개 참사람이 되려 할 뿐이외다.

저는 문학가, 문사라는 칭호를 원치 않아요. 다만 참사람이 되기 위하여 글을 봅니다. 그리고 느끼는 바를 견딜 수 없었습니다. 그리고 나와 같은 느낌과 깨달음이 우리 인생을 위하여 조금이라도 보탬이 될까 하였습니다.

그러나 저 일개인의 성공은 얻기가 어려울 터이지요. 제가 느끼고 깨닫는 것은 길고 긴 우주의 생명과 함께 많고 많은 사람들이 깨닫는 것에 다만 몇천만억분의 일이 될락 말락 할 터이지요. 그리고 그 저의 생명이 그치는 날에는 그것보다 조금 더해질 뿐이지요. 그리고 그것보다 더 큰 무엇을 원할지라도 유한한 저의 육체와 정신은 그것을 용서하지 않을 터이지요.

그러면 제가 부르주아나 프롤레타리아나 무엇 어떠한 부름을 듣던지 언제든지 참사람이 되려 할 뿐이외다. 아마 이 세상의 모든 진리를 혼자 깨달은 줄 아는 사람일지라도 이 참사람이 되려는 데서 더 벗어나지는 못하였을 터이지요.

위에서 볼 수 있듯이 DH는 자신의 문학의 목표가 '참사람'이 되려는 데 있는 것이며, 부르주아나 프롤레타리아 같은 계급적 가치를 위해서 문학을 할 수는 없다고 말하고 있다. 이러한 철하의 생각은 작가인 나도향이 초기작의 시대에서 나아가 〈벙어리 삼룡이〉, 〈뽕〉, 〈물레방아〉를 거쳐 〈행랑자식〉, 〈자기를 찾기 전〉, 〈지형근〉의 단계로 나아갈 때까지도 근본적으로는 변함이 없었다고 할 수 있다. 그는 현실을 그릴 때도 현실 그 자체에 대한 각성적 인식보다는 그러한 현실에 처해 있는 인간에 조명의 빛을 던졌다고 볼 수 있다. 이것이 〈행랑자식〉, 〈자기를 찾기 전〉, 〈지형근〉의 주인공들에 우리가 관심을 갖고 동정과 연민을 품게 되는 이유다. 그들은 참된 자기를 찾기 위해 고민하고, 비록 뜻하지 않은 불행에 처해서도 그러한 자기를 잃어버리지 않으려 한 인물들이다.

한편 〈여이발사〉는 작가인 나도향이 일본에 유학해 있던 시기에 겪은 일을 다룬 소품으로 하숙비를 여러 달 밀릴 정도로 궁핍에 시달리면서도 여자 이발사의 육체적 감촉에 아슬아슬한 기쁨을 느끼는 젊은 주인공의 모습을 실감나게 묘사하고 있다. 특히 이 여자 이발사가 자신을 향해 웃음을 지은 이유가 다른 데 있지 않고, 어렸을 적에 '간기'라는 병을 치료하느라 머리에 쑥뜸을 뜬 자국을 발견한 때문이었다는 아이러니는 독자들에게 부담 없는 웃음을 선사한다.

5. 나도향의 폭넓은 세계인식과 〈꿈〉의 가치

〈꿈〉조선문단, 1925. 11은 나도향 문학에서 독특한 가치를 지니고 있는 작품이다. 필자는 예전에 펴낸 《환상소설첩》이라는 환상소설 선집에 이 작품을 수록한 적이 있다. 이 소설은 한 화자가 겪은 신비스러운 체험을 이야기하고 있는 것인데, 그 체험이란 자신을 사모하던 한 여인이 죽은 후 귀신이 되어 자신을 찾아왔더라는 이야기다. 나도향은 한편에서는 〈벙어리 삼룡이〉, 〈뽕〉, 〈물레방아〉 같은 현실의 이야기를 쓸 때, 다른 한편으로는 〈꿈〉 같은 기이한 이야기를 쓰고 있었음을 이로써 알 수 있다.

〈꿈〉이 독특한 것은 단순히 환상담을 쓰고 마는 것이 아니라 이 환상이 실제로 존재한다고 생각되는 것, 눈에 보이거나 합리적으로 그 존재를 추론할 수 있는 비가시적인 것들만을 믿는 근대적 사고 방식에 대한 비판을 함축하고 있기 때문이다. 〈꿈〉은 일종의 액자소설일 수도 있는데, 그 바깥 이야기에서 화자는 다음과 같이 말하고 있다.

자기 스스로도 믿지 못하는 일을 때때 당하는 일이 있다. 더구나 오늘과 같이 중독이 되리만큼 과학이 발달되어 그것이 인류의 모든 관념을 이룬 이때에 이러한 이야기를 한다 하면 혹 웃음을 받을는지는 알 수 없으나 총명한 체하면서도 어리석음이 있는 사람이 아직 의심을 품고 있는 이러한 사실을 우리와 같은 사람이 쓴다 하면 헤브라이즘과 헬레니즘 서로 반대되는 끝과 끝이 어떠한 때는 조화가 되고 어떠한 경우에는 모순이 되는 이 현실 세상에서 아직 우리가 의심을 품고 있는 문제를 여러 독자에게 제공하여 그것을 해석하고 설명해내는 데 도움이 되거나 그렇지 않으면 아주 사실을 부인해버리게 되고, 또는 그렇지 않음을 결정해낼 수 있다 하면 쓰는 사람이나 읽는 이의 해혹이 될까 하는 것이다.

이러한 사실을 믿거나 믿지 않거나 그것은 해석하는 이의 마음대로 할 것이요, 쓰는 이의 관계할 바가 아니니, 쓰는 이는 문제를 제공하는 것이 그것을 해석하는 것보다 더 큰 천직인 까닭이다.

더구나 이야기는 실지로 당한 이가 있었고 또는 쓰는 나도 믿을 수도 없고 아니 믿을 수도 없는 까닭이다.

여기서 화자는 과연 무엇이 믿을 수 있는 것이냐, 과학에서 말하는 것이 아니라면 모두 믿을 수 없는 것이라고 할 수 있는 것이냐 하는 질문을 던진다. 그리고 '쓰는 이', 즉 소설가란 '사실'을 제시할 뿐이지, 그것을 믿느냐 믿지 않느냐 하는 것은 '해석하는 이', 곧 독자의 몫이니, 소설가로서 자기는 누군가가 겪었다고 말한 그 이야기를 하지 않을 수 없노라고 말한다. 그러고 나서는 〈꿈〉의 본 이야기, 즉 안 이야기가 시작된다.

나도향은 초기 작품들, 특히 〈별을 안거든 울지나 말걸〉 같은 작품이 보여주듯이 기독교적인 신앙에 대해 부정적인 태도를 취하고 있었다. 그러나 그것은 기독교적 믿음 자체의 가능성을 거부하는 방식이 아니라 다른 믿음의 가능성이 있음을 드러내는 방식으로 제기되고 있었다. 누구에게나 신앙은 있는데, 그것은 일종의 이불을 쓰고 누워 있는 것과 같아서, 이 신앙만을 믿는 것은 이불 속 세상만이 참세상이라고 생각하는 것과 같다는 것이었다.

마찬가지로 〈꿈〉에서도 나도향은 귀신의 존재를 믿지 않는 사람들을 곧바로 부정하지 않고 그것을 믿을 가능성을 제시함으로써 삶과 죽음, 육체와 영혼의 문제를 어떤 담론의 장 속으로 이끌어 들인다. 이렇게 해서, 본 이야기에서 일인칭 화자가 등장하여 들려주는 '귀신담'은 사람들로 하여금 그것을 어떻게 해석해야 할까 하는 의문을 유발한다. '나'와 임실이라는 여인의 살아서와 죽어서의 만남에 관한 이야기는 삶과 죽음, 우주와 종교에 관한 우리의 생각을 묻고 답하게 한다.

〈꿈〉과 〈별을 안거든 울지나 말걸〉 같은 작품이 보여주듯이 나도향은 비록 젊은 나이에 세상을 떠났지만 인간의 삶에 대해 근본적인 질문을 던질 수 있는 정신적 용적을 갖춘 작가였다. 그리고 이 근본적 물음 아래서 〈벙어리 삼룡이〉, 〈뽕〉, 〈물레방아〉 같은 훌륭한 소설들이 보여주는 현실에 대한 문제제기, 인간의 자기의식과 존엄에 관한 질문을 행할 수 있는 작가였다. 그는 문학사에서 낭만주의에서 사실주의로 이행해간 작가, 1920년대 전반기의 과도적인 소설사를 대표하는 작가로 이해되곤 한다. 물론 맞다. 그러나 그는 깊은 세계 인식을 바탕으로 인간의 삶의 문제를 제기했다는 점에서 독특하고도 독자적인 세계를 개척한 작가였던 것이다.

방민호
서울대학교 국어국문학과 교수, 문학평론가, 시인

1902년	서울 청파동에서 장남으로 출생.
1919년	배재고보 졸업. 경성의전에 입학했으나 중퇴. 일본 유학 중 학자금 미조달로 귀국.
1921년	배재학보에 〈출향〉 발표. 신민공론에 〈추억〉 발표.
1922년	박종화, 홍사용, 이상화, 현진건, 안석영 등과 함께 《백조》 동인으로 활동. 동아일보에 《환희》 연재, 〈젊은이의 시절〉, 〈별을 안거든 울지나 말걸〉 발표.
1923년	〈여이발사〉, 〈행랑자식〉 발표.
1924년	〈자기를 찾기 전〉 발표.
1925년	〈벙어리 삼룡이〉, 〈물레방아〉, 〈꿈〉, 〈뽕〉 발표.
1926년	조선문단에 〈지형근〉 발표. 지병으로 사망.

한국대표문학선 006

나도향 중·단편소설

초판 1쇄 인쇄 2013년 7월 29일
초판 1쇄 발행 2013년 8월 05일

지은이　　나도향
펴낸이　　이재영

펴낸곳　　(주)재승출판
등록　　　2007년 11월 06일 제2007-000179호
주소　　　우편번호 137-855 서울특별시 서초구 강남대로 423 한승빌딩 1003호
전화　　　02-3482-2767
팩스　　　02-3481-2719
이메일　　jsbookgold@naver.com
홈페이지　www.jsbookgold.co.kr

ISBN 978-89-94217-40-6 03810

한국대표문학선 001

무정 이광수 장편소설

이광수 지음 | 576쪽 | 18,000원

1917년 1월 1일부터 《매일신보》에 연재되며 폭발적인 인기와 함께 논란의 중심이 되었던 기념비적 작품!
청춘남녀의 삼각관계를 통해 시대를 관통하는 남녀의 심리, 신구세대의 대립, 근대와 전통의 공존, 선과 악의 기준을 말하다.

한국대표문학선 002

감자 외 김동인 중·단편소설

김동인 지음 | 296쪽 | 11,800원

문학의 예술적 독자성을 확립한 근대문학의 선구적 작품들!
현실의 참혹한 모습과 인간의 추악한 측면을 사실적으로 드러냄으로써 인간 존엄성이 상실된 작품 속 주인공들을 통해 인간의 한계를 느끼다.

한국대표문학선 003

운수 좋은 날 외 현진건 중·단편소설

현진건 지음 | 320쪽 | 12,800원

실상이 없는 가식적인 생활에 지쳐가는 인간들의 실체를 아이러니하게 표현한 작품들!
가난한 우리 민족의 고통, 꿈조차 사치일 수밖에 없었던 하층계급의 냉혹한 현실이 여실히 드러나다.

한국대표문학선 004

레디메이드 인생 외 채만식 중·단편소설

채만식 지음 | 방민호 해설 | 368쪽 | 13,000원

해학과 풍자라는 한국문학의 전통미학을 가장 잘 보여준 작품들!
한편으로는 자기 자신을 비판하면서 다른 한편으로는 시대의 변화를 자신의 이기적 욕망을 위해 사용하는 세태를 비판하다.

한국대표문학선 005

백치 아다다 외 계용묵 중·단편소설

계용묵 지음 | 방민호 해설 | 392쪽 | 13,000원

어려운 시기에 서민들의 애환을 순수하게 그려낸 작품들!
인간 본연의 모습을 담담하게 드러내 물질에 대한 욕망으로 상실된 인간성을 되짚어본다.